The Last Mrs. Parrish

最後一位派瑞許太太

LIV CONSTANTINE

莉芙・康斯坦丁——著　趙丕慧——譯

萊妮的獻詞：

給琳恩，妳是另一個書擋，理由太多，不及備載。

薇樂莉的獻詞：

給柯林，你讓一切成為可能。

第一部　安珀

1

安珀．派特森受夠了當隱形人。她每天來這家健身中心報到已經三個月了——漫長的三個月看著這些閒散的女人只關心一件事。她們根本就目中無人，她敢拿她的最後一塊錢打賭，這些女人如果在街上看見她絕對認不出她來，即使她每天都在她們的五呎距離之內。她對她們來說就只是個設備——無足輕重，不值得注意。可是她不在乎——不在乎她們。她每天在八點整把自己拖來健身中心，拖上這部機器，只為了一個目的。

她受夠了這一套——日復一日，把自己操個半死，只為了等待著出擊的一刻。她從眼角看到那雙招牌金黃色Nike踏上她隔壁的健身器。安珀挺直了肩膀，假裝忙著看刻意擺在自己機器上的雜誌。她轉頭，給了那名嬌美的金髮女郎一抹羞怯的笑容，得到了禮貌的點頭。安珀伸手拿水瓶，刻意移動一隻腳到機器的邊緣，然後滑了一下，把雜誌打翻到地上，落在鄰居的健身器的踏板底下。

「唉呀，真是不好意思。」她紅著臉說。

她還沒有跨下健身器，金髮女郎已經停下來，幫她把雜誌拾了起來。安珀看著她的眉頭皺到一塊。

「這是妳看的雜誌？」女郎說，把書還給她。

「對，這是囊狀纖維化基金會的雜誌，一年只出兩期。妳聽過嗎？」

「聽過。妳是醫療人員?」女人問。

安珀低垂目光,再調回女郎身上。「不是的,是我妹妹有這個病。」她讓這句話佔據兩人之間的空間。

「抱歉,我太冒昧了,是我多管閒事。」女郎說,又跨上了橢圓機。

安珀搖頭。「沒關係。妳也認識有這個病的人嗎?」

女郎回望著安珀,眼裡有傷痛。「我妹妹。她二十年前過世了。」

「真遺憾。她那時多大?」

「十六。我們差兩歲。」

「夏琳才剛十四。」安珀放慢了速度,以手背擦眼睛。要為一個壓根不曾存在過的妹妹哭泣可得要不少演技。她自己的三個妹妹個個都活蹦亂跳的,不過她有兩年沒有跟她們說過話了。

女人的健身器戛然停止。「妳沒事吧?」她問。

安珀吸氣聳肩。「雖然事隔多年了,還是很難受。」

女人看了她好長的一眼,彷彿是在做決定,接著就伸出了一隻手。

「我叫黛芙妮.派瑞許。我們離開這兒,邊喝咖啡邊聊怎麼樣?」

「這樣可以嗎?我不想打斷妳健身。」

黛芙妮點頭。「沒問題,我真的很想跟妳談一談。」

安珀露出了希望是感激的笑容,下了機器。「太好了。」她握住她的手,說:「我是安珀.派特森。很高興認識妳。」

＊

那天傍晚，安珀泡著泡泡浴，輕啜一杯紅酒，瞪著《企業家》雜誌上的圖片。她笑著把雜誌放下，閉上眼睛，頭靠著浴缸邊緣。她對於今天的進展非常滿意。她已經做好了會拖更久的打算，但是黛芙妮卻幫她省了事。兩人在喝咖啡閒話家常之後，就深入了她引起黛芙妮興趣的真正原因了。

「沒有親身經歷過囊狀纖維化這個病的人是不可能了解的，」黛芙妮說，藍眸因熱情而靈動。「茱麗從來就不是我的負擔，可是高中的時候我的朋友老是要我丟下她，不讓她跟著。他們不懂我不曉得她幾時就會住院，或是她能不能出院。每一刻都很珍貴。」

安珀向前傾，盡力扮出很感興趣的模樣，同時計算著黛芙妮的鑽石耳環、鑽石手鍊、指甲修剪得完美無瑕的手指上的鑽石戒指的市價。她的四號體型上起碼穿戴了價值十萬的珠寶，而她卻只會哀嘆自己悲慘的童年。安珀壓下呵欠，給了黛芙妮一抹緊繃的笑容。

「我懂。我以前會請假在家裡陪我妹妹，讓我媽能去上班，她因為請太多假了，差點就被開除，可是我們損失不起她的健康保險。」她很高興謊言輕輕鬆鬆就說出了口。

「喔，真可怕，」黛芙妮發出嘖嘖聲。「所以我的基金會才對我這麼重要。我們為無法負擔照護需求的家庭提供經濟協助，這是『茱麗的笑容』很重要的一個使命。」

安珀假裝驚訝。「『茱麗的笑容』是妳的基金會？就是同一個茱麗？『茱麗的笑容』我熟得不得了，我注意你們的消息好多年了。我真是太敬佩了。」

黛芙妮點頭。「我念完研究所就創立了基金會。其實，我先生還是我的第一位贊助人。」說到這兒，她露出了微笑，可能帶著一絲難為情。「我們就是這樣認識的。」

「妳現在不是又在籌劃一場大型募款活動嗎？」

「是的，在幾個月後，可是還有好多事得做。嘿……嗯，算了。」

「說嘛。」安珀慫恿她。

「呃，我只是想問問妳想不想幫忙。很難得能有一個了解的人——」

「我很樂意幫忙，」安珀打斷了她。「我沒賺多少錢，可是我絕對可以貢獻一點時間。妳做的事實在是太重要了。我只要一想到你們可以帶來的改變——」她咬住下唇，眨出眼淚。

黛芙妮微笑。「太好了。」她掏出一張名片，印了她的姓名住址。「來，委員會要在週四早晨十點在我家裡開會。妳能來嗎？」

安珀露出大大的笑容，仍努力假裝這種罕見疾病是她腦袋裡排第一的念頭。「我絕對不會錯過。」

2

週六從畢夏普斯港到紐約的火車搖搖晃晃，讓安珀陷入了沉思，遠離了她上班日的死板節奏。她坐在窗邊，頭靠著椅背，偶爾睜開眼睛瞧一眼掠過的風景。她回想第一次搭火車，那時她七歲。是在密蘇里，七月——一年中最燠熱、最濕悶的月份——而火車的空調卻失靈。她仍能看見她母親坐在對面，一身長袖黑洋裝，板著臉，挺著背，膝蓋拘謹地夾得死緊。她的淺棕色頭髮向後梳，像平常一樣挽個髻，但是她戴了耳環——小小的珍珠，特殊場合才會戴。而安珀猜外婆的葬禮應該算是特殊場合吧。

她們在骯髒的沃倫斯堡車站下車，外頭的空氣比火車內還要窒悶。法蘭克舅舅來車站接她們，她們不舒服地擠進他破爛的藍色皮卡。她最記得的是那個氣味——混合了汗水、泥巴和濕氣——龜裂的皮椅也咬進了她的皮膚。他們經過了數不清的玉米田和小農莊，木屋疲態畢露，庭院丟滿了生鏽的機器，空心磚上架著老汽車，輪胎少了鋼圈，破掉的金屬籠。比她們住的地方還要慘，而安珀巴不得自己沒有來，跟妹妹一樣留在家裡。她母親說她們年紀太小，不適合參加葬禮，但是安珀夠大了，可以來致哀了。她把那個可怕的週末差不多都封存了，卻只有一件事忘不了，就是圍繞她的驚人破敗——外婆家單調無味的客廳，全都是棕色和黃鏽色；外公粗硬的短髭子，他坐在椅墊過厚的搖椅上，穿著一件破內衣和有污漬的卡其褲，冷峻又嚴厲。她看出了母親的不苟言笑以及缺乏想像力是繼承自誰了。就是那個時候，在黛絲年華，安珀的心中油然而生這個要不一樣、要更好的夢想。

她對面的男人起身，公事包撞著她，她才睜開眼，發覺已經抵達中央車站。她趕緊拿起皮包和外套，加入了等著下車的旅客人龍。從月台走到宏偉的大廳她從來就不覺得厭倦——跟多年前那個污穢的火車站簡直是天壤之別。她慢吞吞地經過閃亮的商店門面，這是等待在外的城市的完美前導，然後她離開了車站，走了短短的兩條街，沿著四十二街到第五大道。這趟每月的朝聖變得太過熟悉，閉著眼睛她也能走到。

她的第一站一定是紐約市立圖書館的閱覽室。她會挑一張長桌坐下，讓陽光從高窗射進來，掬飲天花板美麗的壁畫。今天她覺得滿牆的書讓她分外舒坦，它們提醒了她無論她想知道什麼，開口就能得到。在這裡，她會坐下來閱讀，發現一切能讓她的計畫成形的資料。她坐著，安靜不動，過了二十分鐘，這才準備回到街上，沿著第五大道往上走。

她走得雖慢卻並不遲疑，經過了華美的商店，經過了凡賽斯、芬迪、亞曼尼、路易威登、哈利溫斯頓、蒂芙尼、古馳、普拉達、卡地亞——沒完沒了，一家又一家世界最知名最昂貴的精品。她每一家都進去過，吸入柔軟皮革以及異國香水的芬芳，拿起華美的試用品，將滑膩的乳液以及高價的油膏揉入肌膚。

她繼續走過了迪奧和香奈兒，停下來欣賞櫥窗中人體模特兒身上的一件銀黑長袍。她瞪著衣服看，想像是穿在自己身上，頭髮高高盤起，化妝完美無瑕，挽著先生的胳臂走入舞廳，每個女人都對她既羨慕又嫉妒。她繼續往北走，來到了柏朵古德曼百貨，以及歷久不衰的廣場飯店。她好想要登上鋪著紅毯的台階進去恢宏的大廳，但是現在已經超過了一點，而她覺得好餓。她從家裡帶了午餐，因為就憑她賺的那點辛苦錢是沒辦法在曼哈頓又去美術館又上餐廳的。她穿過五十八街到中央公園，坐在長椅上面對著繁忙的街道，打開了午餐，是一小顆蘋果和一包葡萄乾加核果。她慢慢吃，看著人群行色匆匆，第一百次想著她能逃脫她父母親的累人生存，平凡又世俗的談話，可預測的一切，她有多麼慶幸。她母親始終不了解安珀的野心，說她是想攀高枝，說她的那種想法只會害她掉進麻煩堆裡。然後安珀表現給她看，終於拋下了一切——不過可能跟她預計的情況不一樣。

她吃完午餐，穿過公園到大都會美術館，她會在這裡消磨一個下午，然後再搭早一點的火車回康乃狄克。兩年來她走過了大都會美術館的每一吋土地，研究藝術品，聽講述藝術家及其作品的講演和電影。起初她無知得嚇人，但是她按部就班，借書來看，了解藝術、藝術史以及藝術大師。每個月她都會獲得新的知識，她會重返美術館，親眼賞鑑她從書上學到的東西。她知道現在她能夠和別人來一場很像樣的知性談話，只有最淵博的藝術評論家才能拆穿她。打從她離開密蘇里那個擁擠的家開始，她就一直在創造新穎的、進化的安珀，她會在最富有的階層中悠然自得。而迄今為止，她的計畫都按照時程進行中。

過了一會兒，她漫步走進畫廊，通常這裡是她的最後一站。在此，她在丁托列托❶的一小幅臨摹之前駐足良久。她不知道站在這幅畫前多少次瞪著素描看，但是作品的來處卻銘刻在她的腦海——「傑克森與黛芙妮．派瑞許捐贈」。她不情願地別過頭去，朝新的艾爾伯特．凱普❷展而去。她讀過了畢夏普斯港圖書館中僅藏的一本凱普的書，凱普是她沒聽過的畫家，她意外地發現他有多出名、多多產。她悠然觀展，來到了在書中她非常欣賞的一幅畫——《暴風雨中多德勒克的馬士河》（*The Maas at Dordrecht in a Storm*），原作比她想像中還要壯闊。

一對年長夫婦站在她附近，也被畫迷住了。

「好神奇，是不是？」婦人跟安珀說。

「超乎了我的想像。」她答道。

「這一幅跟他的風景畫非常不同。」男的說。

安珀繼續瞪著畫，一面說：「沒錯，不過他畫了許多幅壯麗的荷蘭港口。你們知道他也畫聖經故事和肖像嗎？」

「真的？我不知道。」

也許在你們來看展之前應該先做點功課，安珀心裡想，臉上卻只是笑笑就往前走了。她最愛的就是可以展現優越。而且她相信像傑克森．派瑞許這樣的男人，一個以文化美學白傲的男人，也會很喜歡。

❶ Tintoretto（1519—1594），義大利文藝復興晚期著名畫家。

❷ Aelbert Cuyp（1620—1691），荷蘭著名風景畫家。

3

長島灣上的那幢豪宅出現在眼前，安珀嫉妒得眼都紅了。入口處是敞開的白色柵門，門後是價值數百萬的土地，綠意盎然，低調的圍籬內玫瑰怒放，而豪宅本身卻格局凌亂，是灰白雙色的兩層樓建築，讓她想起了她在照片上看過的南塔克特和葡萄園島的華麗避暑屋。豪宅沿著海岸線蜿蜒，雖然在水邊卻顯得從容華貴。

就是這種房子安全地隱藏在那些住不起這種地方的人的眼光之外。有錢就是能這樣，她心裡想。給你財力和權力來避開紅塵俗世，無論是你自己的選擇──或是不得不然。

安珀把十年的藍色豐田Corolla停好，她很肯定等會院子裡會停滿最新型的賓士和寶馬，相形之下她的老車會像跑錯了地方。她閉上眼睛，坐了一會兒，緩緩呼吸，在腦子裡複習這兩個星期來背下的資料。她今晨很謹慎地選衣服，棕色直髮也往後梳，以玳瑁髮箍束住，搽了極淡的妝──只在臉頰上了最輕微的腮紅，嘴唇上了薄薄一層唇蜜。她穿了一件熨燙得筆挺的米色斜紋布裙，搭配長袖白色棉T恤，都是她從L.L.Bean網購來的。她的涼鞋結實平凡，非常適合走路，一點女人味也沒有。醜陋的大框眼鏡是她臨時加上去的，為她所追求的形象揮出畫龍點睛的一筆。她在出門前對鏡自照了最後一眼，感覺很滿意。她的模樣平凡，甚至有點害羞無趣，再借她幾個膽子也對任何人不構成威脅──尤其是像黛芙妮．派瑞許這樣的人。

雖然安珀知道她這樣子有粗魯之嫌，還是提早一點到了。如此一來她才能和黛芙妮獨處一會兒，而且也趕在別的女人抵達之前，在介紹彼此之前留一點空間。她們會覺得她年輕、沒個性，只是黛芙妮屈尊俯就，抬舉來為她的慈善活動出力的勞工。

她打開車門，踏上了碎石車道。每一顆墊在她腳下的石頭似乎都測量過，大小一致，毫無雜物，而且耙梳打磨得極為完美。她接近房屋，不慌不忙研究著庭院和主屋。她發現她得從後面進屋——前面當然是面對著海洋——不過，後門也是極盡優雅。她的左邊立著白色棚架，爬滿了夏天最後一波的紫藤花，棚架外擺了兩張長椅。安珀讀過這樣的富貴景象；看過無數的雜誌照片以及旅遊網站上的電影明星和超級有錢人的家。但是，這還是她第一次近身欣賞。

她登上寬敞的石階，站在平台上，按了門鈴。房門很大，有大片斜面玻璃鑲板，正好讓安珀看見門後是一條長走廊，一路通往房子的前部。她能看見耀眼的藍色海水，然後突然間，黛芙妮就出現了，把門打開，笑望著她。

「真高興見到妳，我真高興妳能來。」她說，握住了安珀的手，帶她進屋。

安珀露出她對鏡練習過最羞怯的笑容。「謝謝妳邀請我，黛芙妮。我真的很興奮能夠幫得上忙。」

「我才興奮妳能和我們共事呢。這邊來。我們要在溫室開會。」黛芙妮說。兩人走進了一間八角形的大房間，整面的落地窗，夏季印花棉布色彩豔麗。落地窗開著，安珀吸入了令人迷醉的海水味道。

「請坐。還有幾分鐘其他人才會到。」黛芙妮說。

安珀沉坐在奢華的沙發裡，黛芙妮坐在她對面的一張黃色扶手椅上，這件家具完美地烘托出這個房間的那種若無其事的高雅感覺。她心裡卻燒了一把火，氣黛芙妮散發出的那種對財富與特權的自在，活像這是她與生俱來的權力。她那身剪裁完美的灰色老爺褲和絲質上衣，簡直就是從《城鎮與鄉村》雜誌上走出來的，她唯一的珠寶就是耳朵上的大珍珠。她光澤的金髮如波浪般襯著她貴族的臉龐。安珀猜測單是她的衣服和耳環就超過三千美金了，更別提她手上的那顆寶石或是卡地亞錶了。搞不好她在樓上房間的珠寶盒裡還有超過十二只的手錶呢。安珀看了看自己的手錶——一只便宜的百貨公司貨——發現她們大概還有十分鐘的獨處時間。

「再次感謝妳讓我幫忙，黛芙妮。」

「我才要感謝妳呢。我們的人手一直都不太多。我是說，大家都很賣力，都很辛苦，可是妳懂，因為妳有親身經歷。」黛芙妮在椅子上欠動。「我們前幾天談了很多我們的妹妹，卻沒怎麼談我們自己。我知道妳不是這附近的人，可是我記得妳是不是說妳是在內布拉斯加出生的？」

安珀小心地排練過她的故事。「對，沒錯。我原本是內布拉斯加人，可是在我妹妹死後我就搬走了。我要好的中學同學在這裡上大學，她回家來參加我妹的喪禮，說也許我該改變一下，重新開始，而且我們可以一塊作伴。她說得對，對我確實很有幫助。我搬到畢夏普斯港快一年了，可是我沒有一天不想念夏琳。」

黛芙妮專注地看著她。「很遺憾妳失去了妹妹。沒有親身經歷過的人是不會知道失去手足有多痛的。所以我在囊狀纖維化這個疾病上的工作對我來說才會這麼重要。我很幸運，有兩個健康的女兒，可是還有太多家庭被這個可怕的疾病折磨。」

安珀拿起了一幀銀框照片，是兩個小女孩，都金髮，膚色曬得很深，兩人穿著一模一樣的游泳衣，盤腿坐在碼頭上，摟抱著彼此。「這是妳的女兒嗎？」

黛芙妮瞧了瞧照片，笑得愉快，指著說：「對，這是塔蘆拉，這個是貝拉。這是去年夏天拍的，在湖邊。」

「她們好可愛。多大了？」

「塔蘆拉十歲，貝拉七歲。我很高興她們有彼此，」黛芙妮說，眼睛漸漸蒙上了水氣。「我祈禱她們能永遠不分開。」

安珀記得她讀過演員會去想最傷心的事情來幫助他們掉眼淚，她也努力去想一段會害她哭的記憶，可是她能想到的最悲慘的事，就是她不是那個坐在黛芙妮的椅子上的人，不是這棟豪宅的女主人。不過，她仍盡力視線朝下，把照片放回桌上。

就在這時，門鈴響了，黛芙妮起身去應門。她離開時說：「要喝咖啡或茶就自己來。還有一些點心。全都在餐具櫃上。」

安珀站了起來，卻是把皮包放在黛芙妮旁邊的椅子上，佔好位子。她正在倒咖啡，其他人魚貫走進來，伴隨著興奮的招呼聲和擁抱。她恨透了女人發出的吱喳聲，跟一群咯咯亂叫的母雞似的。

「嗨，大家。」黛芙妮的聲音穿透了吱喳聲，大家都安靜了下來。她走向安珀，摟住她的肩膀。「我要跟大家介紹一位新的委員會成員，安珀．派特森。安珀會是一位很棒的牛力軍。不幸的是，她也算是專家——她的妹妹死於囊狀纖維化症。」

安珀垂下眼皮，這群女人一起發出喃喃的同情聲。

「大家何不都坐下，我們可以隨便走動，讓妳們跟安珀自我介紹，」黛芙妮說。一手端著杯碟，坐了下來，看著女兒的照片，而安珀注意到，她稍微把照片挪動了一下。安珀環顧四周，一個接一個女人露出笑容，報上名字——蘿伊絲、邦妮、菲絲、梅若笛絲、愛琳和妮芙。她們個個光彩照人，優雅精緻，其中有兩人格外吸引安珀的注意。邦妮的體型絕對不會超過二號，留著金色長直髮，綠色大眼睛美得驚人。她無論哪一方面都十全十美，而且她也心知肚明。安珀在健身中心見過她，穿著超級短褲和運動胸罩，跟瘋子一樣運動，可是邦妮現在卻茫然看著她，彷彿之前從沒見過。安珀很想提醒她，對，我認得妳。妳就是跟妳那群姐妹淘吹噓背著老公偷腥的那個女人。

第二個就是梅若笛絲，她一點也不像這群人。她的衣著昂貴卻低調，不像其他女人一樣俗麗耀眼。她戴小小的金耳環，褐色毛衣上只有一條泛黃的珍珠。她的粗花呢裙的長度很彆扭，既不夠長也不夠短，追不上時尚。會議進行後，她和眾人不同之處越來越多。她挺直地坐著，肩膀向後，頭抬高，有一種財富加教養的不凡氣勢。在她們討論無聲拍賣以及取得的獎品時，她發言只帶一丁點寄宿學校口音，卻足以使她的話比其他人更有見識。異國假期、鑽石首飾、陳年美酒——單子沒完沒了，每個獎項都比前一個昂貴。

會議即將結束，梅若笛絲走過來，坐在安珀旁邊。「歡迎到『茱麗的笑容』來，安珀。妳妹妹的事我非常遺憾。」

「謝謝。」安珀簡單地說。

「妳跟黛芙妮認識很久了嗎？」

「喔，沒有。其實我們剛認識。在健身房。」

「還真是緣分啊。」梅若笛絲說，語調難以判讀。她瞪著安珀，感覺像是她能看穿她。

「對我們兩個都是幸運的一天。」

「對，我想也是。」梅若笛絲上下打量安珀，嘴唇拉成淡淡的笑容，站了起來。「很高興認識妳。我很期待能再深入了解妳。」

安珀察覺到危險，不是從梅若笛絲說的話裡，而是從她的態度。也許只是她自己的想像。她把空杯子放回餐具櫃，穿過落地窗，感覺落地窗在邀請她走到陽台上。她看著遼闊的長島灣，遠方有一艘帆船，風帆吃飽了風，景色壯麗。她走向陽台的另一端，從這裡更能看清底下的沙灘。等她回到裡面，她就聽見梅若笛絲的聲音從溫室傳出來。

「說真的，黛芙妮，妳對這個女孩子知道多少？妳是在健身房跟她認識的？妳知道她的背景嗎？」

安珀默默站在門邊。

「梅若笛絲，拜託。我只需要知道她的妹妹死於這種病就夠了。妳還想知道什麼？她很有資格為基金會募款。」

「妳查過她的底細嗎？」梅若笛絲問，仍語氣懷疑。「就是她的家人、教育之類的？」

「這是自願工作，不是最高法院的法官提名。我要她在委員會裡。妳以後就會知道，她會是很棒的資產。」

安珀能聽出黛芙妮的聲音中透著氣惱。

「好吧，反正是妳的委員會。我不會再提了。」

安珀能聽見地磚上有腳步聲，兩人離開了廚房，她趕緊走進去，快手快腳把她的皮包塞到沙發上一個抱枕後面，假裝是她忘了拿。皮包裡是會議紀錄和一張照片，塞進裡頭的一個口袋裡。沒有任何可供辨識身分的東西，如此一來黛芙妮就非得要翻找一遍，正好就會翻到照片。照片中的安珀十三歲，那天天氣明朗，是少數一個她母親能夠放下洗衣工作帶她們到公園的日子。她推著在邋鞦韆的妹妹。安珀在照片的背面寫了「安珀和夏琳」，雖然那是她和妹妹楚蒂的合照。

梅若笛絲會很難對付。她說她期待再深入了解安珀。嗯，安珀會確定她知道得越少越好。她可不會讓某個階級勢利眼擋了她的路。上一個想擋路的人她已經讓他自食惡果了。

4

安珀打開了她保存的那瓶賈許（Josh）窖藏紅酒。很可悲，連一瓶十二元的紅酒她都得要配量，可是她在房仲公司的薪水也只夠付房租。在搬到康乃狄克之前，她就做過研究，選好了目標，也就是傑克森．派瑞許，所以她才會搬到畢夏普斯港。是啦，她是可以少花點房租，到鄰近地區去住，但是住在這裡就代表她有許多機會能和黛芙妮．派瑞許偶遇，還可以使用所有便利的設施，而且她很喜歡接近紐約。

安珀的臉上露出笑容，回想起她對傑克森．派瑞許做研究之時，她先是看了他創立的國際開發公司的報導，立馬就上網搜尋。他的臉孔一出現在螢幕上，就讓她喘不過氣來。濃密的黑髮，飽滿的雙唇，鈷藍色的眼睛，當電影明星都不為過。她點閱了《富比士》雜誌的專訪，談及他是如何打造他的世界五百強企業。下一項連結——《浮華世界》的一篇文章——寫的是他和小他十歲的美人黛芙妮的婚姻。安珀凝視著他們兩個可愛的孩子的相片，是在一棟灰白雙色的護牆板豪宅前拍的。她盡可能蒐集派瑞許家的資料，讀到了「茱麗的笑容」，黛芙妮創立的基金會，致力於為囊狀纖維化症募款。她靈機一動，在心中有個計畫萌芽了，而第一步就是搬到畢夏普斯港。

她回顧在密蘇里時嫁給工程師的短命婚姻，真想大笑。兩人不歡而散，但是這一次她不會重蹈覆轍。

這時她端起酒杯，對著自己在微波爐上的倒影敬酒。「敬安珀。」喝了一大口，再把酒杯放到流理台上。

她打開筆電，敲下「梅若笛絲．史坦頓　康乃狄克」，立刻跳出了整頁的連結，都是梅若迪絲的個人事蹟以及她的善行義舉。梅若笛絲．貝爾．史坦頓是貝爾家的女兒，他們專門培育純種賽馬。據報導，騎馬是她的嗜好。她騎馬、展示馬、打獵，跳欄，各種馬術都嫻熟。安珀一點也不意外。梅若笛絲身上簡直就掛著「女騎士」的招牌。

安珀瞪著梅若笛絲和先生藍道夫．H．史坦頓三世的合照，背景是紐約的一場慈善活動。依她看來，老藍道夫一副屁眼裡插了一支碼尺的古板像。不過她猜銀行業是個相當枯燥乏味的事業，唯一的好處就是錢多。而看起來史坦頓家有的是金山銀山。

接著她搜尋邦妮．尼柯思，卻找不到太多資料。邦妮是馬爾奇．尼柯思的第四任老婆。他是一位重量級的紐約律師，以冷酷無情而名震江湖，而邦妮和第二及第三位老婆的酷似，讓人毛骨悚然。安珀猜想金髮派對女郎對他來說可能都大同小異吧。有篇文章說邦妮是「前模特兒」，真是笑死人了，說她是前脫衣舞孃才對吧。

她把杯裡的酒喝完，把軟木塞塞回瓶口，登入臉書，是她的一個假帳號。她調出了每晚都會查看的一份個資，掃瞄新相片和動態更新，看見了一張照片，眼睛不禁瞇了起來。相片中是個小男生，一手拿著午餐盒，另一手握著那個有錢八婆的手——「聖安德魯學院開學日」以及平淡無趣的留言「馬麻還沒準備好」，配上一個哭臉表情符號。聖安德魯，當年她渴盼能念的學院。她想要自己敲下留言：馬麻和把拔是說謊的垃圾。但是她並沒有，只是用力合上筆電。

5

安珀看著響動的手機，綻開了笑臉，看見是「未顯示來電」，她猜是黛芙妮。她不接，黛芙妮留了言。隔天，黛芙妮又打來，安珀照樣不接。顯然黛芙妮是找到了皮包。那晚電話又響了，安珀終於接了起來。

「喂？」她輕聲說。

「安珀？」

嘆口氣，隨即輕輕的一聲「對」。

「我是黛芙妮，妳還好吧？我一直在找妳。」

她發出嗆到的聲音，這才說話。這次比較大聲。「嗨，黛芙妮。唉，不好意思，今天很不順。」

「怎麼了？出了什麼事？」安珀能聽出黛芙妮話聲中的關心。

「是忌日。」

「喔，甜心。真是抱歉，妳要不要過來？傑克森出門了，我們可以開瓶酒。」

「可以嗎？」

「那還用說。孩子們都睡了，如果她們有什麼需要，還有保姆在。」

想也知道，保姆是一定要的嘛。什麼事情需要勞煩她親自動手，那還得了。「喔，黛芙妮，那就太好了。要我帶什麼嗎？」

「不用，妳人過來就好。待會見。」

安珀開車來到她家，拿出手機傳簡訊：我到了，不想按門鈴吵醒了孩子。

門開了，黛芙妮揮手要她進來。「妳真周到，還先傳簡訊來。」

「謝謝妳邀請我過來。」安珀遞出了一瓶紅酒。

黛芙妮擁抱她。「多謝，不過妳不用破費的。」

安珀聳聳肩，這只是一瓶便宜紅酒，八塊錢一瓶。她知道黛芙妮是不會喝的。

「來吧。」黛芙妮帶她到日光室，咖啡桌上已經打開了一瓶紅酒，還有兩只半滿的酒杯。

「吃過飯了嗎？」

安珀搖頭。「沒有，不過我也不太餓。」她坐下來，端起一只酒杯，呷了一小口。「這支酒真不錯。」

黛芙妮坐下來，端起自己的那杯，舉高。

「敬我們那兩個一直活在我們心裡的妹妹。」

安珀和黛芙妮碰杯，喝了一大口，擦掉一滴並不存在的眼淚。

「真的很不好意思，妳一定覺得我是個廢物。」

黛芙妮搖頭。「怎麼會呢。沒關係，妳可以跟我說。跟我說她的事。」

安珀頓了頓。「夏琳是我最好的朋友。我們同房間，晚上會聊很晚，說我們長大了離開家要做什麼。」她皺眉，又喝了一口酒。「我們的母親要是覺得我們太晚了還不睡，就會拿鞋子丟門，我們就會壓低聲音不讓她聽見。我們兩個無話不說，我們的夢想，我們的希望……」

黛芙妮靜靜聆聽，但是美麗的藍眸寫滿了同情。

「她是家裡的明珠，人人都愛她，可是她並不會恃寵而驕，你知道嗎？有些小孩，他們會變得很頑劣，可是夏琳不會。她很美麗，內外皆美。我們出去的話，大家會盯著她看，她就是那麼亮眼。」安珀略一遲疑，歪著頭。「有點像妳。」

黛芙妮發出緊張的笑。「我自己可不會這麼說。」

少來，安珀心裡想。「美女都覺得是理所當然的，她們看不到別人看到的地方。我父母以前都會開玩笑說她得到美貌，我得到頭腦。」

「好殘忍，那種說法真是差勁，安珀。妳是個美麗的女人——內外皆美。」

簡直就是不費吹灰之力，安珀心裡想——弄個醜髮型，不化妝，戴上眼鏡，拱肩縮背，就成了！可憐的醜丫頭誕生了。黛芙妮需要拯救別人，而安珀很樂意讓她拯救。她對黛芙妮微笑。

「妳只是好心。沒關係，又不是每個人都必須是美女。」她拿起了塔蘆拉和貝拉的合照，這一張放在布相框裡。「妳的女兒也好漂亮。」

黛芙妮的臉亮了起來。「她們是好孩子。我真的很幸運。」

安珀繼續端詳相片。塔蘆拉像個小大人，表情嚴肅，戴著醜眼鏡，而貝拉，金色鬈髮、藍色眼珠，像個小公主。將來這一對姊妹花的敵意可有得瞧了，安珀心裡想。等她們十來歲之後，不知道貝拉會從平凡的姊姊身邊搶走多少男朋友。

「妳有茱麗的照片嗎？」

「當然有。」黛芙妮站起來，從邊桌上拿來一張相片。「喏，」她說，把相框遞給安珀。

安珀盯著年輕的女郎，拍攝這張照片時她一定是十五歲。她很美，是那種幾乎不食人間煙火的美，大大的褐眸明亮晶瑩。

「她好可愛喔，」安珀說，抬頭看著黛芙妮。「時間並沒能撫平傷痛，對吧？」

「是啊。有些日子甚至更難挨。」

兩人喝光了一瓶酒，又開了一瓶，而安珀則聽了更多黛芙妮跟她死去的完美妹妹悲傷可憐的童話故事般的關係。安珀上洗手間時把一整杯酒都倒掉了，回到客廳後，她走路多了點醉態，跟黛芙妮說：「我該走了。」

黛芙妮搖頭。「妳不應該開車。妳應該留下來過夜。」

「不行，不行，我不要給妳添麻煩。」

「別爭了。來，我帶妳去客房。」

黛芙妮伸臂摟住安珀的腰，帶她穿過大到不成體統的房子，登上長樓梯到二樓。

「我覺得我需要上洗手間。」安珀故意說得很急。

「好。」黛芙妮扶她進去，安珀關上門坐在馬桶上。浴室極大，極華美，有按摩浴缸和淋浴間，裝得下一整個皇族，容納她的單房公寓更是不在話下。她打開門發現黛芙妮在等她。

「感覺好一點了嗎？」黛芙妮的聲音充滿了關心。

「還是有一點暈。我可不可以真的躺個幾分鐘？」

「當然可以。」黛芙妮說，引領她走上長廊，來到客房。

安珀的利眼將室內的一切盡收眼底——新鮮的白色鬱金香，襯著薄荷綠牆壁分外精神。誰會在沒有客人留宿時在客房擺上鮮花？晶亮的木地板半被一幅白色手織希臘厚絨粗地毯覆住，平添客房的高雅奢華。搖曳生姿的棉紗窗帘像是從高窗上流洩而下的。

黛芙妮扶她上床，安珀坐在床上，一手撫摸繡花鴨絨被。這種生活她輕易就能習慣。她的眼皮動了動閉上眼睛，不需要假裝，她感覺到漸漸逼近的睡魔帶來的暈眩感。她看見動靜，睜開眼就看見黛芙妮站在她的面前。

「妳就在這裡睡，我堅持，」黛芙妮說。說完，走向衣櫃，打開門，取出一件睡袍。「來，脫掉衣服，換上這件睡袍。我到走廊上去等妳換好。」

安珀脫掉了毛衣，拋在床上，再脫掉牛仔褲，套上了柔滑的白色睡袍，鑽進被窩裡。「好了。」她高聲說。

黛芙妮進房間來，一手貼著她的額頭。「可憐的小東西。睡吧。」

安珀感覺到她幫她掖被子。

「我會在我的房間裡。往下走就是。」

安珀睜開眼睛，伸手抓住黛芙妮的手臂。「拜託別走。妳能不能留下來陪我，跟我妹妹以前一樣？」她看見黛芙妮的眼中閃過猶豫，隨即繞到床鋪另一邊，在安珀身邊躺下來。「當然好，甜心。我會陪妳到妳睡著。睡吧。需要什麼，我就在這裡。」

安珀微笑，她想從黛芙妮這兒拿的是她的一切。

6

安珀翻著《時尚》雜誌，一面聽著電話另一頭的八婆埋怨她名下的那棟房屋只賣了五百萬。她討厭星期一，老闆會要求她在午休時間坐櫃檯。老闆答應了她下個月新人一上班就免去她這樁苦差事。

她在「羅林斯房地產」是從住宅部的秘書做起的，那時她剛搬到畢夏普斯港，而她痛恨每一分鐘的上班時間。幾乎每一個客戶都是嬌縱的女人和自大的男人，每一個都自抬身價，是那種在十字路口從不放慢昂貴汽車車速的人，因為他們相信他們一定有交通優先權。她安排會面時間，打電話告知他們最新發展，排定鑑價和檢查的日程，可他們仍當她是隱形人。她倒是注意到他們對房仲的態度還稍微有禮一些，但是他們整體上的目中無人仍是氣得她咬牙。

她利用頭一年去念商用不動產的課程，從圖書館借閱相關書籍，週末時手不釋卷，有時還忘了吃午餐或晚餐。等她覺得實力夠了，就去找商業部的經理馬克．顏森，討論她對土地重劃投票的想法。她在報上看到這則消息，認為是一個良機，投票若過關，對他們的一位客戶也是益處多多。經理對她的知識以及對市場的了解極為佩服，開始偶爾停在她的桌前聊他部門的生意。幾個月後，她就坐到了他的辦公室外，和他密切合作。她自己勤奮苦讀，再加上他的指導，她在知識和專業技巧兩方面都有長足的進步，也算安珀運氣好，馬克是一位很好的上司，一個顧家的好男人，待她以尊重和客氣。她攀上了一早就想要爬上的位子，只是需要時間和毅力，而毅力可是安珀的強項。

接待員珍娜拿著皺巴巴的麥當勞紙袋和汽水進來。難怪她這麼胖，安珀在心裡嫌棄。一個人怎麼能這麼沒有自制力？

「嘿，妹子，謝謝妳幫我代班。沒什麼事吧？」珍娜的笑容讓她的臉更圓了。

安珀一聽就火大。妹子？「只有一個白痴不高興別人買了她的房子。」

「喔，大概是沃恩太太。她失望透了，我真替她難過。」

「別浪費眼淚了。她現在又可以靠著她老公的肩膀哭，再買棟八百萬的房子。」

「喔，安珀，妳真好笑。」

安珀困惑地朝珍娜搖搖頭，走開了。

那天晚上，安珀泡澡時想著這兩年。她一直準備要全數拋到腦後——乾洗化學藥劑刺痛她的眼鼻，布料上沾滿的泥土黏在她的手上，以及人算不如天算的偉大計畫。就在她以為終於抓住了發財的機會之際，一切卻土崩瓦解。情勢不允許她留下來，所以她離開了密蘇里，而且抹去了一切痕跡，不讓任何人找到她。

洗澡水變涼了，安珀站起來，以薄毛圈布袍裹住身體，跨出浴缸。根本就沒有什麼康乃狄克老同學邀請她搬過來，她剛踏足畢夏普斯港沒幾天就租了這間附家具的小公寓。骯髒的白牆光禿禿的，地上鋪著一條落伍的豌豆綠地毯，八成從一九八〇年代就存在了。唯一的座椅是一張軟墊雙人沙發，椅臂磨損，頭枕凹陷。小沙發的另一端擺了一張塑膠桌，桌上什麼都沒有，連盞檯燈也沒有。室內唯一的照明就是天花板上孤伶伶的一盞有流蘇燈罩的燈泡。這裡頂多只是個睡覺、掛帽子的地方，不過在她的計畫完成之前，這裡只是暫時的落腳處，到頭來，辛苦會是值得的。

她快速擦乾身體，換上睡褲和運動衫，在面對著唯一一扇窗的桌子坐下，拿出內布拉斯加檔案，再讀一次。黛芙妮沒有再問她童年之事，不過，溫故知新嘛。內布拉斯加是她離開家鄉密蘇里之後的第一個駐足點，而她的運氣就是從此改變的。她有自信她比誰都了解內布拉斯加的尤斯提斯市，以及它的德國香腸節，就連現存最老的居民都比不上她。她掃瞄檔案，再放下，拿起了下班後到圖書館去借的那本國際不動產的書。書夠重的，可以當門擋，而她知道需要許多漫長的夜和專心致志才念得完。

她微笑。縱使公寓褊小，卻是她渴望多年的自己的房間。小時候她和三個妹妹擠在被她父親改裝成大通鋪的閣樓裡。無論她有多勤快，房間總是一團亂，妹妹的衣服、鞋子、書丟得到處都是，氣得她抓狂。安珀需要秩序——有紀律、有組織的秩序。而現在，好不容易，她是自己的世界的主人，也是自己的命運的主宰。

7

週一早晨安珀很仔細地挑衣服。昨天下午很湊巧，她在圖書館遇見了黛芙妮和她的兩個女兒。她們停下來寒暄，黛芙妮把她介紹給塔蘆拉和貝拉。她對姊妹倆的不同印象深刻。塔蘆拉又高又瘦，戴眼鏡，五官平凡，看來文靜內向。貝拉則是一個可愛的小精靈，在書架間蹦來蹦去，金黃鬈髮也跟著晃來晃去。兩個女孩都有禮貌卻對她不感興趣，大人說話時自行翻閱圖書。安珀注意到黛芙妮不像平常那般開朗。「妳還好嗎？」她說，一隻手輕按著黛芙妮的手臂。黛芙妮紅了眼圈。「我今天只是甩不掉一些回憶。沒事。」

安珀整個人提高警覺。「回憶？」

「明天是茱麗的生日，我沒辦法不想她。」她撫摸貝拉的鬈髮。小女孩抬頭，向她微笑。

「明天？二十一日？」安珀說。

「對，明天。」

「我不敢相信，夏琳也是明天生日！」安珀默默斥責自己，希望不會太躁進而弄巧成拙，可一看到黛芙妮的表情，她就知道自己撥對了琴弦。

「我的天啊，安珀，太不可思議了。我快覺得是上天讓我們兩個相遇了呢。」

「感覺上還真像天意，」安珀說，馬上沉默數秒。「我們明天應該做點什麼來紀念我們的妹妹，記住美好的事情而不是沉湎在傷心事上。要不要我弄些三明治，我們到我的公司吃午餐？河邊那棟建築的側面有張小小的野餐桌。」

「真是好主意，」黛芙妮說，比較有生氣了。「不過何必麻煩妳準備午餐，我去接妳，我們到鄉村俱樂部去。妳覺得怎麼樣？」

怎麼樣？當然是正中安珀下懷。她就等著黛芙妮如此提議，可她不想顯得太心急。「妳確定嗎？其實真的不麻煩，我每天都會準備午餐。」

「那還用說。要我幾點去接妳？」

「我通常都是十二點半休息。」

「好極了，到時見，」黛芙妮說，挪了挪挽著的一摞書。「我們會把它弄成一個快樂的紀念會。」

而此時，安珀最後一次打量鏡中的自己——白色船型領T恤以及她僅有的一件質料高級的海軍藍休閒褲。她試穿了那雙結實的涼鞋，後來又換了一雙白色的。她戴了假珍珠耳環，右手戴了一只鑲了一小顆藍寶石的金戒指，唯一的化妝是極淡的粉紅色唇蜜。滿意於她的外表收斂而不太過時，她抓起鑰匙，出門上班。

十點之前，安珀至少看了十五次時鐘。她雖然想集中精神校對面前的這份新的購物中心合約，時間卻如牛步般難挨。她重讀最後的四頁，一面做筆記。自從她揪出了契約上的一個錯誤幫公司省下一大筆錢之後，馬克就一定要等她校對完成才肯簽名。

今天又輪到安珀幫珍娜接電話，但是珍娜同意留守，讓安珀去吃午餐。

「妳要跟誰去吃飯？」珍娜問。

「妳不認識。她叫黛芙妮．派瑞許。」她回答，感覺自己也成了要人。「喔，派瑞許太太啊，我見過她，兩年前，跟她母親。她們母女一起來，因為她媽媽要搬到這裡，跟他們住得近一點。她看了不知道多少房子，最後還是住到新罕布夏了。她真的是個很和氣的人。」

安珀豎起了耳朵。「真的？她叫什麼名字？妳還記得嗎？」

珍娜抬頭看天花板。「我想想。」她沉默了一會兒，隨即點頭，低頭看著安珀。「我記得，她叫茹絲．班尼特。她是寡婦。」

「她一個人住？」安珀問。

「好像吧。她在新罕布夏開了一家民宿，所以不算是一個人，對吧？不過話說回來，他們都是陌生人，所以她也算是獨居。也許可以說是半獨居，只有在晚上睡覺的時候是一個人，」珍娜說個不停，「她在離開之前送了一籃子美食到公司來感謝我的辛苦。好貼心喔，可是也有點可憐。她好像真的很想搬過來。」

「那為什麼沒有？」

「不知道。說不定是派瑞許太太不想讓她住在附近。」

「她說的嗎？」安珀刺探道。

「也不是，只是她好像不是很高興她媽媽要搬過來，大概是因為不需要她在身邊吧。知道嗎，她有保姆那些人嘛。她第一個女兒出生以後，我的一個朋友就當過她的保姆。」

安珀覺得像挖到了金礦。「真的嗎？那她當了多久？」

「兩年的樣子吧。」

「她是妳的好朋友嗎？」

「莎莉？對，我跟她是老朋友了。」

「我猜她一定有很多故事可說。」安珀說。

「什麼意思？」

真的假的，這還用問？「就是，他們家的事啊，他們是什麼樣的人，在家裡都做什麼——諸如此類的。」

「大概吧。可我不是很有興趣，我們還有別的事好聊。」

「說不定下星期我們三個可以吃頓飯。」

「嘿，好極了。」

「妳何不明天打電話給她，敲定時間？她叫什麼來著？」安珀問。

「莎莉，莎莉．麥克帝爾。」

「她住在畢夏普斯港嗎？」

「她就住在我家隔壁，我每天都會看到她。我們是一塊長大的，我會問她吃飯的事，一定很好玩。就像三劍客。」珍娜蹦回辦公桌去了，安珀也回去上班。

她拿起契約，放到馬克的空辦公桌上，下午等他從諾沃克赴約回來就能討論了。她看看手錶，發現還有二十分鐘可以整理打點。她回了兩通電話，歸檔了一些散置的文件，就去洗手間整理頭髮。滿意了之後，就到大廳去瞪大眼睛等著黛芙妮的荒原路華。

車子在十二點半抵達，分毫不差。安珀很高興黛芙妮這麼守時。安珀推開了大樓的玻璃門，黛芙妮搖下車窗，開心地打招呼。安珀走向乘客座，打開車門，坐上了涼爽的車內。

「看到妳真開心。」安珀說，希望語氣夠熱烈。

黛芙妮扭頭看著她，先微笑才換檔。「我一整個早上都好期待，等不及我的園藝社會議快點結束。我知道它會讓今天更容易熬過去。」

「希望如此。」安珀柔聲說道。

接下來的兩條街兩人都一言不發，安珀靠著柔軟的皮椅，頭微微轉向黛芙妮那邊，打量她的白色亞麻褲和無袖白上衣，上衣的下襬是一圈海軍藍。她戴著小金耳環，手腕上除了手錶之外只有一只金手鐲，當然還有戒指，那顆寶石只怕連鐵達尼號都載不動。她纖細的胳臂曬得很漂亮。她的模樣健美，而且富有。

汽車駛入「潮水鄉村俱樂部」車道，安珀將一切收入眼簾——弧度不大的車道，兩側的草皮修剪得一般長，一根雜草也沒有；網球場上的人一身耀眼的白衣；遠處有泳池；還有聳立在她們面前的華宅，比她想像中還要雄偉。她們繞著圓形車道來到大門口，一個年輕人迎上前來，雖然穿制服，但深色卡其褲和綠色馬球衫卻給人休閒的印象。他頭上戴著白色遮陽帽，繡著綠色的潮水商標。

「午安，派端許太太。」他一邊開門一邊說。

「哈囉，丹尼，」黛芙妮說，把車鑰匙交給了他。「我們只是來吃午餐的。」

他繞過來幫安珀開門，但她已經下了車。

「那，用餐愉快。」他說，坐上了車。

「他真是個好青年，」黛芙妮說，跟安珀走上寬階梯。「他母親以前是傑克森的員工，可是最後兩年病得太重，丹尼照顧她，也半工半讀念完大學。」

安珀很好奇他看見這麼多金錢砸在俱樂部裡，而他卻得要照顧生病的母親，還得賺錢餬口，不知心裡作何感想。不過她沒說出口。

黛芙妮建議她們在露台用餐，所以領班就帶領她們到戶外。安珀吸入了她極愛的冷冷海風。她們的桌位可以瞭望大海，三處長碼頭泊滿了各式各樣的船隻，隨波搖晃。

「哇，好美。」安珀說。

「是很美。正適合用來緬懷夏琳和茱麗所有美好的地方。」

「我妹妹一定會愛死這裡的。」安珀說，而且說的是真心話。她那三個活蹦亂跳的妹妹作夢都夢不到這樣的地方。她把眼光從海水上拉開，回頭看著黛芙妮。「妳一定常常和妳的家人來這裡。」

「是啊。傑克森當然是一來就衝進高爾夫球場。塔蘆拉和貝拉什麼課都上——駕船、游泳、網球。她們挺愛運動的。」

安珀不由得納悶在這種世界長大會是什麼樣子，打從襁褓起一切就打點妥當，只等著你來享受生命中所有的好東西。在這個世界中，你從一出生就會和正確的人交朋友，在最好的學校受教育，而且百葉窗也緊緊阻擋住外人。她忽然覺得既傷心又羨慕。

侍者為她們送上了裝在長杯裡的冰茶，為她們點餐——黛芙妮是小份沙拉，安珀是黃鰭鮪魚。

「好了，」黛芙妮趁等待時說，「跟我說說妳妹妹的美好回憶吧。」

「嗯，我記得她才幾個月大，我跟我媽帶她去散步。我應該是六歲，那天天氣很好，媽讓我推嬰兒車，她當然走在我旁邊，以防萬一。」安珀先熱身，一面說一面潤色。「可是我覺得自己已經長大了，好開心多了一個小妹妹。她好漂亮，藍藍的眼睛，金黃的鬈髮，就像一幅畫。我覺得從那天開始我就有點認為她也是我的女兒。」

「好溫馨喔，安珀。」

「妳呢？妳記得什麼？」

「茱麗跟我只差兩歲，所以我不太記得她還是嬰兒時候的事，可是後來，她好勇敢。她美麗的臉上總是掛著笑容，從不抱怨。她老是說如果真要有誰得囊狀纖維化症的話，她很慶幸是她，因為她不想要別的孩子受苦。」黛芙妮打住，眺望大海。「她的身上一點壞因子也沒有，她是我見過最好的人。」

安珀在椅子上欠動，感到一股自己也說不上來的忸怩。

黛芙妮接著說：「最讓人不敢去想的是她吃的苦。每一天。她必須吃的那些藥。」她搖頭。「我們以前都一塊早起，我在她穿上充氣背心時陪她說話。」

「對，就是那種震動背心。」安珀記得讀過這種背心有助於清除肺部的黏液。

「後來成了例行公事——背心、噴霧器、吸入器。她每天都要耗上兩個多小時來延緩疾病的影響。她真的相信她會去念大學，結婚生子。她說每一種治療她都很認真做，因為那可以讓她有未來。她一直堅信到最後，」黛芙妮說，一滴清淚從腮上滾落。「只要能讓她回來，我什麼都願意。」

「我知道，」安珀低聲說。「也許是我們妹妹的靈魂把我們帶到了一塊，感覺有點像是她們現在就和我們在一起。」

黛芙妮眨回更多眼淚。「我喜歡這種說法。」

黛芙妮的回憶與安珀的故事持續了整頓午餐，侍者來收走盤子，安珀靈機一動，轉向他。「我們今天要慶祝兩個生日，你可以送一片巧克力蛋糕來讓我們分享嗎？」

黛芙妮對安珀綻開的笑容充滿了溫情與感激。

他送上了蛋糕，蛋糕上點了兩根蠟燭。他花俏地行禮，說：「生日快樂。」

兩人的午餐超過一個小時，但是安珀不急著回去上班，反正馬克至少三點才會回來，而且她跟珍娜說過她可能會晚一點。

「那麼，」黛芙妮在兩人喝完咖啡之後說，「我大概應該送妳回公司了，可不想害妳惹得老闆不高興。」

安珀環顧左右找侍者。「不用買單嗎？」

「喔，別擔心，」黛芙妮說，揮了揮手。「他們會記在我們帳上。」

想也知道，安珀心裡想。看來錢越多就越不用實際接觸銅臭了。

黛芙妮開車回房仲公司後，停好車，看著安珀。「我今天真的很開心。我已經忘了跟一個真正了解的人談一談是多麼暢快的事情了。」

「我也很開心，黛芙妮。很有幫助。」

「我想問問星期五晚上妳有沒有空跟我們一起吃飯？」

「唉呀，我很樂意。」黛芙妮這麼快就敞開雙臂歡迎她，她簡直樂歪了。

「好，」黛芙妮說，「那星期五見。六點左右？」

「好極了，到時見。還有，謝謝妳。」安珀看著她駛離，覺得自己中了大樂透。

8

在和黛芙妮午餐之後的隔天，安珀在健身房的Zumba課站在邦妮的後面，看著邦妮的兩隻腳打結，忙著追上教練的動作。她在心裡偷笑。真是笨手笨腳，她暗忖。下課後，安珀不慌不忙在更衣室裡換裝，站在一排置物櫃後面，就在邦妮的隔壁，聽著花瓶老婆和她的諂媚團討論她的計畫。

「妳幾時要見他？」一個問。

「傍晚，在藍雉雞。不過別忘了，要是妳們的老公問起，我今晚是跟妳們在一起。」

「藍雉雞？大家都去那兒，萬一有人看見呢？」

「我就說他是客戶。我可是有房仲執照的。」

安珀聽見竊笑聲。

「笑什麼，麗笛雅？」邦妮不客氣地說。

「喔，只是妳嫁給馬爾奇之後可沒怎麼用到執照。」

馬爾奇．尼柯思淨資產一億美金，這件事深印在安珀的腦子裡——還有他酷似瑪士撒拉[3]。

安珀能理解邦妮為什麼會向外發展。

「反正我們也不會待多久。我在對街的皮埃蒙特訂了房間。」

「真淘氣。妳是不是用羅賓森太太[4]的名義訂的？」

大家全都笑了起來。

老邁的丈夫，年輕的情人——滿有詩意的。安珀得到了她企求的東西，所以她直接去淋浴，再衝回公司，早已為蹺班很久找好了說詞。

那天稍後，她提早到酒吧，拿著書和一杯酒坐在後面的位子。客人漸漸多了起來，她努力猜測會是哪一個。她相準了那個穿牛仔褲的俏皮金髮帥哥，這時萬人迷先生走了進來，黑玉般的頭髮和明亮的藍眸，簡直是派屈克·丹普西❺的翻版。他駝色的喀什米爾外套和黑色絲領巾頹廢得恰到好處。他點了一瓶啤酒，喝了一口。邦妮進來了，兩隻眼睛像雷達一樣搜尋他，立即衝到吧檯，兩條手臂就纏住了他的脖子。兩人貼得那麼緊，連火柴盒都塞不進去。他們喝完了酒，又點了一次。萬人迷先生一手摟住邦妮的腰，把她拉得更近。邦妮把那張可愛的小臉向上仰，火熱地吻住了他。就在這一刻，安珀把手機調成靜音，舉高，拍了好幾張兩人的恩愛照片。他們總算是分開了，手挽著手離開了酒吧。顯然是不想再在酒吧裡浪費時間了，對街的飯店房間正在向他們招手呢。

安珀喝完了酒，瀏覽相片，走向汽車時仍笑個不停。可憐的老馬爾奇明天會收到幾張相當具啟發性的照片。而邦妮呢——嗯，邦妮會煩惱得快發狂，沒辦法繼續擔任黛芙妮的副手。

---

❸聖經中的人物，據傳享壽九百六十九歲。

❹電影《畢業生》（*The Graduate*）中的人物，她勾搭丈夫事業夥伴的兒子，又阻撓自己的女兒嫁給他。

❺美國著名影視演員，曾經獲得金球獎提名，在多部影視作品中出演主要角色，例如《實習醫生》及《曼哈頓奇緣》等。

9

安珀一直數著日子等星期五到來。她終於要去見傑克森了，而她因為期待而飄飄然。等她按下門鈴，她已經感覺要爆裂了。

黛芙妮笑容燦爛地來迎接她，牽住了她的手。「歡迎，安珀。妳能來真好。請進請進。」

「謝謝妳，黛芙妮。我一整個星期都在期待。」安珀走入大玄關時說。

「我想晚餐前我們可以先到溫室去喝杯酒，」黛芙妮說。安珀跟著她走進房間。「妳要喝什麼？」

「嗯，我看我來杯紅酒好了。」安珀說，環顧室內，卻見不到傑克森的蹤影。

「黑皮諾好嗎？」

「好極了。」安珀說，很納悶傑克森是死到哪裡去了。

黛芙妮把酒杯給她，彷彿是看穿了她的心思，說：「傑克森很晚才能下班，所以今晚只有我們女生——妳、我、塔蘆拉和貝拉。」

安珀的欣喜煙消雲散。這下子她得一整晚坐著聽兩個孩子讓人無聊到想睡覺的嘰嘰喳喳。說時遲那時快，貝拉衝進了房間。

「媽咪，媽咪，」她哀叫，撲上黛芙妮的大腿。「塔蘆拉不唸我的《芭蕾女伶安潔莉娜》給我聽。」

塔蘆拉就跟在後面。「媽，我是想幫她自己唸，可是她不肯，」她說，說話像個小大人。「我在她這麼大的時候唸的書要難多了。」

「孩子們，今晚別吵架，」黛芙妮說，揉亂貝拉的鬈髮。「塔蘆拉是想要幫妳，貝拉。」

「可是她知道我不會唸啊。」貝拉說，臉仍埋在黛芙妮的大腿上，聲音模糊。

黛芙妮輕撫女兒的頭。「沒關係，寶貝。放心好了，很快妳就會了。」

「來吧，小姐們，」黛芙妮對著她們三個說，「我們到露台上去好好吃頓飯吧。瑪格麗塔做了一些可口的酪梨醬，可以當開胃菜。」

夏季很快就要結束了，戶外的一陣清風帶來了一絲絲的涼意。即使是在黛芙妮家的露台上吃一頓家常菜都透露出風格與世故，安珀這麼想。大紅色的三角形盤子擺在海軍藍的餐墊上，裝飾著銀色帆船的餐巾環束著藍白色格紋餐巾。安珀注意到每套餐具都擺放得一模一樣，讓她想起了電影中的貴族，服侍的僕人真的拿尺衡量每套餐具在餐桌上的位置。這個女人就沒有放鬆的時候嗎？

「安珀，妳何不坐這裡。」黛芙妮說，指著直接面對海水的椅子。

這兒的風景當然是美得驚人，天鵝絨般的草皮緩緩傾斜，連接下方的沙灘與海水。她數了數，有五張戶外椅擺在沙灘上，距離海水邊緣幾碼遠。真是風景如畫，真是誘人！

貝拉從對面打量安珀。「妳結婚了嗎？」

安珀搖頭。「沒有。」

「為什麼？」貝拉問。

「寶貝，這樣問很沒禮貌。」黛芙妮看著安珀，笑了笑。「對不起。」

「沒關係。」安珀轉而注意貝拉。「大概是我沒遇見白馬王子吧。」

貝拉瞇起眼睛。「誰是白馬王子？」

「只是一種說法，笨蛋。她的意思是還沒遇到她要的人。」塔蘆拉解釋道。

「哼。搞不好是因為她有點醜。」

「貝拉！妳馬上道歉。」黛芙妮的臉變得很紅。

「為什麼？我說的是真的啊。」貝拉不服氣。

「就算是真的也很沒禮貌。」塔蘆拉主動說。

安珀的眼睛向下瞟，一聲不吭，想裝出傷心的模樣。

黛芙妮站了起來。「夠了。妳們兩個可以自己到廚房去吃飯。坐在那兒好好想想怎麼跟別人說話才妥當。」她搖鈴叫瑪格麗塔，把連聲抗議的兩個女兒帶走。她走到安珀這邊，伸臂摟住她的肩膀。「我真的是太不好意思了，我尷尬得無地自容，她們的行為太不可取了。」

安珀露出小小的笑容。「妳不需要道歉。她們還是孩子，說話也是無心的。」她又微笑，想到不必再受那兩個小鬼打擾，心情大好。

「謝謝妳這麼體諒。」

她們聊聊這個，說說那個，享受美味的奶油蒜頭檸檬蝦配藜麥和菠菜沙拉。不過安珀發覺黛芙妮幾乎沒吃兩口蝦，沙拉也吃得不多。安珀則是一口也不剩，她可不要浪費了這麼昂貴的食物。

氣溫變涼了，黛芙妮建議兩人回去日光室喝咖啡，安珀鬆了口氣。

她跟著黛芙妮來到了一個氣氛活潑的房間，裡頭的裝潢盡是各種的黃色調和藍色調。牆壁排列著白色書架，安珀在一面書架前徘徊，很好奇黛芙妮都看些什麼書。書架上全是經典，依照作者姓名的字母順序排列。從阿爾比一路到伍爾夫。她敢打賭黛芙妮絕不可能全都看過。

「妳喜歡看書嗎，安珀？」

「很喜歡。不過，這裡的書恐怕大部分我都沒讀過。我比較喜歡當代的作家。妳都看過嗎？」

「對，看了很多。傑克森喜歡討論好書。我們只看到H部分，正在讀荷馬的《奧德賽》，可不輕鬆呢。」她笑了笑。

一隻可愛的瓷烏龜，藍得如加勒比海，吸引了安珀的目光，她伸手去摸。她在屋子裡也看過不少隻，每一隻都獨一無二，而且一隻比一隻細緻。她看得出每一隻都非常昂貴，而她巴不得能拿起來砸到地上。哼，她每個月為了房租節衣縮食，而黛芙妮卻能把錢虛擲在收集這些臭烏龜上。太不公平了。她別開臉，坐在黛芙妮旁邊的絲質雙人沙發上。

「今天實在太愉快了。再次謝謝妳邀我來。」

「是很愉快，我很樂於跟其他成年人說說話。」

「妳先生常常加班嗎？」安珀問。

黛芙妮聳聳肩。「看情況。他通常會回家吃晚餐。他喜歡全家人一塊吃飯。可是他正在處理加州的一筆土地交易，加上時差，有時也無可奈何。」

安珀走去端起她面前桌上的咖啡杯，卻沒抓穩，杯子砸到地上。

「真對不起——」黛芙妮恐懼的表情嚇得她一句話沒說完。

黛芙妮從椅子上一躍而起，衝出房間，幾分鐘後帶著一條白毛巾和一個碗回來，碗裡裝著什麼混合液。她開始拿毛巾吸污漬，接著又用她拿來的混合液擦拭。

「我能幫忙嗎？」安珀問。

黛芙妮頭也不抬。「不用、不用，我來就行了。我只是想在污漬滲透之前擦乾淨。」

安珀覺得手足無措，看著黛芙妮清理污漬，彷彿是生死交關的大事。這種事不是都交給佣人的嗎？她坐在那兒，感覺像白痴，而黛芙妮則像發了狂一般擦拭。安珀漸漸覺得氣惱多於抱歉了。是啦，她是灑了什麼，有什麼了不起的。起碼她沒罵別人醜。

黛芙妮站起來，再看了清理好的地毯一眼，這才朝安珀怯生生地聳個肩。「幸好。我幫妳再拿個杯子好嗎？」

真的假的？「不用了，沒關係。我真的該走了，時間很晚了。」

「妳確定嗎？妳不用這麼快就走啊。」

通常安珀會留下來，稍微再順勢配合，多演一會兒，但是她沒把握能不能掩飾得住她的氣惱。況且，她看得出黛芙妮仍然惴惴不安。這人的潔癖還真嚴重。她八成會在安珀走後拿放大鏡來檢查地毯。

「我真的該走了。今晚實在是很高興，我真的很喜歡跟妳在一起。那就下星期的委員會上見了。」

「小心開車。」黛芙妮關門時說。

安珀瞄了瞄手機上的時間。趕快的話，她還可以在圖書館關門之前去借一本《奧德賽》。

10

到第三次的委員會開會時，安珀已經預備執行「拜拜邦妮行動」的最後階段了。今天她穿了一件圍裹式薄毛衣，從Loft買的，搭配她最好的一件黑色休閒褲。她怕死了看見其他女人，忍受她們故作委婉的眼光和太過禮貌的交談。她知道她是個外人，而她恨透了她讓這件事影響了她。吸了一口空氣淨化心靈，她提醒自己唯一需要擔心的人就是黛芙妮。

硬擠出笑臉，她按了門鈴，等著被引領入內。

穿制服的管家來開門。

「太太很快就下來。她在溫室留了一張紙請妳一面等一面看。」

安珀對她微笑。「謝謝，瑪格麗塔。對了，我一直想問妳。那晚妳做的酪梨醬美味極了——沒吃過這麼好吃的。妳放了什麼秘密佐料？」

瑪格麗塔一臉高興。「謝謝妳，安珀小姐。妳保證不會說出去？」

安珀點頭。

她傾身低語：「茴香。」

安珀其實不喜歡那種黏乎乎的綠色玩意——她討厭酪梨——不過每個女人都認為自己的食譜非常特殊，而這是一個討別人歡心的簡單方法。

房間擺設了自助式早餐：馬芬、水果、咖啡、茶。安珀抓了一只馬克杯，倒了滿滿一杯咖啡。在黛芙妮走進來時，她已經看過議程了。黛芙妮一如往常一樣完美，安珀站起來，給了她一個擁抱。她拿高那張紙，皺眉指著第一項。「需要新的副主席？邦妮呢？」

黛芙妮嘆氣搖頭。「她幾天前打電話來，說有家庭危機要處理。得出遠門去照顧一個生病的伯伯。」

安珀裝出困惑的表情。「真可惜。她不是在今天之前該把無聲拍賣的事安排好嗎？」這是一件複雜的工作，需要良好的組織能力以及細心縝密。所有的義賣物件都已取得，但是安珀滿肯定邦妮還有很多的事情沒有完成，因為她的世界在一週之前瓦解了。

「是啊。可惜，她昨天才告訴我她還沒安排好。這下子我們真的遇上麻煩了。我實在不好意思要求別人來接手，他們得馬不停蹄的工作才能及時讓一切都就緒。」

「我知道我是新人，可是我做過這種事。我很樂意幫忙。」安珀俯視指甲，再抬頭看黛芙妮。「可是其他人可能不會高興。」

黛芙妮的眉毛揚了起來。「妳是不是新人根本無所謂，我知道妳來這裡是因為妳真的有心。可是工作一大堆，」她說，「所有品項的詳細描述還沒做，競標單也得配合，競標的起價也要決定。」

安珀盡力讓聲音顯得一派輕鬆。「我幫以前的老闆安排過一次。競標單最好是三聯單，三種不同顏色，最後的一張和拍品放在一起，競標截止之後，再把另外兩張拿給收銀員。可以免除混亂。」

她昨晚在Google上搜尋研究過，果然不枉費她的用功，黛芙妮一臉佩服。

「這會讓我覺得我是在為夏琳做點什麼，」安珀接著說，「我是說，我沒有錢能捐款，可是我可以貢獻我的時間。」她給了黛芙妮一個她希望是可憐兮兮的表情。

「妳說得對。妳如果能當我的副主席，我會非常榮幸。」

「那其他人呢？她們能接受嗎？我不想得罪人。」

「她們就交給我吧，」黛芙妮說，舉高咖啡杯向安珀致敬。「夥伴。為了茱麗和夏琳。」

安珀拿起咖啡杯，和黛芙妮碰杯。

一個半小時之後，在吃過黛芙妮的早餐，敘過她們妙趣橫生的生活之後，這群女人終於談起開會的正事了。每天早晨都能像這樣虛擲浪費一定是賞心樂事。而安珀還得要挪用她的年假才能來這裡。

安珀屏住呼吸，看著黛芙妮清喉嚨對全室的人說話。「很可惜，邦妮得退出委員會。她被叫到外地去照顧生病的伯伯。」

「喔，真可惜。希望不是很嚴重。」梅若笛絲說。

「我不清楚細節，」黛芙妮說，隨即頓了頓。「我本來要請妳們之中的一位擔任副主席的，不過安珀很親切，自願拔刀相助。」

梅若笛絲看著她，再看著黛芙妮。「確實是很夠義氣，不過妳覺得這樣真的明智嗎？我沒別的意思，可是安珀剛加入，有很多事情得加緊辦理。我很樂意做。」

「還沒做的事情裡最主要的就是無聲拍賣，而安珀有經驗，」黛芙妮以淡定的語氣說。「再者，安珀在這件事上也牽涉到個人感情，她想要紀念她的妹妹。我相信她會很歡迎妳的協助，以及委員會各位的協助。」

安珀看看黛芙妮又看看梅若笛絲。「如果妳願意提供建議，我會非常感激。等我評估目前的進度之後，我就能分攤一些工作。」一想到讓這個有錢的三八來向她報告，她就樂得臉紅。她並未錯過梅若笛絲臉上的惱怒，而她則拚命按捺住竊笑。

梅若笛絲挑高一道眉。「當然，我們都很樂意盡自己的責任。邦妮原本計畫要把所有拍賣品擺在她家裡，要我們過去幫忙寫競標單和品項描述。我們是不是應該要去妳家裡啊，安珀？」

安珀還沒回答，黛芙妮就衝進來解救她了。「東西都在這裡了，我昨天下午叫人去拿的。就不用再搬來搬去了。」

安珀說話時死盯著梅若笛絲。「我還計畫要把表格都自動化，效率會高很多。我可以把拍賣品的照片和表格一起email給妳們每一個人，不過妳們可以把拍品的相關資料填好，再寄回來。然後我就可以列印出來，和拍賣品整合起來。我今晚會把分類email給每一位，妳們可以讓我知道妳們要寫哪一個。就不需要浪費時間再聚會了。」

「真是好主意，安珀。看到了吧，女士們？有新血加入真好。」

安珀往後靠，露出笑容。她感覺到梅若笛絲評估的眼神落在她身上，也又一次發現她全身上下都散發出家族悠久富貴的味道，從她的珍珠項鍊到微微磨損的駝毛外套。極淡的化妝，並不特別的髮型，低調的腕錶和耳環。她的結婚戒指是一圈藍寶石和鑽石，像是傳家之寶。這個女人絲毫不炫富，但就是明確地散發出「五月花號」[6]血統以及信託基金的氛圍。她的自負讓安珀想起了拉克伍德太太，她是家鄉最富有的女人，每週一早上都會把她的喀什米爾毛衣、羊毛套裝、正式的禮服拿到乾洗店來，小心翼翼放到櫃檯上，好像受不了她神聖的衣服碰到底層人民的衣物。她從不和安珀打招呼，別人跟她打招呼她也只是擠出酸溜溜的笑容，活像是聞到什麼東西臭掉。

拉克伍德家住在山頂上一棟大房子裡，可以俯瞰全鎮。安珀在全郡園遊會上見過他們的獨生女法蘭西絲，兩人立馬就成了朋友。法蘭西絲第一次帶安珀回家，安珀被房子的大小和華麗的裝潢弄得目瞪口呆。法蘭西絲的臥室簡直就是年輕女孩子的夢想，全都是粉紅色和白色的，一大堆的荷葉邊。她的玩偶——那麼多！——整齊排列在內嵌的架子上，有一面牆上立著一個櫃子，裝滿了書和獎盃。安珀記得自己非常捨不得離開那間臥室。但是這段友情很短命，安珀畢竟不是拉克伍德太太會想要她的寶貝女兒當朋友的那個階層。於是兩個女孩的友誼來得快去得也快，被法蘭西絲專制的母親一刀切斷了。從此之後，安珀想起來就氣憤，但在她認識馬修之後，她就找到了報復的方式。馬修是法蘭西絲英俊的哥哥，拉克伍德太太壓根就不曉得是遭了什麼報應。

而現在，她在這裡，面對著來自梅若笛絲・史坦頓同樣的優越感。不過，到目前為止，安珀一分，梅若笛絲零分。

「安珀。」黛芙妮的聲音驚醒了她的回憶。「我想要拍張照片作宣傳。妳就和拍賣委員會站到一些拍賣品前面。我相信《港口時報》會刊登，同時介紹這次的募款活動。」

安珀無法動彈。照片？上報？她不能讓這種事情發生。她得快點想出個點子來。「嗯。」她頓了頓。「唉呀，黛芙妮，我才剛加入，把我拍進去我覺得不公平。應該是拍那些付出的努力比

❻ 一六二〇年從英格蘭搭載清教徒前往美洲殖民地的客船，也是美洲移民的先驅。

我還多的成員。」

「妳真客氣，可妳現在是副主席了。」黛芙妮說。

「別人的辛苦獲得表揚真的會讓我比較自在一點。」安珀環顧四周，發覺她的謙遜為她加分了。這是雙贏的局面。她可以在這群勢利鬼的面前維持住那個貧窮卻甜美、不強出頭的小流浪兒形象。而最重要的是，不會有來自過去的鬼魂跑到這裡來四處打探。目前她暫時需要保持低調。

11

隔天早晨珍娜蹦跳著進入安珀的辦公室，眉開眼笑的，瞇瞇眼幾乎要被胖胖的臉頰埋住了。

「妳猜怎麼著？」她說，上氣不接下氣。

「猜不著。」安珀平淡地說，甚至連頭都不抬，照舊忙她的委託書。

「我昨晚跟莎莉說了。」

安珀猛地抬頭，放下了筆。

「她說她願意跟我們一起吃飯。今晚。」

「太好了，珍娜。」有史以來第一次，安珀很感謝珍娜的這股傻勁。她從安珀來上班的第一天就煩她煩個不停，每次安珀拒絕她的邀約，她都會捲土重來，下一次又問，弄得安珀最後只好讓步。珍娜遂了心願，現在就該輪到安珀心想事成了。

「幾點，想到哪家餐廳了嗎？」

「喔，我們可以去法藍德利，或是紅龍蝦。今晚是蝦子吃到飽。」

安珀想像著珍娜坐在她對面，下巴滴著雞尾酒醬，大啖那些粉紅色的蝦子，她覺得自己可能會受不了。「我們去主街燒烤吧，」她說，「我下班後就可以去了。」

「好。我會叫莎莉五點半跟我們會合。今天一定會很好玩。」珍娜吱吱叫，拍著手掌蹦蹦跳跳離開了辦公室。

安珀和珍娜抵達燒烤店後，坐在裡面的一處雅座，珍娜面對著門口，方便她看見莎莉。珍娜開始喋喋不休說著一個新客戶，她今天到公司來要找五百萬上下的房子，她有多客氣又多親切，說著說著突然打住，一手揮舞。「這裡，莎莉。」她說，站了起來。

莎莉走向她們，安珀知道她的驚訝全寫在臉上。這個女人完全出乎她的意料之外。

「嗨，珍娜。」她給了珍娜一個擁抱，隨即轉向安珀。「妳一定是安珀了，珍娜一直在說妳。」她微笑，伸出纖細的胳臂，跟安珀握手。莎莉穿著緊身牛仔褲和長袖白色T恤，充分展現出她的身材、日曬的肌膚和豐厚的褐髮。她在珍娜旁邊落座，安珀被她的眼睛迷住了，眸色那麼深，幾乎像黑色的，睫毛又長又密。

「幸會，莎莉，」安珀說，「我真高興妳今晚能來。」

「珍娜跟我一直說要找個時間聚一聚，可是我們都忙著上班，找不出時間來。我很開心我們終於能湊在一塊了。」安珀忍不住納悶，撇開住在同一條街上不提，這兩人會有什麼共同點。

「我餓死了。妳們兩個知道要點什麼嗎？」珍娜問。

莎莉拿起菜單，很快掃瞄了一眼。

「烤鮭魚配菠菜好像不錯。」安珀說，而珍娜則皺皺鼻子。

「好，我也點一樣的。」莎莉放下了菜單。

「嗯。妳們怎麼會選鮭魚？應該是火雞熱三明治加上薯泥和肉汁。我要吃這個。而且不要菠菜。」

女服務生來幫她們點餐，安珀點了一瓶紅酒。她要人人都放鬆下來，同時也打開話匣子。

「來，」她說，幫大家倒酒。「我們好好享受享受。莎莉，妳在哪裡上班？」

「我在一家私立學校擔任特教老師。格林威治的聖格里高利。」

「真不錯。珍娜跟我說妳當過保姆。妳一定很愛小孩子。」

「喔，沒錯。」

「妳當保姆幾年？」

「六年。我只在兩個家庭工作過。最後一個是這裡的人。」

「誰啊？」安珀問。

「唉喲，安珀，妳忘了嗎？妳跟派瑞許太太吃午飯的那天，我就跟妳說過莎莉以前當過她的保姆啊。」珍娜說。

安珀恨恨地瞪了她一眼。「喔，我是忘了。」她轉頭看莎莉。「感覺怎麼樣——我是說在她家工作？」

「我很喜歡。派瑞許先生和太太都是很好相處的人。」

安珀對於派瑞許家是多麼幸福的神仙家庭一點興趣也沒有，她決定改弦易轍。「當保姆有時一定很辛苦。妳覺得最累人的地方在哪裡？」

「嗯。塔蘆拉出生以後有點累人。她好小——出生時只有八磅重——所以她每小時都要餵一次奶。當然晚上是由護士餵，可是我都早上七點就到，一直留到晚上她回來。」

「原來晚上是護士在餵啊，派瑞許太太不餵嗎？」

「不餵，其實滿可憐的。派瑞許先生說她一開始想餵，可是沒母奶。他叫我別說什麼，因為會害她哭，所以我們一個字也不提。」莎莉叉了一口鮭魚放進口裡。「我有時候會覺得奇怪。」

「什麼意思？」

安珀察覺到莎莉有些不自在，似乎是想要輕描淡寫。「喔，沒什麼，真的。」

「聽起來不像沒什麼。」安珀緊迫盯人。

「咳，我猜我跟妳說的事情別人也都知道了。」

安珀靠得更近，等待著。

「塔蘆拉出生後沒多久，派瑞許太太離家了。到某種可以休養，尋求幫助的醫院去。」

「妳是說療養院？」

「差不多。」

「她是有產後憂鬱症嗎？」

「我真的不知道。當時有很多謠言，不過我盡量不去聽。還驚動過警察，我記得。有謠傳說她對寶寶有危險，說不應該讓她單獨和孩子在一起。」

安珀極力隱藏她的興致勃勃。「是嗎？危險？」

莎莉搖頭。「我很難相信，可是我真的沒有再見過她了。派瑞許先生在他太太回來之後立刻就解雇了我，說他們想要一個會說法語的人來照顧塔蘆拉，而且我也一直在考慮不要再半工半讀了。後來，她們雇了我的朋友雪莉當週末的保姆。她沒說過有什麼奇怪的地方。」

安珀在琢磨黛芙妮究竟是怎麼了才會需要療養。她發覺莎莉仍在說話時，心思早不知飛到哪裡去了。

「抱歉，妳說什麼？」安珀問。

「是派瑞許太太鼓勵我繼續念書，拿到碩士學位的。她說女人最重要的就是獨立，知道自己想要什麼。尤其是在考慮結婚之前。」莎莉喝了一口酒。「很好的建議，我覺得。」

「大概吧。可是她自己嫁給派瑞許先生的時候滿年輕的，不是嗎？」

莎莉微笑。「二十幾歲。他們的婚姻好像很完美，所以我想她是做對決定了。」

簡直是胡說八道，安珀心裡想，把最後一些酒平均倒入大家的酒杯裡。「珍娜跟我說派瑞許太太的母親一度想要搬來這裡。妳見過她嗎？」

「我見過她幾次，她沒有那麼常來。她說過在北邊開了一家民宿，可是她後來不再來了，還是滿奇怪的。」

「妳知道她為什麼決定不搬到畢夏普斯港來嗎？」

「我不是很確定，不過她好像不喜歡派瑞許家雇那麼多人，說不定她是覺得自己會礙手礙腳，」莎莉說，喝了口酒。「你知道，派瑞許太太過的是一種極有秩序、按表操課的生活。她的屋子裡什麼都講究精準——不能有東西亂放，每個房間都要一塵不染，每樣東西都得擺得端端正正的。可能班尼特太太覺得有點太像軍隊了。」

「哇，聽起來還真像。」安珀每次去黛芙妮家也都注意到這一點，而近來她是越跑越勤了。黛芙妮的房子看起來就像是樣品屋。杯子只要一喝完，盤子一清空，就會立刻收走，消失得無影無蹤。絕對不會有一件東西放錯位置，家裡有兩個小孩還能做到這樣，實在是不容易。而就連兩個女兒的房間也是整整齊齊的。安珀在過夜後的那天早晨曾看過她們的房間，對於排列得井然有序的書籍和玩具驚訝不已。沒有一點地方凌亂。

莎莉酒喝得越多，口風似乎就越鬆。「我從雪莉那兒聽說塔蘆拉和貝拉從來就不像別的孩子一樣看卡通或是兒童節目，她們得看紀錄片或是教育類的影碟。」她揮揮手。「我是說，雖然不是壞事，可是她們不能為了好玩或是娛樂看電視實在很可憐。」

「派瑞許太太應該是很重視教育吧。」安珀說。

莎莉看看手錶。「說到這個，我真的該走了。早上有課。」她轉向珍娜。「妳也要走的話，我可以載妳回家。」

「太好了。」珍娜雙手交握。「今晚真的好開心。我們應該要再一起吃飯。」

她們付了帳，珍娜和莎莉一起離開，安珀把酒喝完，靠著椅背，審視她蒐集到的片段資訊。回家之後，她的第一件事就是上網搜尋黛芙妮的母親。一會兒之後，她發現了茹絲·班尼特在新罕布夏經營一家民宿，是一棟古雅的客棧，庭院很漂亮。一點也不奢華，卻非常宜人。她在網站上的照片樣子像是比較年老的女兒，卻沒有女兒那麼美麗。安珀忍不住臆測母女倆是怎麼了，為什麼黛芙妮會不願意讓母親搬到附近來住。

她標記了這一頁，又登入臉書。他出現了，看來又老又胖。看來這兩年過得並不好。她哈哈笑，合上了筆電。

12

安珀在月台上等，一面拿著熱咖啡喝，想要保暖。她每次開口，就會吐出白煙，她在月台上來回踱步，想讓身體發熱。她要和黛芙妮、塔蘆拉、貝拉母女去紐約逛街觀光，最主要是去看洛克斐勒中心的聖誕樹。她特意穿得像觀光客：耐走鞋、羽絨外套，揹著大袋子裝她的寶貝。正是來自內布拉斯加的女生會穿的衣著。唯一的化妝是廉價的珠光口紅，是她在沃爾格林藥局買的。

「安珀，嗨，」黛芙妮跑著過來，一邊打招呼，兩手各牽著一個女兒。「不好意思遲到了。這一個沒辦法決定要穿什麼。」她面露笑容，朝貝拉歪頭。

安珀微笑。「嗨，女孩們。又見面了。」

貝拉懷疑地打量她。「這件外套好醜。」

「貝拉！」黛芙妮和塔蘆拉同時驚呼。黛芙妮一臉窘迫。「這樣說很沒禮貌。」

「我說的是真的啊。」

「真是對不起，安珀。」黛芙妮說。

「沒事。」安珀蹲下來和貝拉雙眼平視。「妳說得對，這是一件醜外套。我買了很久了，也許妳今天可以幫我選一件新的。」她巴不得狠揍這個小屁孩一頓。她可打扮得漂漂亮亮的，穿一雙銀色運動鞋，安珀前幾天去送拍賣會的拍品證書時，在廚房桌上看見了包裝盒，她回家去查了查，發現這雙鞋要價三百元。這個被寵壞的臭丫頭已經是個時尚勢利眼了。

貝拉轉向母親撒嬌。「火車什麼時候會來？我好冷。」

黛芙妮摟住她，吻了她的頭頂。「快了，寶貝。」

貝拉又抱怨了五分鐘之後，火車終於進站，她們急忙上車，幸好在車廂的前半節找到了空位——兩排面對面的座位。安珀坐下來，貝拉站在她面前，小手臂抱著胸。

「妳坐了我的位子，我不能反著坐。」

「沒問題。」安珀挪到對面，塔蘆拉坐了貝拉的隔壁座位。

「我要媽咪坐我旁邊。」

她們真的要任由這個小怪獸一整天頤指氣使嗎？

黛芙妮嚴厲地看了她一眼。「貝拉，我就在妳對面。不准再胡鬧了。我要坐在安珀旁邊。」

貝拉使臉色，小腳踢著對面的座位。「她為什麼要跟來？這次不是我們自己家出來玩嗎？」

黛芙妮站了起來。「我們離開一下。」她抓住貝拉的手，把她帶到走道的盡頭。安珀看見她一面說話一面做手勢。幾分鐘後，貝拉點頭，兩人回來了。

貝拉坐下，抬頭看安珀。「對不起，安珀。」

她可一點也沒有道歉的樣子，不過安珀還是給了她一個她希望算親切的表情。

「謝謝妳，貝拉。我接受妳的道歉。」她轉而注意塔蘆拉。「妳媽媽跟我說妳是個神探南西迷。」

塔蘆拉的眼神亮了起來，拉開了小背包的拉鍊，掏出一本《木像之謎》（*The Secret of the Wooden Lady*）。「我媽媽的舊書我統統都有。我好喜歡。」

「我也是。我想要跟南西一樣。」安珀說。

塔蘆拉的態度變軟了。「她好勇敢，又聰明，而且總是在冒險。」

「無－聊。」她旁邊的小混蛋大聲說。

「妳哪裡知道？妳根本都不會看書。」塔蘆拉反嗆她。

「媽！她不應該跟我這樣說。」貝拉說，拉高了嗓門。

「好了，孩子們，夠了。」黛芙妮溫和地說。

這下子安珀真想甩黛芙妮一耳光。她難道看不出這個小鬼需要好好教訓教訓？狠狠打她一頓屁股可能就會有奇蹟發生。

火車終於駛入中央車站，她們下了車，走入擁擠的車站。安珀待在黛芙妮的後面，跟著她們母女上樓梯，進入大廳。她環顧恢宏的建築，精神一振，又一次想她有多愛紐約。

黛芙妮停下來，叫大家集合。「好，今天的行程是這樣的：我們先去看那些假期櫥窗佈置，然後到『愛麗絲的茶杯』吃午餐，然後去『美國女孩商店』，最後是到洛克斐勒中心溜冰。」

讓我死了吧，安珀暗想。

＊

安珀不得不承認櫥窗佈置美侖美奐，一家比一家精美。就連小公主都被迷住了，不再哀哀叫。抵達「愛麗絲的茶杯」之後，安珀一看見大排長龍就在心裡呻吟，但顯然黛芙妮是這裡的常客，她們立刻就被請了進去。午餐很不錯，沒什麼重大意外，安珀和黛芙妮還真的能聊上個五分鐘。

兩個小女孩慢吞吞吃著法式吐司，安珀吃完了火腿起司可頌，輕啜著茶。

「再次謝謝妳邀我來，黛芙妮。這個時節能有一天一家人一起消磨實在是很溫馨。」

「謝謝妳才對。妳讓我覺得今天更有趣。傑克森臨時打退堂鼓，我差一點就想取消了。」她傾身低聲說：「妳也看見了，貝拉有時很不聽話。能有個幫手真好。」

安珀覺得背挺直了。她原來是這個？幫手？

「今天保姆沒空嗎？」她忍不住問。

黛芙妮似乎沒注意到她話中帶刺。只是心不在焉地搖頭。「我們計畫好之後，我就讓她放一天假了。」她歡暢地朝安珀微笑，捏捏她的手。「我真高興妳能和我們一起來。要是我妹妹還活著，我就會和她一起做這種事情。而現在我有了一位特別的朋友可以一起享受了。」

「也真巧了。我們在看櫥窗裡的美麗動畫的時候，我也在想像夏琳會有多喜歡。聖誕節是她最喜歡的節日。」事實上，安珀童年的聖誕節過得差勁又失望，但是如果夏琳真的存在，她或許會喜歡聖誕節。

「茱麗也愛聖誕節，我從來沒跟別人說過，但是每年在平安夜的深夜，我都會寫信給茱麗。」

「妳都跟她說什麼？」安珀問。

「這一年發生的事情，就，像一般人會寄的聖誕信。不過這些信不一樣，我跟她說我的心事，說她的外甥女——她會有多愛她們，而她們也會多愛她。這樣子可以讓我跟她保持連繫，我也說不上來是為什麼。」

安珀覺得憐憫像針扎了她一下，但立刻就轉變為羡慕。她自己的家人就沒有誰能讓她感受到這般的愛和依戀。她很好奇那會是什麼感覺。她不知道該說什麼。

「我們現在可以去『美國女孩』了嗎？」貝拉站了起來，穿上外套，而安珀很感激她的打岔。

她們離開了餐廳，攔下一輛計程車。安珀坐在前座。車內有陳年起司的味道，她好想乾嘔，但是她才把車窗搖下來，貝拉女王就在後座嘰嘰歪歪了。

「我會冷。」

安珀咬牙切齒，關上了窗。

抵達四十九與五十街口時，排隊要進店的人龍繞過了街角。

「隊伍好長喔，」塔蘆拉說，「我們真的需要等嗎？」

貝拉跺腳。「我的貝拉娃娃需要新衣服。妳不能讓我們先進去嗎，媽咪？跟在餐廳一樣？」

黛芙妮搖頭。「恐怕不行，甜心。」她給了塔蘆拉懇求的一眼。「我確實答應過她。」

塔蘆拉的樣子像是要哭了。

安珀忽然靈機一動。「嘿，我發覺我們剛才在幾條街外經過了邦諾書店。乾脆我帶塔蘆拉去那裡，妳和貝拉買完以後可以去跟我們會合？」

塔蘆拉的眼睛亮了起來。「可以嗎，媽？拜託？」

「妳不介意嗎，安珀？」黛芙妮問。

哪裡會。「當然啊，這麼一來，她們兩個都會開心。」

「太好了。謝謝妳，安珀。」

她和塔蘆拉正邁步要離開，黛芙妮又高聲喊：「安珀，拜託就待在書店裡。」

她嚥下挖苦的反嗆。拜託，難道她還會放這個小孩子一個人在曼哈頓瞎晃嗎？「我會一直盯著她。」

兩人朝第五大道往南走，安珀逮住機會多了解塔蘆拉一點。

「妳不喜歡『美國女孩』娃娃啊？」

「沒有到要排隊排幾小時的程度。我寧可去看書。」

「那妳是喜歡什麼東西？」

她聳聳肩。「書啊，我也喜歡拍照，可是是用舊相機和軟片。」

「真的？為什麼不喜歡數位的？」

「解析度比較好，而且我發現了……」

接下來的說明安珀充耳不聞，她不在乎。她只需要知道她喜歡什麼，而不是拉裡拉雜的原因。塔蘆拉就像個裝扮成小孩的小教授。安珀真懷疑她有沒有朋友。

「到了。」

她跟著塔蘆拉在龐大的書店裡到處逛，最後來到了神秘小說區，而她拿了一堆的書。兩人找了一個舒服的地方坐，安珀也從架上抓下了一些書。她注意到塔蘆拉拿著一本愛倫坡故事集。

「妳知不知道愛倫坡是孤兒？」安珀問。

塔蘆拉向上看。「嗄？」

安珀點頭。「對，他四歲的時候父母就死了，他是由一個富有的商人養大的。」

塔蘆拉瞪大了眼睛。

「可惜，他的新父母把他從遺囑中除名了，他最後一文不名。可能是因為他對他們並不像對親生的爸媽一樣好。」安珀在心裡對塔蘆拉震驚的表情偷笑。這可是寶貴的一課，可以讓她牢記在心。

接下來的兩個小時她們都在看書，塔蘆拉沉浸在愛倫坡的故事中，忘了安珀，而安珀則翻閱著一本一級方程式賽車的書。她知道傑克森是賽車迷。等她看夠了之後，她就點開了手機上的臉書，一看到更新整個人就氣得冒煙。好啊，那個賤女人懷孕了。怎麼可能？那三個人笑得像白痴一樣。誰會笨到才八週就宣布懷孕了？安珀安慰自己，搞不好她會流產。她聽見有人靠近，抬頭就看見了黛芙妮，拎了一堆購物袋，正朝她們衝過來。

「找到妳們了！」黛芙妮氣喘吁吁地說，而貝拉因為被她牽著，不得不跑步追上母親的步伐。「傑克森剛打電話來，他要來跟我們會合。我們招輛計程車，到『六十五』去找他。我們一塊吃晚餐，再去看聖誕樹。」她微笑。

「等等，」安珀說，抓住了黛芙妮的大衣袖子。「我不想打擾你們的全家福。」實際上是她很詫異自己對於和傑克森見面居然是這麼緊張。機會來得太過突然，使她措手不及。她想要事前的警告，有時間整備自己來跟她瞭如指掌的男人見面。

「別傻了，」黛芙妮矯情地說，「怎麼說是打擾呢。來吧，他在等我們。」

塔蘆拉立刻就站了起來，把書摞成一堆，抱了起來。

黛芙妮揮手。「放著就好，甜心。我們得趕快。」

13

他坐了餐廳最好的桌位，這裡的風景比安珀記憶中還要驚人，他也是。性感簡直就直接從他的毛細孔分泌出來。根本就是帥到犯規，沒有別的形容了。而那身訂做的套裝更是讓他像剛從007電影裡走出來似的。她們接近時他站了起來，耀眼的藍眸一落在黛芙妮身上，笑容就擴大，而且以印在唇上的熱情之吻迎接她。他為她瘋狂，安珀沮喪地想。他蹲下來，張開雙臂，兩個女孩投入他的懷抱。

「爹地！」貝拉嘻嘻笑，一整天來首次開心的模樣。

「我的女兒。跟媽咪玩得開心嗎？」

兩人立刻就吱吱喳喳起來，黛芙妮催著她們就座，自己坐在傑克森旁邊。安珀坐最後一個空位，在他對面，在貝拉旁邊。

「傑克森，這位是安珀。我跟你說過她，她來幫忙我委員會的盛大活動。」

「非常高興認識妳，安珀。我聽說妳幫了很大的忙。」

她的眼睛被他一笑就出現的醉人酒渦吸引過去。就算他在心裡奇怪她幹嘛也和他們共餐，至少態度上不露端倪。

他們為自己點了雞尾酒，給兩個孩子點了開胃菜。過了一陣子，安珀融入了背景，默默觀察他們。

「來，說說妳們這一天是怎麼過的，」傑克森說，「最精采的地方在哪裡？」

「喔，我幫我的貝拉娃娃買了兩件新衣服，一套騎馬裝，一件跟我一樣的蓬蓬裙，她就可以跟我一起去上芭蕾。」

「那妳呢，蘆蘆？」

「我喜歡愛麗絲的茶杯，很酷。後來安珀帶我去邦諾書店。」

他搖頭。「我的小書蟲。妳到紐約市來，卻只去書店？我們家的街角就有一家。」他說，語氣並不兇。

「對，可是不大，不像這裡。再說了，我們常常會來，沒什麼了不起的。」

安珀吞下她對塔蘆拉那種大頭症的憤怒。沒什麼了不起，是喔。她倒想把她送到鄉下去住幾年，讓她見識見識其他美國人是如何生活的。

傑克森轉向黛芙妮，撫摸了一下她的臉頰。「妳呢，親愛的？什麼最精采？」

「接到你的電話。」

安珀好想吐。真的假的？她喝了一大口酒。不需要省著喝，多少瓶他都買得起。

等他終於捨得把眼睛從美豔的妻子身上移開之後，傑克森就瞧著安珀。「妳是康乃狄克人啊，安珀？」

「不是，是內布拉斯加。」

他一臉驚訝。「妳怎麼會到東部來？」

「我想要增長見聞。我的一個朋友搬到康乃狄克來，邀我和她分租房間。」她說，又喝了一口酒。「我一眼就愛上了海岸線——而且還和紐約這麼近。」

「妳來多久了？」

他是真的感興趣還是出於禮貌？她看不出來。

黛芙妮幫她回答了。「大約一年，對吧？」她對安珀微笑。「她也在房仲業，在羅林斯不動產的商業部工作。」

「妳們兩個是怎麼認識的？」

「我跟你說過啊，其實滿巧合的。」黛芙妮說。

他仍看著安珀，而她瞬間有被偵訊的感覺。

「哈囉？很無聊欸。」貝拉大聲說。安珀很感激這個小混蛋岔開了他的注意力。

傑克森轉而注意女兒。「貝拉，大人說話的時候我們不打岔。」他的聲音堅定。感謝上帝，這一對父母總算還有一個有脊梁骨，安珀暗想。

貝拉朝他吐舌頭。

塔蘆拉倒抽口氣，看著傑克森，黛芙妮也一樣。感覺像是時間靜止了，人人都等著看他的反應。

他噗哧一聲笑起來。「有人今天過得太漫長嘍。」

全桌人似乎這才敢吐氣。

貝拉推開椅子，跑向他，把臉埋進他的胸膛。「對不起。」

他輕撫她的金黃鬈髮。「謝謝妳。現在妳要表現得像有教養的小姐，好嗎？」

她點頭，又溜回椅子上。

這個小太妹又得一分了，安珀想。誰知道刺進她肉裡的最大一根刺竟會是這個矮不隆咚的小鬼頭？

「再來一個驚喜如何？」他說。

「是什麼？」兩個女孩異口同聲說。

「我們到無線電城去看聖誕秀，然後在這裡過夜？」

女孩子興奮地拔高了嗓子，但是黛芙妮按住了傑克森的手臂，說：「親愛的，我沒計畫要過夜。而且我相信安珀會想回家。」

其實呢，安珀巴不得能留下來。她對派瑞許夫婦的公寓好奇得不得了，勝過了回家的欲望。

傑克森瞧了瞧安珀，活像她是個需要解決的討厭問題似的。「明天是週日，有什麼關係？她可以借一套換洗衣服。」他筆直看著安珀。「對妳會是個問題嗎？」

安珀的內心在跳舞，但是她只給了他一個冷靜感謝的表情。「我沒問題。我可不願掃了貝拉和塔蘆拉的興致。她們好像真的很想要過夜。」

他微笑，捏了捏黛芙妮的胳臂。「看吧？沒事。我們會玩得很開心。」

黛芙妮聳聳肩，接受了改變的計畫。他們進了劇場，接下來的一個半小時觀賞聖誕老人和「火箭女郎舞蹈團」。安珀覺得這個秀很白痴，但是兩個女孩愛死了每一分鐘。

走出劇場之後，下雪了，紐約市就像是冬季的奇幻仙境，白色燈光在光禿禿的枝椏上閃爍，而樹枝都覆上了神奇的雪粉。安珀東張西望，目眩神迷。她從沒在這麼晚的時間看過紐約市，真美，燈光讓每個地方都閃閃發亮。

傑克森從口袋掏出手機，摘掉皮手套，按了一個鍵，舉到耳邊，說：「要司機到無線電城的前大門來。」

黑色禮車開過來，安珀伸長脖子看是哪位名人會下車，但下車的是一名身著制服的高個子司機，他繞過來打開了後車門，她這才恍然，禮車裡沒人，是來接他們的。這下子她倒感覺像名人了。她這輩子沒坐過禮車。她注意到黛芙妮和兩個女孩子一點異樣也沒有。傑克森牽住黛芙妮的手，先送她上車。接著他玩笑似地推了貝拉和塔蘆拉一把，兩人就跟著母親上車。他以手勢示意安珀也上車，卻連正眼都沒看她。禮車足以容納兩個女人和兩個孩子同座，而傑克森則獨佔她們對面的座位，一條胳臂搭著椅臂，雙腿張開。安珀盡量不盯著他看，卻很困難。他絕對是充滿了力量與陽剛之美。

貝拉靠著母親，幾乎睡著了，只聽塔蘆拉說：「我們要直接去公寓嗎，爹地？」

「對，我——」

他還沒能再多說一個字，貝拉就彈了起來，完全清醒了。「不、不、不，不去公寓。我想去住艾洛思[7]那兒。我要睡在廣場飯店。」

「不行的，甜心，」黛芙妮說，「我們沒訂房。下次再說吧。」

貝拉可不聽。「爹地，拜託嘛。我會是我們班上第一個住在艾洛思住的地方。大家一定會嫉妒死我。拜託，拜託，拜託？」

一開始安珀好想抓住這個小王八蛋，扭斷她自私的小脖子，可是安珀從她身上認出了什麼來，讓她看出如何能把她收攏過來當盟友而不是敵人。更何況，誰在乎他們是住在公寓或是廣場飯店？不管哪裡對安珀來說都是莫大的享受。

*

隔天早晨安珀翻身，把鴨絨被裹得更緊，抵著下巴。她嘆口氣，蠕動身體磨蹭柔滑的被子，感覺它溫柔地愛撫她。她從沒睡過如此豪華舒服的床。塔蘆拉在她旁邊的床上翻動。套房只有兩間臥室——貝拉跟她爸媽睡，雖然塔蘆拉並不怎麼樂意和安珀同房，還是同意了。安珀掀開被子，下了床，走向窗邊。奢華閣樓套房俯瞰中央公園，紐約也陳列在她眼前，彷彿任她予取予求。她掃瞄了美麗的房間，挑高天花板加上優雅的裝潢。套房可以讓皇室入住，比一般的屋子大多了。傑克森屈服於貝拉的要求，想也知道，甚至派司機去公寓為每個人拿衣服。不可思議，這些有錢人的日子過得真是容易——容易得太不公平了。

她脫掉了黛芙妮借她的睡衣，淋浴更衣，換上的也是昨晚借給她的衣服，一套藍色毛呢休閒褲和一件白色喀什米爾毛衣。衣料貼著她乾淨的肌膚，舒服極了。她瞧了瞧床鋪，看見塔蘆拉仍在睡，就躡手躡腳離開了房間。貝拉已經起床了，坐在綠色穗飾沙發上，手上捧著一本書。安珀

❼迪士尼在二〇〇三年推出的一部電視電影《艾洛思的頂級生活》（*Eloise at the Plaza*）中的主角，住在廣場飯店的頂樓，過著舒適奢華的生活。

進去時她只抬頭望了一眼，什麼也沒說，又回頭去看書了。安珀坐在沙發對面的椅子上，拿起了咖啡桌上的雜誌，一言不發，假裝看書。兩人就這麼坐了十分鐘，沉默不語，不溝通不交流。

最後，貝拉合上書，瞪著安珀。「妳昨晚為什麼不回家？這應該是我們自己家人的晚上。」

安珀想了想。「是這樣的，貝拉，跟妳說實話，我知道我的公司裡的每個人要是知道我住在廣場飯店，跟艾洛思一起用早餐，他們一定會嫉妒死。」她停頓一下做效果。「我大概沒想到什麼自己家不自己家的。妳說得對，我應該要回家去的。我真的很抱歉。」

貝拉歪著頭，給了安珀懷疑的表情。「妳的朋友知道艾洛思？可是妳是大人了。妳怎麼會喜歡艾洛思？」

「我母親在我小時候唸艾洛思的書給我聽。」她根本在臭蓋。她母親什麼也沒唸給她聽過。要是安珀沒有把空閒時間都花在圖書館裡，她現在會一個大字也不識。

「妳小時候妳媽為什麼不帶妳來廣場飯店？」

「我們住的地方離紐約很遠。妳聽過內布拉斯加嗎？」

貝拉翻白眼。「我當然聽過內布拉斯加。五十個州我全都知道。」

這個小屁孩會需要比友誼和小心應付還要多的手腕。

「嗯，那裡就是我的家鄉。而且我們的錢不夠，沒辦法到紐約來。所以，就是這麼簡單。可是我真的想感謝妳讓我的一個夢想成真。我要讓公司的每個人都知道都是妳的功勞。」

貝拉的表情高深莫測，但是她還沒說話，傑克森和黛芙妮就進了房間。

「早安。」黛芙妮的語氣很愉悅。「塔蘆拉呢？該吃早餐了。她起來了嗎？」

「我去瞧瞧。」安珀說。

塔蘆拉已經起床了，在安珀敲門進去時也已幾乎穿好衣服了。「早安。」她跟她說，「妳媽媽要我來看看妳。他們準備要下樓去吃早餐了。」

塔蘆拉轉身看著她。「好，我好了。」兩人相偕走進客廳，大家都在等候。

「妳們女生睡得好嗎？」傑克森的聲音在她們走向電梯時響起。大家全都一起開口，電梯向下降，他看著貝拉說：「我們要到棕櫚園去和艾洛思一起吃早餐了。」

貝拉微笑，看著安珀。「我們已經想了很久了。」她說。

說不定她終於收服這個小壞蛋了，安珀心裡想。現在該在傑克森身上下功夫了。

14

黛芙妮和安珀並肩坐在派瑞許家的餐桌前，桌上鋪滿了紙張，包括賓客名單和舞廳的桌位安排圖。這些人安珀幾乎一個也不認識，所以黛芙妮在口述每張桌子的來賓姓名，而安珀盡責地將所有資料鍵入Excel檔。黛芙妮研究著面前的姓名，緘默不語，安珀趁機凝視房間，也從一長排的落地窗眺望著外頭的大海。這個房間隨便也能容納十六位客人用餐，卻仍然有一種親密感。牆壁是柔和的金黃色，凸顯出鍍金畫框中裱著帆船和海景的美麗油畫。她能想像他們在這裡舉行的正式晚宴，高雅精緻的瓷器、水晶、銀器以及最高品質的亞麻巾。她滿肯定這棟屋子裡是找不到一張紙巾的。

「抱歉拖了這麼久，安珀。我想我終於把九號桌搞定了。」黛芙妮說。

「沒事。我在欣賞這間美麗的房間。」

「很漂亮吧？傑克森在我們結婚前就擁有這棟房子了，所以我並沒有做多少改變。其實只有日光室是我裝潢的。」她環顧四周，聳了聳肩。「每個地方都已經十全十美了。」

「天啊，真是太好了。」

黛芙妮詫異地看了她一眼，但一閃即逝——快得安珀都沒認出來。

「我看座位安排好了。我會拿去影印，製作座位卡，」黛芙妮說，從椅子上站了起來。「我實在是太感激妳了。沒有妳的幫忙，我恐怕怎麼弄都弄不完。」

「喔，沒什麼，我很樂意。」

黛芙妮看著手錶，再看著安珀。「我女兒還有一個小時網球課才結束，要不要喝杯茶，吃點東西？妳有空嗎？」

「太好了。」她跟著黛芙妮走出餐廳。「我可以用洗手間嗎？」

「當然。」兩人再走了一會兒，黛芙妮指著左邊的一扇門。「出來之後右轉，一直走就到廚房。我會把茶泡上。」

安珀進了一樓的洗手間，目瞪口呆。這棟屋子的每一個房間都在提醒別人傑克森・派瑞許的無窮財富。打磨得晶亮的黑色牆壁，銀色藝術框護牆板，一派低調富裕的縮影。房間的焦點是大理石無縫浴櫃，台面上是一座大理石面盆，安珀又一次驚嘆環顧。每樣東西都是獨創的、客製的。過著全部是客製化的人生不知是什麼滋味？她思忖著。

她洗了手，再對鏡照了一眼，鏡子是一面長斜面玻璃，鏡框像是波動的銀色樹葉。她走完一整條走廊才到廚房，特意放慢腳步欣賞牆上的藝術品。有些她認得，多拜她博覽群書和勤跑大都會藝術博物館之賜——一幅西斯萊（Sisley），一幅驚人的布丹（Boudin）。如果是真跡，八成就是，單是這兩幅畫就值不少錢，可卻是掛在一條鮮有人跡的走道上。

她走進廚房，看見了茶和一盤水果已經擺在中島上了。

「馬克杯或是茶杯？」黛芙妮問，站在打開的櫥櫃門前。

這些櫥櫃活像是豪華廚房樣品屋裡的。安珀想像著某人拿量尺測量出每只杯子和玻璃杯之間的距離。每項物品都排列得分毫不差，樣樣東西都是成套成對的。怪的是，竟讓人覺得不安，而她發現自己無言地瞪著眼睛，被這種匀稱麻痺了。

「安珀？」黛芙妮叫她。

「喔。馬克杯，謝謝。」她在有軟墊的高腳凳上坐下。

「要加奶嗎？」

「好的，謝謝。」安珀說。

黛芙妮又打開了冰箱門，安珀又瞪著看。冰箱裡的東西排列得像閱兵的陣式，最高的在後排，所有的標籤都面向前方。黛芙妮家的這種嚴謹整齊真讓人不舒服，安珀覺得肇因不僅是想要一個整齊的家，而更像是一種執迷，一種強迫症。她想起了莎莉說黛芙妮在塔蘆拉出生後住過療養院。說不定不僅僅是產後憂鬱症這麼單純，她暗忖。

黛芙妮坐在安珀對面，為兩人倒茶。「距離大日子只剩兩個星期了，妳實在是太了不起了。我覺得跟妳有很棒的加乘效應，我們都在這件事上投注了許多心血。」

「我很享受每一分鐘。我等不及募款夜快點來了，一定會是大成功。」

黛芙妮呷了口茶，雙手捧著馬克杯放在流理台上。看著安珀，說：「我想要對妳的辛苦有一點表示。」

安珀歪著頭，詢問地看著黛芙妮。

「我希望妳能讓我幫妳買一件參加募款晚會的禮服。」黛芙妮說。

安珀正希望她會有這樣的提議，但是她可不能太猴急了。「喔，不，」她說，「我不能讓妳破費。」

「拜託。我很樂意，想藉此向妳表達謝意。」

「不好吧。感覺上像是妳在付我錢，我做這件事不是為了錢，是我真心想做。」安珀在心裡偷笑，笑自己的謙虛表現真天才。

「妳絕不能當作是付錢。應該當作是感謝妳的鼎力相助和支持。」黛芙妮說，撥開一綹金髮，鑽石戒指閃現光芒。

「不好吧。我覺得讓妳在我身上花錢有點怪怪的。」

「那麼，」黛芙妮頓了頓。「妳借我的一條裙子穿，怎麼樣？」

安珀恨不得踢自己一腳，偷雞不著蝕把米，不過，沒魚蝦也好，借一件禮服也行。「嘿，我都沒想到欸。如果不是要害妳花錢，那我感覺會好一點。」拜託，眼前這個女人是個百萬富婆耶。

「好極了。」黛芙妮站了起來。「跟我上樓來，我們來翻我的衣櫃。」

兩人相偕上樓，安珀欣賞著牆上的荷蘭大師的畫作。

「你們家的藝術品真了不起。我光欣賞就能欣賞個幾小時。」

「歡迎妳來看。妳對藝術有興趣嗎？傑克森可是一個藝術迷。」黛芙妮說。兩人來到了樓梯平台。

「喔，我不懂門道，不過我很愛去美術館。」安珀回答。

「傑克森也是。他是畢夏普斯港藝術中心的董事。到了。」黛芙妮說，帶她進入一個大房間——從規模來看，稱為步入式衣櫃實在是太委屈了——一架架的衣物平行排列。每件衣服都裝在透明袋子裡，兩邊牆壁釘著的架子擺滿了各色的鞋子，按照顏色排列。另一邊的牆壁是嵌入式抽屜，裝著毛衣，每一個抽屜都有一小格透明板可以看見裡頭的衣物。房間的一頭立著一面三面鏡和一個基座。燈光明亮卻柔和，不像百貨公司的更衣間那麼刺眼。

「哇，」安珀忍不住說，「真是太美了。」

黛芙妮渾不在意地揮揮手。「我們經常參加活動。每一次我都會去採買，傑克森說我浪費太多時間了，就開始叫人把貨品送到家裡來讓我挑選。」她領著安珀往裡走，到後面的一排架子，冷不防間有個年輕女人走進了房間。

「夫人，」她英語夾雜著法文說道，「該去接兩個女孩了？」

「唉呀，妳說得對，莎賓娜，」她驚呼，又看了手錶。「我得走了。我答應兩個女兒今天會去接她們。妳何不先看看這些衣服，等我回來？我不會太久。」她拍拍安珀的胳臂。「喔，對了，安珀，這位是莎賓娜，我們的保姆。」她衝出了房間。

「幸會，莎賓娜。」安珀說。

莎賓娜態度保留，只稍稍點頭，以濃濃的法國口音說：「幸會，小姐。」

「派瑞許太太跟我說妳是來教導女孩子法語的。妳喜歡在這裡工作嗎？」

莎賓娜的眼神柔和了一些，隨即又恢復了嚴峻的寧定。「非常喜歡。請容我先告退？」

安珀看著她走開。原來她是法國人——哼，了不起啊。還不是當保姆。不過，安珀心裡想，黛芙妮的朋友一定都會覺得很棒，不是常見的那些講西班牙語的保姆，而是一個能教她女兒法語的。

安珀驚異地在房間裡左看右看。黛芙妮的衣櫃，哇塞。說是有一整家百貨公司供她挑選還差不多。她慢慢晃，查看一架又一架的衣服，全都按照顏色和類型排放，一絲不苟。鞋子就和廚房櫥櫃一樣擺放得整齊劃一。就連衣服的間距都是統一的。她走向三面鏡，注意到兩側各有一張舒服的俱樂部椅——顯然是為傑克森或是在黛芙妮試裝時點頭贊同的人準備的。她從黛芙妮指過的架子開始瀏覽。迪奧、香奈兒、吳季剛、麥昆——沒有一件不是名牌。送衣服來給黛芙妮挑選的並不是什麼連鎖百貨公司，而是專為有錢客戶服務的高級時裝屋。她覺得匪夷所思。

而黛芙妮對這一切是那麼的不放在心上——奢華的環境，名貴的藝術品，擺滿了名牌套裝、禮服、鞋子的「衣櫃」。安珀拉開了一個袋子的拉鍊，撈出一件青綠色凡賽斯晚禮服，拿到三面鏡前，踏上基座，把美麗的禮服貼著身體，看著鏡子。即使是拉克伍德太太也從沒拿過能跟這件相比的衣服來乾洗。

安珀把衣服掛起來，一轉身，猛地看見房間另一頭有一扇門。她走過去，一手握著門把，停了一下子，就打開了門。在她眼前的是一個奢華的空間，滿是令人目眩的奢華與舒適。她緩緩繞行，手指拂過黃色絲質壁紙。房間一角立著一張白色天鵝絨貴妃椅，帕拉底歐❽窗射進來的光線穿過大吊燈上的水晶，在牆上投射出璀璨的七彩光芒。她坐到貴妃椅上，感覺自己被吸入綠樹與天空的寧謐風景中。她的肩膀放鬆，向這個特殊地方的寧靜與祥和投降。

她閉上了眼睛，想像這是她的房間，就這麼待了一會兒。等她終於起身，她更仔細地審視這

❽ Andrea Palladio（1508-1580），義大利文藝復興晚期的一位建築師，他將古典神廟的門面與教堂的圓頂運用在一般建築上，成就了帕拉底歐式風格。

個地方，精緻的桌上擺著照片，是年輕的黛芙妮和她妹妹茱麗的合照。她認出了那個深色長髮和美麗杏眼的纖瘦女孩，就是遍布屋中的相片中的女孩子。她挪向一架古董大衣櫥前，衣櫥有數不清的小抽屜。她彎腰拉開了一個，是蕾絲內衣，另一個是外國香皂。其他抽屜也是，全都摺疊擺放得整整齊齊。她打開了櫃子，發現了小山一樣的浴巾。她正要關上門，卻看見後頭塞了一個花梨木盒子。安珀把盒子拿在手上，解開鎖扣，打開了。嵌在裡頭綠色天鵝絨裡的是一把珍珠柄手槍。她輕輕拿起來，看見槍管上刻著YMB三個縮寫字母。這把槍怎麼會在這裡？誰又是YMB？

安珀聽見了說話聲和開關門的聲音，不確定自己站在那兒多久了，連忙把手槍放回去，再瞥了眼房間，確定沒有弄亂什麼，這才離開。一進入衣物間，兩個女孩就蹦蹦跳跳進來，黛芙妮緊跟在後。

「嗨，我們回來了。抱歉拖了這麼久。貝拉忘了她的畫，所以我們又回去拿。」黛芙妮說。

「沒關係，」安珀說，「這些衣服都好漂亮，我實在沒辦法決定。」

貝拉皺眉，跟她母親咬耳朵：「她怎麼會在這裡？」

「抱歉，」黛芙妮對安珀說，然後握住貝拉的手。「我們在幫安珀找一件禮服，她可以借去參加募晚款會。妳和塔蘆拉何不幫她選？這樣不是很好玩嗎？」

「好。」塔蘆拉笑著說，但是貝拉看著安珀，毫不掩飾她的敵意，一轉身就大步離開了房間。

「別讓她惹妳不高興。她只是跟妳還不熟。貝拉是那種慢熱型的。」

安珀點頭。她最好是趕快習慣我，她暗忖。我是要在這裡待很久很久的。

15

安珀氣炸了。今天是十二月二十四日，羅林斯要一直營業到兩點鐘。哪種白痴會挑在平安夜看房子？他們幹嘛不在家裡包裝高價禮物，裝飾他們十二呎高的聖誕樹？不過這種事他們可能不會親手做，她忖度著。這種事是像安珀這樣的人做的。

中午左右珍娜站在安珀的辦公室門口。「嘿，安珀，我能進來嗎？」

「什麼事？」真是不識相，她暴躁地想。

珍娜走了進來，手上拿著一個大包裹，放在安珀的桌上。「聖誕快樂。」

安珀瞧了瞧禮物，再看著珍娜。她壓根就沒想到要送珍娜禮物，也被她的周到弄得有點窘。

「打開呀！」珍娜說。

安珀拿起了禮物，拆開包裝紙，然後摘掉盒蓋。裡頭是漂亮的聖誕什錦餅乾，一片比一片可口精緻。「是妳做的嗎？」

珍娜兩手一拍。「對，我跟我媽每年都會做。她是個很特別的烘焙師傅。妳喜歡嗎？」

「喜歡。太謝謝妳了，珍娜。妳真的太客氣了。」安珀頓了頓。「對不起，我沒準備什麼給妳。」

「沒關係，安珀。我不是為了讓妳送我禮物才烤餅乾的。只是因為我媽跟我都喜歡烘焙。辦公室的每個人都有，希望妳會覺得好吃。耶誕快樂。」

「妳也是，耶誕快樂。」

*

安珀在聖誕節早上睡懶覺。等她起床，天空是藍色的，陽光閃耀，只下了一吋的雪。她洗了一個長長的熱水澡，拿毛圈浴袍裹住身體後，煮了一壺濃濃的咖啡，端著馬克杯回浴室，開始把濕髮吹成柔柔的波浪狀——平凡卻經典。她搽了一點胭紅，上了極淡的眼影，描了眼線。她退後對鏡檢查成果。她看來青春洋溢，但是沒有一丁點的性感魅力。

黛芙妮請她兩點左右過去，所以在她吃完一杯優格之後，她就坐下來讀《奧德賽》，是她上週去圖書館借來的。不知不覺間，就該著裝，收拾東西了。掛在衣櫃門上的就是她選擇的行頭——灰色毛呢休閒褲和白灰雙色高領毛衣。耳環是小珍珠——當然是假的，可是誰在乎——左腕上是樸素的一只金色手鐲，手指上只有她的藍寶石戒指。她想要表現出純真樸素的樣子。她對著全身鏡再看了最後一眼，對自己的形象贊同地點點頭，把禮物掃進了大購物袋裡。

十五分鐘後，她的車子通過了敞開的柵門，停在圓形車道上。她抓起那袋禮物，按了門鈴。看見黛芙妮從走廊過來，貝拉跟在後頭。

「歡迎！耶誕快樂。我好高興妳能來。」黛芙妮說，拉開了門，擁抱她。

「聖誕快樂。真謝謝妳讓我來和妳跟妳的家人共度今天。」安珀說。

「喔，是我們的榮幸。」黛芙妮說，同時關上門。

貝拉像一顆跳豆蹦到黛芙妮的身邊。

「嗨，貝拉。聖誕快樂。」安珀給了她一個大大的假笑。

「妳有帶禮物給我嗎？」貝拉問。

「喔，貝拉，妳沒打招呼。這樣很沒禮貌。」黛芙妮責罵她。

「我當然帶了禮物來給妳呀。我怎麼能不送我喜歡的女孩子禮物呢？」

「喔耶。現在可以給我嗎？」

「貝拉！安珀連外套都沒脫呢。」黛芙妮輕推了女兒一下。「我來拿妳的外套，安珀，然後我們大家都到客廳去坐。」

貝拉像是想要抗議，但還是乖乖聽她母親的話。

傑克森和塔蘆拉正在裝飾娃娃屋，聽見安珀、黛芙妮和貝拉進來，就抬起頭來。「聖誕快樂，安珀。歡迎。」傑克森說，溫暖的語氣真的讓她覺得受歡迎。

「謝謝你們邀請我。我的家人都在內布拉斯加，不然的話我今天就得一個人過了。你們不知道我有多感激。」

「沒有人應該在聖誕節一個人過。我們很高興妳來。」

安珀又一次感謝他，這才轉向塔蘆拉。「嗨，塔蘆拉。聖誕快樂。好酷的娃娃屋喔。」

「妳要過來看看嗎？」她說。

這兩個孩子就像日與夜一樣不同。她不喜歡小孩，但至少塔蘆拉有禮貌，不像那個自認為太陽和月亮都是繞著她旋轉的小怪獸。安珀走過去，坐在塔蘆拉旁邊，看著娃娃屋。她沒見過這樣子的，即使是在照片中。她和幾個妹妹作夢都不敢想像能得到這樣子的玩具，那麼絢麗的裝飾和娃娃！娃娃屋非常之大，有三層樓，真正的木地板，浴室鋪瓷磚，大吊燈真的會亮，牆上還有美麗的畫。她看得更仔細，這才明白這是派瑞許家的複製品。鐵定是客製化的。天啊，這得花多少錢？

「喝杯蛋酒好嗎，安珀？」黛芙妮問。

「好啊，謝謝。」她繼續觀察塔蘆拉小心地擺放沙發、桌椅。貝拉在房間的另一頭，忙著玩iPad。

安珀坐在那裡，一眼就看見了聖誕樹下的禮物，一個盒子堆著一個盒子，縐紋紙和緞帶混合其中，堆疊得都外溢了。她回想起少年時寒酸的聖誕節，悲從中來。她跟妹妹們總是得到實用的禮物，像是內衣或襪子，從來沒有奢侈品，連好玩的玩具都沒有。就連她們的長襪都塞滿了有用或可食的東西，像是襪子最底部塞了大柳橙，可以佔據很大的空間，上學用的鉛筆和橡皮擦，有時會有小拼圖，玩個一天就膩了。

派瑞許家客廳的展示令她啞口無言。她看見像是絲質內衣的東西從一個盒子裡露出來，幾個較小的盒子一定是送給黛芙妮的珠寶。塔蘆拉的禮物整齊地堆成一摞，而貝拉的則是四散在房間裡，占了很大的一塊空間，等她放下iPad之後，她就一個接一個檢查。

這一幕全家福中只缺少了一個人，安珀暗想，就是黛芙妮的母親。兩個女孩的外婆為什麼沒有受邀來和獨生女以及外孫女過聖誕節，她住的地方又不遠？她覺得這些奢華禮品的價值遠遠超過了家人的價值。

黛芙妮回到客廳，端著三杯蛋酒，擺在桃花心木餐具桌上，就介於兩張大沙發之間。

「安珀，過來跟我坐，」她說，拍了拍身邊的椅子。「新年之前妳有空嗎？」

「有啊。在商用不動產部門工作就是有這點好處。」她喝了一口蛋酒。「妳跟傑克森要去度假嗎？」

「其實呢，我們二十八日要去聖巴瑟米。我們通常是在聖誕節過後一天出發的，可是後天梅若笛絲要為藍道夫辦一個五十歲生日派對，所以我們推遲了日期。」

「真好。」安珀說，心裡卻酸得咬牙。她得在無聊的公寓裡一個人度過假期，拚命保暖，而他們卻去做日光浴。

她起身，希望表情沒有洩漏了心裡的嫉妒。「我帶了禮物來。我去拿。」她說。

貝拉一躍而起，跑了過來。「我可以看我的禮物嗎？可以嗎，可以嗎？」

安珀注意到傑克森含笑看著貝拉期待地跳上跳下。

「來，給妳，貝拉。」安珀把包裝起來的套書遞給她。幸好，她還買了一條亮晶晶的項鍊和手鐲來搭配。貝拉喜歡亮晶晶的東西。

她貪心地撕開包裝紙，只瞄了書一眼，就打開較小的盒子。「喔，漂亮。」

「真可愛。我來幫妳戴起來。」黛芙妮說。

「來，塔蘆拉，這個是妳的。」

她慢慢拆開禮物。「謝謝妳，安珀。我很喜歡這本書。」

貝拉戴好了項鍊和手鐲，這才翻閱安珀送她的書，一邊跺腳。「不公平。我已經有這套系列了！」

傑克森一把抱起了她，想要安慰她。「沒關係，寶貝。我們拿去店裡退，再買一套妳沒有的，好不好？」

「好。」她撒嬌說，一手按著父親的肩膀。

黛芙妮從聖誕樹下拿了一個禮物，交給安珀。「這是送妳的。希望妳喜歡。」

安珀解開了紅色天鵝絨緞帶，輕輕撕開黑金雙色包裝紙。小盒子裡盛著一條高雅的金鍊子，串著一顆珍珠。很美。一時間，安珀感動不已。她沒擁有過這麼可愛的東西。「喔，黛芙妮，謝謝妳。我好喜歡。太謝謝妳了。」

「不客氣。」

「我也有禮物要送妳。」

黛芙妮打開了盒子，舉起手鐲，一看見有茱麗的名字，立刻紅了眼眶。她把手鐲套上。「好棒的禮物。我會一直戴著。謝謝妳！」

安珀伸長了一隻手臂。「我也有一只。我們的妹妹會時時刻刻和我們在一起。」

「對。」黛芙妮哽咽著把安珀拉過去，緊緊擁抱她。

「讓我看，媽咪。」貝拉跑上了沙發，跳到她母親的大腿上。

「妳看，好漂亮的手鐲，上頭刻了茱麗阿姨的名字。漂不漂亮？」

「嗯。我可以戴嗎？」

「以後再說，好嗎？」

「不行，現在就要。」

「好吧，只能戴幾分鐘，然後就要還給媽咪了。」黛芙妮摘掉了手鐲，遞給貝拉。貝拉把整個拳頭都穿了過去，但是手鐲太大了，沒辦法掛在她細小的手腕上，她就還給了黛芙妮。「拿去，媽咪。我不喜歡，給妳吧。」

安珀氣死了這個討厭的小鬼打斷了本應是可以建立強烈牽絆的一刻，但是她拿起了另一個禮物，遞給黛芙妮。「還有一個，我覺得妳可能會喜歡。」

「安珀，真的，妳太破費了。這樣子太過頭了。」

不，安珀暗忖，這個房間裡那麼多奢侈的禮物，那一大堆棄置的緞帶和包裝紙，這才叫太過頭了。「沒什麼，黛，只是一個小東西。」

黛芙妮打開了盒子，拿出縐紋紙包裹的禮物。她解開包裝紙，水晶烏龜逐漸現身，她卻一個失手，烏龜掉到了地上。

安珀俯身拾起來，發現沒有破。「幸好」——她把烏龜放在咖啡桌上——「沒破。」

傑克森走過來，抄起烏龜檢查，在手掌中翻動。「看，黛芙妮。妳沒有跟這隻一樣的。妳的收藏品又增加了一個。」傑克森放下烏龜。「很棒的禮物，安珀。我們現在去餐廳吃點聖誕大餐怎麼樣？」

「喔，等等，」安珀說，「我也有禮物要送你，傑克森。」

「妳真的不必這麼客氣，」他說，接下了她遞過來的包裹。她盯著他拆開漂亮的包裝紙，瞪著手裡的書。他詫異地看著安珀，而這還是第一次她覺得他真正看見她。「太棒了。妳是在哪裡找到的？」

「我一直對洞穴壁畫有興趣。而很顯然你和黛芙妮對於藝術品都有好眼光，所以我在一個古文物網站上看到這本書，就想你可能也會有興趣。」她在網路上搜尋古文物書店，好不容易找到了她認為他會欣賞的東西——費南德·溫德爾斯寫的《拉斯科洞窟壁畫》（*The Lascaux Cave Paintings*）。她一看見標價是七十五元就喘了口大氣，但仍然決定買下來，當作是一次大手筆的揮霍。壁畫是一萬七千年前留下的，而這些法國洞穴被聯合國教科文組織列為世界遺產。她的打算就是要讓他印象深刻。

安珀暗自竊喜。她終於得分了。

黛芙妮從沙發上站起來。「好了，各位，該吃晚餐了。」

「等一下。還有一樣東西。」安珀交給她一盒餅乾。

「哎呀，安珀，這些看起來好美味喔。看，孩子們，是不是很好吃？」

「我要一片。」貝拉踮起腳看著盒子。

「晚餐以後，甜心。安珀，妳真是太周到了。」

「喔，羅林斯昨天提早下班，所以我就利用晚上烤餅乾。」

「什麼？是妳烤的？」

「沒什麼。真的很好玩。」

他們一塊走向餐廳，突然間，貝拉來到安珀的旁邊，握住了安珀的手，抬臉對她微笑。「妳真的很會烤餅乾。我很高興妳今天來了。」

安珀俯視這個小混蛋，也笑回去。「我也是，貝拉。」

她覺得心裡湧升一股滿意感。

16

安珀有個新年計畫，她希望能夠加快進度。她驚慌的電話達到了她要的效果，而這會兒黛芙妮正等著她上門。

黛芙妮把安珀請進門，一臉的擔心。兩人直接走向日光室。

「出了什麼事？」黛芙妮關切地問。

「我一直想要靠自己處理，可是我再也受不了了。我一定得找個人談一談不可。」

「來，坐。」黛芙妮握住安珀的手，帶她走向沙發。「好了，是怎麼回事？」她傾身，兩眼盯著安珀的臉。

安珀做個深呼吸。「我今天被開除了。並不是我的錯，可是我一點辦法也沒有。」她哭了起來。

「什麼意思？跟我從頭說起。」

「事情是幾個月前開始的。每次我走進他的辦公室，馬克——我的上司，馬克・顏森——就會找藉口摸我。幫我撢掉肩膀上的東西，或是按著我的手。起初我以為沒什麼，可後來，上星期，他問我要不要跟他去和客戶吃晚飯。」

黛芙妮專注地看著她，安珀忍不住猜想她是否認為她長得太普通，不至於引人遐想。

「跟客戶吃飯對妳來說是很正常的事嗎？」黛芙妮問。

安珀聳聳肩。「不算是。可當時我覺得很有面子。我以為他是重視我的意見，想要聽我的看法。而且，說不定，妳也知道，將來可能會升遷。我自己開車去跟他在吉利餐廳會合。他已經到了，可是只有他一個人。他跟我說客戶打電話來說會遲到。我們喝了兩杯啤酒，後來我覺得有點怪怪的。」她停下來，又做個深呼吸。「接著我只知道他的手放在我的膝蓋上，然後開始往上摸。」

「什麼？」黛芙妮的聲音憤怒地放大。

安珀抱住自己，前後搖晃。「好可怕，黛。他滑過來貼著我，舌頭伸進了我的嘴裡，開始撫摸我的胸部。我把他推開就跑掉了。」

「那隻豬！他休想僥倖脫身。」她的兩眼冒火。「妳得舉報他。」

安珀搖頭。「我不能。」

「什麼意思，妳不能？」

「隔天，他聲稱是我勾引他。說不會有人相信我。」

「太荒唐了。我們現在就直接闖進去，找人力資源部。」

「我實在是羞於啟齒，可是幾星期前在公司的聖誕派對上，我喝多了，最後吻了一個仲介。大家都看到了。他們會相信他的說法，相信是我太花痴。」

「不過這種事還是不能拿來跟妳的上司佔妳便宜相提並論。」

「我不能惹麻煩。他說如果我乖乖離職，就給我兩個月的薪水。我母親到現在還在還夏琳的醫藥費，我每個月都寄錢給她。我不能放棄這筆錢。我會再找別的工作。我只是太丟臉了。」

「他是付錢給妳要妳閉嘴。錢的方面我可以幫妳，等妳找到工作再說。我覺得妳應該要抗爭。」

這下子她總算是說到點上了，不過安珀得增加賭注，把戲演完。

「然後讓康乃狄克的每一家房仲業都不敢雇用我？不行，我得乖乖閉嘴。再說，說不定我的確給了他錯誤的訊息。」

黛芙妮站了起來，來回踱步。「不准妳責怪自己。妳當然沒有做錯什麼。那個人渣——他說不定還會這樣騷擾別人。」

「相信我，我也想過。可是，黛芙妮，我有太多人要養了。我不能舉報他，冒著找不到工作的險。」

「該死的。他知道他逼得妳別無選擇。」

「他幫我寫了封很好的推薦信。我現在只需要開始找工作。」她對黛芙妮微笑。「至少這件事還有好處，我的時間很自由，可以全心全意投注在募款會上了。」

「妳什麼事都能看到優點，是不是？好，我就尊重妳的願望，雖然我很想要衝過去給他一點顏色瞧瞧。妳真孝順，還幫助妳媽媽。」安珀盯著黛芙妮的臉，看著她變得安靜，似乎在沉思什麼。安珀納悶黛芙妮是否想到了自己的母親，覺得心中有愧。「知道嗎，我要跟傑克森談一談。他的公司裡說不定會有工作給妳。」

安珀故意一臉驚訝。「妳真的這麼想？那就太好了。我什麼都願意做。從行政助理之類的職務做起都沒關係。」這一次她的笑容是真摯的。

「當然啦，他們一定會有個工作給妳。我今晚就跟他說。現在呢，我們來幫妳打起精神來。去逛街如何？」

她一定是注意到安珀的表情，體悟到逛街是她現在最供不起的花費，因為她沒有工作。說真的，這個女人幾曾活在真實世界中啊？

「對不起，妳一定覺得我很沒神經。我的意思是，我想帶妳去逛街——我請客。在妳爭辯之前，別忘了，我並不是含著金湯匙出生的。」她比了比房間。「我的家鄉是新罕布夏的一個小鎮。可能跟妳長大的地方沒多大的不同。我剛認識傑克森時，看見這棟房子，我覺得好荒謬，這麼奢華。久而久之，也就習慣了——可能是太習慣了。又加上跟這裡的女人來往，我必須承認，我有點迷失了。」

安珀不說話，很好奇黛芙妮的小小告白會如何發展。

「妳幫我想起來什麼是真正重要的東西，我一開始為什麼會來這裡——是來幫助別的家庭，來紓解這個可怕的疾病為他們帶來的痛苦的。傑克森賺了很多錢，可是我不想要因為這樣而在妳我之間樹起一道高牆來。自從我失去了我妹妹，我還是第一次真正覺得跟某個人很親近。拜託，讓我這麼做。」

安珀對這番話很受用。最棒的是她可以讓黛芙妮覺得安珀是那個慷慨大方的人。她忍不住想是否能讓她幫她買一整櫃的新上班服。

她瞪大眼睛。「妳確定嗎？」

「非常確定。」

「那，我找工作的時候應該會用上一點東西。妳能幫我挑一套面試服裝嗎？」

「我很樂意。」

安珀壓住大笑的欲望。黛芙妮真是個好人，她都有點慚愧了。她本以為需要一點巧妙的暗示和手段才能鼓動黛芙妮幫她在「派瑞許國際」公司找份工作，可是黛芙妮卻在她下餌之前就上鉤了。而可憐的、婚姻幸福的馬克．顏森的名譽就被她毀了，他根本連一丁點非分的舉動都沒有過。她今天下午會打電話給馬克辭職。引擎發動了。現在的問題就只剩駕駛這輛車了。

17

最隆重的一夜終於來臨了，安珀仍按捺不住緊張之情，覺得像是首演夜的女演員。募款活動在八點開始，但是傑克森和黛芙妮六點就來接她，以便提早抵達，確定一切就緒。黛芙妮幫她省了擔心從哪裡弄兩百五十元買門票的事情，直接買下了一桌，並且邀請她加入。

安珀給自己倒了杯白酒。酒和音樂會讓她在換裝時鬆弛下來。今天不是讓她發光發亮的一夜，但是話說回來，她也不想要像個小村姑一樣亮相。她走向床鋪，今晚要穿的衣服都擺在床上。她拿起了黑色蕾絲丁字褲，套上了纖瘦的臀部。誰也不會看見她的內衣褲，不過她會知道在禮服之下的她有多性感，而那就會讓她的感覺有多截然不同。然後是禮服，她從黛芙妮的衣櫃選中的范倫鐵諾，樣式簡單，裙長及地，黑色高領，長袖，背部抓皺。低調性感，一點也不張揚。她把頭髮向後梳成髮髻，只上了極淡的妝。唯一的首飾是黛芙妮送她的聖誕禮物以及她的珍珠耳環。她最後一次對鏡自照，面露微笑。滿意地抓起皮包，這個小小的銀色手抓包是她在DSW便宜買到的。她把黛芙妮借給她的銀色絲質披肩披上，聞到了一縷黛芙妮的香水味。

她站在門口，關燈之前先回頭看她住的房間。她想忽視她的環境，卻越來越難，因為她見識過黛芙妮以及她的朋友的居家環境。她告別了年少時那個沉悶的家，卻只為了現在活得像個僧侶。她嘆口氣，將回憶逐出腦海，關上了門。

五點五十分，她走下了公寓大樓到馬路上的短短步道。六點整，黑色禮車停下。她很好奇住在這條平實街道上的鄰居看見司機下車來為她開門不知會作何感想。她坐進了後座，面對著傑克森和黛芙妮。

「哈囉，黛芙妮，傑克森。謝謝你們來接我。」

「沒事，」黛芙妮說，「妳的樣子很漂亮。這件衣服好像是為妳量身打造的。妳應該留下來。」

傑克森看了她好半晌，這才別開臉。他似乎有點著惱，安珀心裡想。這下可好，她一直希望能給他留下難忘的印象，現在真留下了，卻是徹底錯誤的原因。她打一開始就不應該同意跟黛芙妮借衣服的。她是哪根筋不對了？

「我稍早去過飯店，看拍賣會的佈置情況，」黛芙妮說，沖淡彆扭的氣氛。「佈置得很美，我想一切會很順利。」

「我想也是，」安珀說，「無聲拍賣的拍品好極了。等不及想看聖托里尼島上的那棟別墅會賣多少錢了。」

兩人在路程中繼續閒聊，她注意到傑克森自始至終握著妻子的手，抵達之後，他溫柔地扶她下車，任由司機來助安珀一把。他對黛芙妮是死心塌地，安珀暗想，覺得決心稍微萎靡了一點。

他們不是第一批抵達的。裝飾委員已經來了，完成拍賣桌上最後的佈置，在五十張桌子中央擺上鮮花，每張桌子都覆蓋了粉紅色的桌布和黑色餐巾。樂隊在房間的另一頭準備，酒保在安排酒水，他們今晚一定會很忙碌。

「哇，黛芙妮，好漂亮喔。」安珀說。

傑克森摟住了黛芙妮的腰，把她拉過去，磨蹭她的耳朵。「做得好，我的寶貝。妳又超越了自己了。」

安珀看著他們，傑克森一身黑色晚宴服，就像電影明星，而黛芙妮的露肩薄沙翡翠綠禮服則彰顯出她的每一吋曲線。

「謝謝你，甜心。你的誇獎對我太重要了。」她看著傑克森，隨後抽開身。「我真的需要去查看我的義工，看是否有人需要什麼。我先失陪了？」黛芙妮轉向安珀。「留在這裡陪傑克森，我去看梅若笛絲是不是都預備好了。」

「好。」安珀說。

傑克森一直盯著黛芙妮走過舞廳，似乎渾然不知安珀在場。

「你今晚一定是非常以你太太為傲。」安珀說。

「嗄？」他終於把目光從黛芙妮身上挪開了。

「我說，你今晚一定是非常以你太太為傲。」

「她是這個房間裡最美麗、最有才華的女人。」他驕傲地說。

「黛芙妮一直對我很好。其實，她是我最好的朋友。」

傑克森皺眉。「妳最好的朋友？」

安珀立刻覺察到她犯了錯。「嗯，也不能說是最好的朋友。比較像是一位良師。她教了我很多。」

她看見他放鬆了一點。她這番辛苦結果只會是一場空。很明顯，她的計畫在今晚是一點進展也不會有的。

「我去看看能不能幫上忙。」她跟傑克森說。

他漫不經心地揮揮手。「對，好主意。」

這晚大獲成功。出價極其踴躍，賓客喝酒跳舞一直到午夜。安珀繞行房間，望入一切——名家禮服和昂貴的珠寶，一群群女人的說笑聲和八卦。打黑色領帶的男人大聲討論最近的標準普爾五百指數狂瀉千里。有錢有勢的人的世界，互相融合敬酒，自負自信，在他們百分之一的世界一隅。

儘管安珀是坐在黛芙妮的桌位，她仍覺得格格不入，就像當年在乾洗店裡一樣。她想要歸屬某個地方，有人仰望她，像對黛芙妮一樣奉承她。她厭倦了當那個沒有人注意或關心的人了。

但是今晚卻不如她的預期。傑克森的眼睛沒離開過黛芙妮，總是去握她的手，或是撫摸她的背。執行計畫以來第一次，安珀覺得喪氣，懷疑起她的計畫是否可行，獎品是否像天上的星星無法攀摘。

她在座位上看著賓客跳舞，有些老少配看起來實在是讓人發噱。她的眼角有什麼一閃，轉頭就看見一名攝影師，趕緊躲開，但是閃光燈繼續亮，她只能祈禱沒被拍到。

傑克森和黛芙妮一整晚有很長的時間在舞池裡，而這時他們走回餐桌。她看見黛芙妮悄悄推了傑克森一把，他就站到了安珀的面前。「妳要跳舞嗎？」他問。

安珀看著黛芙妮，她微笑，朝她點頭。「我很樂意。」她起身，握住傑克森的手，讓他帶領她進舞池。

她在傑克森強壯的臂彎裡放鬆下來，吸入他清新的、陽剛的氣味，享受著他的胳臂摟著她，身體貼著她的感覺。她閉上眼假裝他屬於她，她是房間裡每個女人羨慕的對象。儘管一曲結束了，亢奮的情緒仍未消退。他並沒有再邀她跳舞，但是這一支舞就足以讓她熬過今夜。十二點半了，安珀大步走向長桌，義工坐在這裡等著協助競價獲勝的賓客結帳。她在刷卡機前坐下來，就坐在梅若笛絲隔壁。

「我們今晚做得很好。」梅若笛絲說。

「對，晚會很成功。當然了，很大一部分是妳的功勞。」安珀有點太諂媚，不過梅若笛絲不領情。

「喔，拜託，這是團隊合作的成果。大家都一樣辛苦。」她僵硬地說。

安珀無言可回。這個賤女人是死也不會接納她的，所以她何必費那個精神？兩人繼續沉默地並肩工作。快結束時，梅若笛絲轉向安珀。「黛芙妮跟我說妳是內布拉斯加人。」

「是啊。」

「我沒去過那裡。那兒是什麼樣子？」她說，語調中連一丁點的好奇都沒有。

安珀想了想。「我的家鄉是一個很小的地方。那些小鎮差不多都一樣。」

「嗯。大概吧。究竟是哪個地方？」

「尤斯提斯。妳大概沒聽過。」

梅若笛絲還來不及繼續訊問，黛芙妮就出現在她們的面前。

「妳們都太了不起了，」她對義工說，「今晚能這麼成功都要感謝妳們。現在回家去吧，好好休息。我愛妳們大家。」她看著安珀。「妳要走了嗎？」

「好，我們都做完了。我去拿我的東西。」

回程中，傑克森和黛芙妮就像一對愛情鳥，他的手穩穩地放在她的大腿上。

「妳的演講很精采。」傑克森捏她的腿。

黛芙妮一臉驚訝。「謝謝。」

「我希望妳能讓我先審稿。」

「你那麼忙，我不想麻煩你。」

他撫摸她的腿。「我從來不會忙到不能幫妳，親愛的。」

黛芙妮把頭靠在他肩上，閉上眼睛。

安珀看著兩人的互動，越來越沮喪。很顯然傑克森對黛芙妮的每一面都寵愛有加。黛芙妮是條很容易上鉤的魚，但是傑克森可就老辣多了。安珀得使盡渾身解數來對付他。

18

募款晚會過去一個月了，可是那晚安珀目睹了傑克森對黛芙妮的款款深情，直到今天仍心態不平衡。不過，她和黛芙妮的關係倒是漸入佳境。此刻她正要去參加塔蘆拉的十一歲生日派對，她已經徹底打入了黛芙妮的生活，受邀參加幾乎每一次的家庭活動。黛芙妮對她信任有加，幾乎害她覺得心虛……幾乎。安珀買了一本愛倫坡的傳記給塔蘆拉，覺得她順手捎帶一樣東西給貝拉是明智之舉。她漸漸抓住這個小混蛋的心態了，她猜，看著塔蘆拉打開成噸的禮物絕不會是貝拉玩樂清單上的第一項。

走入遊戲室時，孩子們圍成一個大圈圈，而兩名女子在卸下籠子，籠子裡關著異國小鳥和小型的動物園動物。安珀走向黛芙妮，她正和一名年長婦女旁觀。

「安珀，歡迎。來見見我母親。」黛芙妮緊緊握住了安珀的手。「媽，這是我的朋友安珀。」

婦人伸出手來跟她握手。「真高興認識妳，安珀。我是茹絲。」

「幸會。」安珀說，忙著夾好帶來的禮物，以便和茹絲握手。

「唉呀，」黛芙妮說，「妳帶了什麼？」

「喔，只是一點禮物。」

「妳何不拿去溫室跟其他禮物放到一塊？動物園秀很快就要開始了。妳不會想錯過的。」黛芙妮說。

安珀走進溫室，又一次被奢侈的程度嚇到。如果她是小孩子，當然會想要得到這麼多東西，可是她小時候連作夢都想不到會有這種奢靡。禮物堆得像山一樣高，一張大桌被搬了進來，擺放孩子們的午餐。每個位子都小心擺設了色彩豐富的盤子和餐巾，也都放了包裝美麗的點心袋。小孩子一定會喜歡，但同時又極盡高雅。她放下了禮物就離開房間，走回派對房間時，看見傑克森從走廊過來，朝她綻開迷人的笑容。

「嗨。真高興妳今天能來加入我們。」他真誠地說。

「呃，謝謝你。我很高興能來。」她結結巴巴地說。

他又露出大大的笑容，為她打開遊戲室的門。

他們站在一起看著訓練師取出一隻又一隻動物，稍作說明。傑克森一手端著飲料，安珀實在沒辦法不去偷看他。她在心裡盤算要花多久時間才能把他弄上床。一想到讓這個有權有錢的男人拜倒在她的魅力之下，她就心花怒放。她知道該如何取悅男人，她也猜想十年多的婚姻他和黛芙妮之間的床事一定滿無聊呆板的。只要能有半點機會，安珀想像得出她會做哪些事，讓他對她渴望痴迷。她決定要慢慢來，小心謹慎執行計畫。沒必要魯莽行事，像上次那樣砸了鍋。

表演結束了，成人極力安撫兒童，讓他們吵吵鬧鬧地走進溫室吃午餐。氣氛實在是夠熱鬧喧譁的了，縱聲大笑加上高調門的嗓子。安珀覺得快尖叫了，而且她注意到傑克森不在溫室裡。

最後，瑪格麗塔端來了大蛋糕，巧克力糖霜上插了十一根蠟燭，蠟燭排列出芭蕾舞伶的形狀。安珀發覺蛋糕缺了一小角。

「好了，」黛芙妮大聲說，「該唱生日快樂歌了，然後塔蘆拉就可以拆禮物了。」

安珀看見在大家為她姊姊唱生日快樂歌時，貝拉的眼中漸漸凝聚烏雲，她的小嘴抿成了一條線，雙臂抱在胸前。她可不要慶祝。

歌聲一停，塔蘆拉吹滅蠟燭後，黛芙妮就把禮物遞給她。孩子們圍坐在餐桌上，開心地吃著蛋糕，而塔蘆拉拆開一個又一個禮物，感謝送禮的人。拆完第七個之後，貝拉的聲音揚了起來。「不公平。禮物都是塔蘆拉的。我的呢？」

這正是安珀在等待的時刻。「嘿，貝拉。我幫塔蘆拉帶了禮物來，不過我也帶了一個要給妳。我來把塔蘆拉的給她，喏，這是妳的。希望妳會喜歡。」

黛芙妮對她微笑，茹絲看著她的眼神卻難以判讀。安珀注意到傑克森這時才進來，而她希望他看見了方才的那一幕。貝拉撕開包裝紙，打開了盒子，舉高一件粉紅色毛衣，領子是白色假皮草，還有一個粉紅色小皮包，提把亮晶晶的。她露出笑容，奔向安珀，抱住了她的腰。「我愛妳，安珀。妳永遠是我最好的朋友。」

看著這一幕感情戲，人人都笑了出來，但是安珀注意到茹絲一點也不像別的客人一樣覺得有趣。塔蘆拉的禮物快拆完了，最後一樣是個小盒子，莎賓娜送的。「喔，莎賓娜。我真是太開心了。謝謝。」塔蘆拉以法語說，舉起一條金鍊，鍊墜是一個細長的十字架。

「別客氣。」莎賓娜也以法語回答。

本地的名流很快就來接他們的公子千金了，這些有錢家的孩子又一次被饗以浮華的娛樂、可口的食物以及昂貴的禮物袋。難怪他們都會帶著一種優越感長大，他們壓根就不知道還有別種人生。

所有賓客都離開後，另一個保姆雪莉把禮物都收拾起來。

「麻煩妳把禮物和孩子們都帶上樓好嗎？幫她們洗澡，換上睡衣，我們大概在六點會吃一頓清淡的晚餐。」黛芙妮指示她。

傑克森又給自己倒了杯威士忌。「有人要喝一杯嗎？」

「我要一杯紅酒，甜心，」黛芙妮說，「媽，妳要喝什麼嗎？」

「我來杯蘇打水。」

傑克森看著安珀。「妳呢？」

「我可以也來杯紅酒嗎？」

傑克森笑了。「妳要什麼都可以。」

我就是這麼希望的，安珀暗忖，但表面上只是微笑以對。

「黛芙妮，妳拿募款晚會的照片給安珀看了嗎？」茹絲說，隨即看著安珀。「有幾張刊登在《畢夏普斯港時報》上。其中一張妳非常漂亮。」

安珀的心跳漏了一拍。照片？在報紙上？她那晚小心翼翼地避開了攝影師，他是幾時拍到她的？黛芙妮把報紙拿進來，交給了她。她雙手發抖拿了起來，掃視照片。在那兒，全尺寸的，一眼就能認出來。她的名字不在上頭，反正也不需要——她的臉才是問題。她只得假設小鎮報紙的銷路有限，不會賣到外地去。

「可以失陪一下嗎？」她需要離開房間去平撫心情。她關上了浴室門，把馬桶蓋放下，坐上去，雙手抱頭。她怎麼會這麼粗心？過了一會兒，她的呼吸平穩了，她跟自己保證將來會更提高警覺。她往臉上潑了些水，挺直腰，緩緩打開了門，走回溫室時聽見茹絲和黛芙妮在說話。

「媽，妳不懂。我現在抽不開身。」

「妳說得對，黛芙妮，我是不懂。妳以前很喜歡在教堂裡唱詩。我覺得妳現在完全不做妳以前愛做的事了。妳讓這些錢鑽進了妳的腦子裡了。如果妳知道什麼對妳好，妳就會記得妳的根，從高不可攀的位子上走下來。」

「這麼說一點也不公平。妳不知道自己在說什麼。」

「我知道我看見了什麼——兩個保姆，拜託。而且一個還只說法語。真是的！一個女兒慣得無法無天了，而妳根本就管教不了。俱樂部，上的那些課。拜託，我要見外孫女還得先預約。妳到底是怎麼了？」

「夠了，母親。」

這還是頭一次安珀在黛芙妮的聲音中聽見真正的憤怒。緊接著保姆和兩個孩子下樓來，同時進入溫室，母女間的交談戛然而止。

貝拉跑向黛芙妮，把頭埋進母親的膝間，她的哭聲被掩蓋住了，接著她抬起頭來說：「塔蘆拉得到那麼多禮物，我只有兩個。不公平。」

茹絲俯身輕撫貝拉的臉。「貝拉，寶貝，今天是塔蘆拉的生日。等到妳的生日，妳也會得到一大堆禮物的，對不對？」

貝拉扭身躲開外婆的手。「不對。妳是醜八怪。」

「貝拉！」黛芙妮似乎很驚恐。

傑克森突然出現，大步走向沙發，把貝拉抱起來。她像扭麻花似的，但是被抱得太緊，最後只好安靜下來，傑克森把她放到房間的另一頭，跪下來讓父女倆能四目直視，悄悄跟她說話。幾分鐘後，他們一起回來，貝拉站在她的外婆面前。

「我非常對不起，外婆。」她說，低著頭。

茹絲得意地看了黛芙妮一眼，握住貝拉的手。「我原諒妳，貝拉。可是妳以後一定不能再說那種話了。」

貝拉看著她父親，只得到嚴厲的一眼。「是，外婆。」

瑪格麗塔探頭進房間來，宣布開飯了。傑克森挽住茹絲的手臂，兩人一同步入餐廳，貝拉和塔蘆拉緊跟在後。黛芙妮起身時，安珀拍了拍她的肩膀。

「今天很漫長。貝拉只是太累了。別讓這些惹妳生氣。」

「有時候實在很難。」黛芙妮說。

「妳是個很棒的媽媽。別讓任何人說妳不是。」

「謝謝妳，安珀。妳真是個好朋友。」

從某方面來看，黛芙妮是個好母親。她對孩子傾其所有，尤其是母愛。她絕對比安珀的母親要強。安珀的媽每天都會讓她的孩子知道他們是天大的累贅。

「還不要走，留下來跟我們一塊晚餐。」黛芙妮說。

安珀不確定跟筋疲力盡、生氣鬧彆扭的貝拉以及一個不以為然的外婆一起晚餐能對她的計畫有什麼幫助。「我很願意，黛芙妮，可是我還有一堆衣服要洗，還得打掃。不過還是謝謝妳。」

「喔，好吧，」黛芙妮說，挽住了安珀的手臂。「至少到餐廳來跟大家說再見。」

她順從地跟著黛芙妮走進餐廳，一家人都就座了，瑪格麗塔正在上菜。

「各位晚安了，」安珀說，揮揮手。「今天的派對真熱鬧。」

大家異口同聲說再見，然後傑克森溫潤的聲音響起。「晚安，安珀。明天辦公室見。」

19

安珀小心挑選到「派瑞許國際」第一天上班的衣著。她把頭髮綁成馬尾，戴著樸實的金色圓圈耳環，只上了極淡的妝。四點起床趕搭五點半的火車簡直是要人命，但是她必須給人留下好印象。怎麼有人能夠長期早起通勤，她實在想不通。但願這只是暫時的。

傑克森的公司所在的玻璃巨塔極為龐大，一想到這是他的產業，安珀就驚嘆。在曼哈頓擁有這樣的地方一定值不少錢。大廳空蕩蕩的，只有保全，她點頭掃了識別證，綠燈亮起，她穿過了旋轉柵門。來到三十樓後，她意外地看見已經有人進辦公室了。她明天得搭更早的火車。她的小隔間就在上司的辦公室外。她得跟他的第一助理貝特利太太報到，上週她們在職前訓練時見面，安珀就覺得她是隻母老虎。而這隻母老虎大約是六十五到七十五歲之間，滿頭鋼灰色頭髮，厚眼鏡，薄嘴唇。就是一副少跟我亂來的模樣，而安珀一見她就討厭。她很清楚地表明她不高興安珀被塞給她。要讓這隻老鳥喜歡她，可是個大挑戰。

「早安，貝特利太太。我要去倒咖啡，妳要嗎？」

她盯著筆電，頭都不抬。「不要。我已經喝了一杯了。我有些文件要妳整理，所以妳等喝完後就來找我。」安珀偷偷瞄了傑克森在角落的辦公室一眼。門關著，但是她能看見玻璃牆上的百葉窗縫隙間有動靜。

「妳需要什麼嗎？」貝特利嚴肅的聲音打斷了她的胡思亂想。

「抱歉。沒有。咖啡可以等一下。我現在就來整理文件。」

「拿去，」她說，交給安珀一堆紙。「這裡有一份新客戶名單，要輸入資料庫。我在妳的桌上留下了說明。妳還需要把他們的網站和所有社群媒體管道都加進去。」

安珀接下了檔案夾，回到小隔間。她捨棄了有風景可看的辦公室就為了交換這個幽閉式的隔間，但起碼她的計畫在推進了。幾小時過去了，她埋頭工作，決心要成為「母老虎」最得力的助手。她帶了午餐來，邊工作邊吃，連休息都放棄了。六點了，貝特利站在她的隔間前，穿好了大衣。

「我不知道妳還在，安珀。妳五點就能下班，知道吧。」

她站起來，收拾東西。「我想做完。我喜歡一大早來辦公桌乾乾淨淨的。」

這句話還真的引出了老婦人的一抹笑。「不錯。我也有同感。」

她轉身要走，但是安珀出聲喊：「我跟妳一塊走。」

兩人默默走向電梯，進去之後，安珀對她羞澀地一笑。

「我想謝謝妳給我這個機會。妳不知道這對我有多重要。」

貝特利挑高眉毛。「別謝我。跟我無關。」

「派瑞許太太跟我說過派瑞許先生非常重視妳的意見，」安珀說，「她說得很清楚，我來只是試用。如果妳覺得我不適任，我就得再找別的工作了。」

安珀看得出這個女人的自負讓她相信了這番話。貝特利站得更挺了一點。「那就再說吧。」

對，走著瞧吧，安珀心裡想。

＊

一個月了，安珀仍沒有和傑克森直接接觸過，但是母老虎越來越依賴她了。安珀會比她早到至少十五分鐘，就能順便幫她帶早晨的咖啡，裡頭給她加點料。安珀從她的內科醫生那兒取得了三個月份的抗憂鬱藥。她跟醫生說她恐慌症發作，他就推薦了阿米替林，不過他也提到了可能的副作用：短期記憶喪失以及心智混亂。她剛開始下的劑量很低，希望貝特利對於加味奶精的偏愛能蓋過咖啡中的藥味。

貝特利這天早晨來上班，顯得比平常迷糊。安珀注意到她的步伐變慢，經常停下來，環顧辦公桌，彷彿不確定該做什麼。

貝特利起身去上洗手間，安珀趕緊跑到她的辦公桌，從她的皮包裡拿走鑰匙藏起來。接著她把放在貝特利桌上的一份檔案夾歸檔。貝特利回來後就遍尋不著檔案，眼中出現驚慌。那天下班時，貝特利打開皮包找鑰匙，安珀看著她翻過來找過去，最後把皮包的東西都倒在桌上。就是沒有鑰匙。她一臉驚惶。「安珀，」她高聲說，「妳有沒有看見我的鑰匙？」

安珀急忙來到貝特利辦公室。「沒有啊。不是在妳的皮包裡嗎？」

「沒有。」她說，幾乎要哭了。

「來，」安珀說，拿起了桌上的皮包。「我來找。」她假裝到處翻。「嗯，妳說得對，不在裡面。」她站了一會兒，彷彿在思考。「妳找過抽屜嗎？」

「當然沒有。我從不把鑰匙從皮包裡拿出來，也絕不會放到抽屜裡。」她頑固地說。

「我們還是看一下吧，以防萬一。」

「胡鬧，」貝特利氣呼呼地說，但仍然打開了抽屜。「看吧，不在裡頭。」

安珀俯身去看，接著目光掠過抽屜，看著檔案櫃旁的字紙簍，拉過來。

「在垃圾桶裡。」安珀伸手去拿出來，交給了貝特利。

貝特利站得筆直，瞪著手上的鑰匙環，用力吞嚥。很顯然這個女人擔心得要發狂了，但她只說了再見就轉身離開了。安珀笑咪咪地看著她走掉。

幾天之後，安珀又重新安排了貝特利的旋轉式名片架上的名片——這個年代還用這玩意的一定只剩下她一個。幾週過去了，壓力逐漸浮現出效果了——老婦人的臉上時時掛著憂慮，揮之不去。安珀覺得有點不安，可是這個女人真的需要退休了。她可以把時間花在含飴弄孫上，過得更快樂。她跟安珀說過她有五個孫子，還抱怨太少看到他們。這下子她就可以有更多時間陪孫子了，而傑克森也可能會給她很不錯的退休金——尤其是他相信她患了失智症。安珀其實是幫了她一個大忙。

再說了，難道傑克森不應該有個比較時尚的當代人來幫他的忙嗎？他留下她說不定是礙於情面。安珀只要想起這件事，就認為是在幫他們兩人的忙。今天早晨，她印了一張內容不知所云的東西，夾進了貝特利剛完成的一份報告中。她知道這個女人看見時會以為自己真的失智了，當然啦，她是不會說出來的。安珀猜最多再兩個星期，她的自信會逐漸腐蝕，很快又會犯錯誤，傑克森就會起疑，安珀轉眼間就要漂漂亮亮地坐在貝特利的辦公室裡了。

20

雖然沒有安珀盤算的那麼快，但是在三個月後，貝特利終於受夠了，遞出了辭呈。傑克森開始找新的秘書長，暫且由安珀代理貝特利的職位。她仍待在小隔間裡，而貝特利的辦公室也一直空著，安珀很氣惱傑克森居然沒有考慮要讓她升職，卻有自信他早晚會發現她是不可或缺的人才。她花了七個晚上把他的東京新客戶的底細摸得一清二楚——大家在社群媒體上還真是開誠布公。縱使他們有那個頭腦知道要保護個資，但是他們不了解的是他們貼上的每一張照片都能夠連結到某人的網頁，而並不是每個人都那麼謹慎有加的。她使用了背景查核軟體，再到社群網站上去瀏覽，對他們每一個都有充分的認識，包括他們噁心的偏好。她同時也徹底搜尋了他們最近的貿易往來，了解了他們的談判技巧以及可能的袖裡乾坤。

傑克森叫她到辦公室去，她拿起了客戶的報告。他靠著黑色皮椅，正在讀iPhone上的東西。他沒穿外套，襯衫袖子捲起來，露出了日曬的小臂。派瑞許家剛從法國南部的昂蒂布回來，她猜在那兒他們大概可以練習法語，他們好像很崇拜這種語言。她進去時他頭也不抬。

「我今天抽不開身，可我忘了貝拉是今天下午在夏令營表演。午餐後我得離開。把今天的會面都挪開。」

有個有權有勢的父親卻肯為了你從忙碌的行程中擠出時間來看你表演，這個女兒當得有多幸福啊，而那個小王八蛋卻還不知感恩。「好的。」

「妳在『漁獲』為明天宴請田中和他的團隊訂好位子了嗎？」

「這個嘛，沒有。」

他猛地抬頭。她這可得到他全部的注意力了。「什麼？」

「我訂了『代爾波斯托』。田中最愛義大利料理，而且他對甲殼類過敏。」

他感興趣地看著她。「是嗎？妳是怎麼知道的？」

她把報告交出去。「我擅自做了一些調查。當然是下班時間，」她趕緊再補充。「我覺得會有用。現在有了社群媒體，不難查。」

他的笑容擴大，讓她瞥見一眼他完美的白牙，同時伸手要她的報告。翻閱了一下之後，他又抬頭。「安珀，做得好。極好的判斷。太好了。」

她粲然而笑。她敢打賭貝特利連臉書都不會用。

她站了起來。「沒別的事的話，我就去重新安排你的行程。」

「謝謝。」他嘟囔著說，又埋頭看起了報告。

她有進展了，不過她有點失望他似乎沒注意到她穿著短裙和高跟鞋腿有多漂亮。他是難得一見的珍稀商品——眼中只有他的老婆。但另一方面，黛芙妮似乎就洋洋自得，認為他崇拜她是理所當然的事。安珀一想到就火大。她這個外人都看得出來黛芙妮對傑克森並不像他對她那麼愛戀，而她真的配不上他。

她在電腦上打開了傑克森的行事曆，開始聯絡排定在下午和他會面的人，重訂時間，正打算再打一通電話時，他出現了。

「安珀，在我們找到接替貝特利太太的人之前，妳何不先搬進她的辦公室？妳就在外面會方便許多。打給設施管理部門，他們會來幫妳搬東西。」

「好，謝謝你。」

她看著他走開，他的義大利名牌套裝就像是諸神為他親手裁製的。她不禁納悶身上的一套衣服比一些人的年薪還貴不知是什麼滋味。

她拿起了手機，傳簡訊給黛芙妮。

明天有空嗎？想喝一杯聚一聚。

收到簡訊的聲音響起。當然。我叫湯米去接妳，我們可以去斯巴塔。七點半可以嗎？

好！明天見。

既然黛芙妮是叫湯米來接她，那就表示她正好有喝酒的心情，太理想了，因為安珀準備要讓她暢所欲言。她已經發現了只要一杯馬丁尼下肚，黛芙妮就會整個人放鬆下來，要再讓她多喝幾杯就容易多了。

21

派瑞許家的禮車準時在她的公寓外等候，她正要出聲跟黛芙妮打招呼，這才發覺後座是空的。

「派瑞許太太呢？」她問幫她開門的湯米。

「派瑞許先生忽然回家來。太太要我來接妳，送妳到斯巴塔，再回去接她。」

她覺得惱怒扼殺了她的好心情。黛芙妮何不乾脆打電話來問是否能把時間延後？她覺得像個被處理的預約。傑克森回家又有什麼要緊的？黛芙妮何不直接跟他說她已經有計畫了？她有沒有一點骨氣啊？

她抵達了酒吧，選了角落一個舒服的桌位，點了一瓶二〇〇七年份的西施加雅（Sassicaia），要價兩百一十元，不過反正買單的是黛芙妮，而且敲她一筆也是她活該，誰叫她要害安珀等她。她喝了一口紅酒，品味著奢華的滋味。太美妙了。

客人漸漸多了，她環顧周遭，好奇黛芙妮所謂的朋友今晚是否會來。她希望不會——她想要獨佔黛芙妮。

黛芙妮終於姍姍來遲，一臉苦惱，說真的，外表還有點凌亂。她的頭髮有些毛燥，化妝也不勻稱。

「真對不起，安珀。我正要出門，誰知傑克森回來了，而……」她雙手向上一拋。「算了，不值一提。我需要喝一杯。」她瞧了瞧酒瓶，略微皺眉。

「我希望妳不介意我點了一整瓶。我忘了帶老花眼鏡來，實在看不清楚，所以我就叫服務生推薦。」

黛芙妮想說什麼，但似乎又算了。「沒關係。」

一只酒杯出現了，她為自己倒了一大杯。「嗯，真不錯。」她做了個深呼吸。「好，在派瑞許國際怎麼樣？傑克森跟我說妳證明了自己是個人才。」

安珀端詳她，看是否有懷疑或是吃醋的跡象，卻什麼也沒看到。黛芙妮像是真心為她高興，但是她的臉上也有一絲憂慮。

「大家待妳還不錯吧？沒有問題，對嗎？」

她這一問倒是讓安珀意外。「對啊，一點問題也沒有。我很喜歡這份工作。實在太感謝妳推薦我了。羅林斯跟這裡差太多了。而且大家都很和氣。所以，是發生了什麼緊急大事？」

「嗄？」

「傑克森回家去——他是有什麼需要才打亂了妳的計畫？」

「沒事。他只想在我出門之前跟我待個幾分鐘。」

安珀挑高一道眉。「待幾分鐘幹嘛？」

黛芙妮的臉紅了。

「喔，那個啊。他好像是喝了妳的迷魂湯。還滿叫人意外的。你們結婚多久了，几年？」

「十二年。」

安珀發覺她害黛芙妮不自在，就改變戰術，身體前傾，壓低聲音。「妳算是有福氣的。我離開家鄉的一個原因就是我的男朋友馬爾可。」

「什麼意思？」

「我為他瘋狂。我們從中學就開始約會了。他是我唯一的情人，所以我都不知道。」這下輪到黛芙妮靠近了。「不知道什麼？」

她忸怩，故作難堪狀。「那是不正常的。就，男人多少應該要……蓄勢待發。我得做些事情來讓他能夠跟我做愛。他說我不夠漂亮，沒有別的幫助就沒辦法讓他興奮。」她下的是一著險棋，但是黛芙妮似乎信了。

「最後一根稻草是他要我帶別的男人進臥室。」

「什麼？」黛芙妮的嘴巴合不攏。

「對。原來他是gay。不想承認之類的。妳也知道小鎮有多保守。」

「後來妳跟別人交往過嗎？」

「偶爾幾個，沒有一個認真的。說實話，在跟別人上床這件事上我有點緊張。萬一我發現其實問題出在我身上呢。」

黛芙妮搖頭。「太離譜了，安珀。他的性傾向跟妳無關。而且妳很可愛。等妳找對了人，妳就會知道。」

「妳找到傑克森時就是這種感覺嗎？」

黛芙妮頓了頓，輕啜一口紅酒。「這個嘛……我想是傑克森讓我神魂顛倒。在我們開始約會之後我父親就病了，而傑克森一直是我的靠山。後來，情況發展得太快，我還沒回過神來，就結婚了。我根本就沒想到會這樣。他都跟世故優雅又才華洋溢的女人約會。我不是很確定他是看上了我哪一點。」

「得了，黛，妳可是大美人呢。」

「妳真會說話，可她們哪個不是。而且她們都是大家閨秀，見多識廣。我只是一個小鎮姑娘，對他的世界一無所知。」

「那妳覺得是什麼原因讓妳變得那麼獨特？」

黛芙妮又倒滿了酒杯，喝了一大口。「我覺得他是喜歡一張空白的畫布。我當時年輕，才二十六歲，而他比我年長十歲。我一心一意想要創立『茱麗的笑容』，並沒有被他騙了。他後來跟我說他從來就不知道他交往的女人是想要他的錢還是他的人。」

安珀發現難以置信。即使他一窮二白，他仍然又帥又俊又迷人。「他又怎麼知道妳在乎的不是他的錢呢？」

「我其實還想要冷處理，他並沒有真的把我迷得昏頭轉向。可是他對我的家人實在是太好了，大家都鼓勵我不要錯過這個好男人。」

「看吧，妳真的是幸運。看看結果有多美滿。妳的生活讓人欽羨。」

黛芙妮微笑。「沒有人的生活是完美的，安珀。」

「妳的看起來就是。妳的看起來就近乎是美夢成真的生活。」

「我非常幸運。我有兩個健康的孩子，我在這種事上是絕不會認為理所當然的。」

安珀想要把話題鎖定在婚姻上。「對，沒錯。可是從外人的眼裡來看，你們的關係好像童話。傑克森一副很崇拜妳的樣子。」

「他非常多情。我想有時候我是需要一點喘息的空間。必須要融入執行長夫人的這個角色，有時會覺得縛手縛腳的。他有很高的期望。有時候我只想要坐下來看個『紙牌屋』影集，而不是又去參加什麼慈善晚會或是商業活動。」

嗚嗚，好可憐喔，安珀酸溜溜地想。穿著名家禮服，喝著昂貴醇酒，吃著魚子醬，一定是難受死了。她擠出了同情的表情。「我能了解。叫我做這些，我就會覺得格格不入。可是妳讓它看起來好輕鬆。妳花了很久的時間才融入嗎？」

「頭兩年很辛苦。可是梅若笛絲解救了我。她幫助我在詭譎的畢夏普斯港社交圈裡闖蕩。」她笑了笑。「一旦梅若笛絲是站在妳這邊的，大家都會自動來排隊。她是基金會最堅定的支持者——後來就是妳。」

「妳一定覺得非常幸運。就跟我對妳的感覺差不多。」

「沒錯。」

一瓶酒喝光了，安珀正要建議她們再點一瓶，黛芙妮的手機卻因收到簡訊亮了起來。

她看了一眼，再帶著歉意看著安珀。

「是貝拉。她作惡夢了。我得回去了。」

那個小屁孩。就算不在現場也能搞破壞。

「喔，可憐的寶貝。她常作惡夢嗎？」

黛芙妮搖頭。「不是很頻繁。抱歉今晚只能到此結束。不介意的話，我會叫湯米立刻送我回去，再送妳回家。」

「沒事。幫安珀阿姨親她一下。」安珀說，打鐵趁熱。何不提升她的地位？

黛芙妮捏捏她的手，兩人走出餐廳到等候的禮車前。「我喜歡這個稱呼。我會的。」

儘管安珀很失望沒能再喝一杯那種頂級美酒，但是她挖到了一些她想要的情報：傑克森心目中完美女人的草稿。她會修飾潤色，一點一點，直到她變成完美的複製品，讓他無法抗拒。

只是她會是一個比較新穎的、比較年輕的版本。

22

安珀吸入醉人的海洋氣息。這天是十足美麗的週日早晨，而她和黛芙妮已經到海邊一個小時了。傑克森到布魯塞爾出差，黛芙妮邀請安珀來共度週末。黛芙妮建議她們去划愛斯基摩艇，她還有點懷疑，因為她沒划過船，不確定是否要在長島灣的深水中第一次嘗試。結果她是杞人憂天了。她們出發時海水平靜如鏡，不到半小時安珀就覺得自信篤定。起初她們就在岸邊，而安珀讚嘆著清晨的平和靜謐，大地只有海鳥的鳴唱和船槳破水聲。一切都靜止不動，沒有喧囂，沒有每天的忙碌。她們平行前進，兩人都沉默不語，心滿意足。

「要不要再出去遠一點？」黛芙妮打破了寂靜。

「好啊。安全嗎？」

「放心。」

安珀追上黛芙妮有力的划槳，因為出力而呼吸沉重。她很佩服黛芙妮的耐力。遠離海岸之後，海水起了截然不同的變化。第一次有船經過她們時，安珀以為她會被船的尾流困住，但是第二次她卻乘浪突進，腎上腺素竄升。

「我好喜歡，黛。真高興妳請我來。」

「我就知道妳會喜歡。我很開心。這下子我就多了一個同伴了。傑克森不太喜歡划船，他寧可坐船。」

嗯，安珀暗忖，坐船也很棒啊。她還沒上過他的遊艇呢，不過她知道不出多久她就會受到邀請。

「妳不喜歡坐船嗎？」安珀問。

「喔，當然喜歡，可那是完全不同的體驗。那艘船在重新下水之前還需要一些整修，應該是在六月下旬吧。到時我們一起去，妳就可以自己判斷了。」

「船叫什麼名字？」

「貝拉塔黛。」黛芙妮回答，笑容帶著一絲難為情。

安珀想了想。「喔，我懂了。取自妳們每個人的名字。傑克森的三個女孩。」

「有點傻氣吧。」

「哪裡。我覺得很甜蜜。」內心裡卻是每個字都害她嗆到。

「該回去了嗎？快十點了。」黛芙妮看著手錶，調整了遮陽帽。

沒多久就抵達了存放小艇的屋子。她們沿著小徑走向屋子，大笑聲和女孩子們的吱吱叫聲傳了過來。貝拉和塔蘆拉正和她們的父親在泳池裡潑水玩耍。

安珀轉向黛芙妮。「傑克森不是晚上才會回來？」

「我也以為是晚上啊。」黛芙妮說，加快了步伐。

他抬頭，一手撫過濕髮。「哈囉，妳們兩個。去划船了啊？」

「是啊。你幾時回來的？抱歉不在這裡，可我以為你今晚才會回來。」黛芙妮說，聽起來滿緊張的。

「事情昨晚就完成了，所以我決定今天早上飛回來。」貝拉趴在他的背上，兩腳踢水。他轉身抓住她，她開心地尖叫，被拋回了水裡。她破水而出，游向他。「還要，爹地。」

可是他開始走向淺水區，擦掉臉上的水。「到此為止，甜心。該休息了。」

這一次貝拉沒有討厭地嚎叫。哇，天要下紅雨了。

傑克森拿毛巾給女兒，也動手擦乾自己。不去看他的身材是不可能的，濕淋淋的，閃爍著水珠，他走向黛芙妮，吻了她。「回家真好。」他說。

黛芙妮本是邀請安珀共度一整天的，但這會兒傑克森回來了，安珀知道她必須認分地搬出「我不想打擾」的說法。「我划船玩得很開心，黛，實在是太感謝妳了。那我就不打擾你們一家人了。」

「什麼意思？妳還不能走。」

「我真的該走了。我相信傑克森想跟妳和兩個女兒獨處。」

「胡說。妳知道他對妳的看法。妳就像家人。來吧，我們一定會玩得很開心。」

「沒錯，」傑克森說，「非常歡迎妳留下來。」

「你們確定嗎？」

「當然，」黛芙妮說，「大家進屋去吃午餐。瑪格麗塔這個週末放假，我們得自己動手。」

她們在廚房裡分工合作，但是她們在玉米餅上鋪滿豆泥、蔬菜和起司之後，成果卻不像瑪格麗塔捲的那麼漂亮俐落。

「看起來很不優是吧？」黛芙妮笑著說。

「管他的，好吃就行了。」安珀洗了手，撕了一張紙巾擦手，而黛芙妮伸手到櫥櫃裡去拿出兩只托盤。「好了。我覺得夠妥當了。我們到泳池旁邊吃。」

「喔，好好吃。」貝拉一看到她們端來的午餐就說。

他們在大陽傘下坐下來，五個人，太陽光照射在青綠色的池水上，池水像是有數不清的鑽石和閃爍的三角形。一陣清風切過熱氣——是完美的暮春天氣。安珀閉上眼睛，假裝這一切都是屬於她的。不提別的，這兩星期來黛芙妮已經把她當作閨蜜兼心腹了。昨晚，在兩個女孩上床之後，她跟黛芙妮坐在廚房裡，聊到深夜。黛芙妮告訴了她每一件童年往事，她的父母有多努力讓她們的生活完全正常，儘管疾病像頭猛獸，隨時都會從背景中竄出來。

「媽跟爸鼓勵茱麗去做每個健康小孩都會做的事。他們給她自由去過她想要的生活，嘗試她想做的每件事。」黛芙妮說。

起初，黛芙妮談起每一次的住院，嘔出黏液的大聲乾咳、腹瀉、消化不良，安珀還會覺得同情。但是，一比較起她的童年和黛芙妮的，甚至是茱麗的，她就又會掀起舊怨。起碼茱麗還在一棟漂亮的屋子裡長大，有錢，有父母關心。是啦，她是生病，後來病死了。那又怎樣？又不是只有她一個人生病，只有她一個人病死。難道這樣就讓他們變成聖人了嗎？那安珀跟她吃的苦頭呢？難道她就不值得一點同情？

她看著桌前的每個人。貝拉，懶洋洋坐在椅子上，兩腿來回晃蕩，有一口沒一口地吃著捲餅，一點煩惱也沒有，是個被寵壞的有錢人家小鬼。塔蘆拉，筆直坐著，專心吃著面前的午餐。黛芙妮，沐浴在陽光下，不費什麼力氣就那麼美麗，隨時在幫兩個孩子添菜補充餐巾，給予她們需要的一切。而傑克森，這一家之主，有如封爵的領主君臨天下，視察著他廣袤的領地和挑不出錯的一家人。剎那間，安珀心中那份恐怖的空洞像長了牙齒，把她的生命都一口一口咬掉了。現在可不是心軟的時候，她這一次一定要贏。

23

划船回來之後，工作上太忙碌，安珀有兩個星期都沒見過黛芙妮。不過傑克森又出差去了，所以她打給黛芙妮看她是否想看電影，而黛芙妮則請她到家裡。

她開始夢想這棟屋子屬於她的日子了。她想要把她的記號留在每一處。有一次，黛芙妮留她一個人在屋子裡，她去接孩子，安珀就試穿了每一套黛芙妮的內衣褲。有時她會上樓去使用黛芙妮的浴室，拿黛芙妮的梳子梳頭，搽她的口紅。她們兩人幾乎像是一個模子印出來的，她在對鏡自照時會這麼想。

她準時七點抵達。貝拉把門拉開一條縫，看著外面。

「妳來幹嘛？」

「嗨，甜心。媽咪請我過來的。」

貝拉翻白眼。「我們晚上要看《綠野仙蹤》。別想換成別的無聊的大人電影。」她打開了門，立刻背對著安珀。

這下換安珀翻白眼了。《綠野仙蹤》。要她再聽桃樂絲說什麼「沒有一個地方比得上家」，她搞不好會自殺。

「妳來了。貝拉說妳來了。到廚房裡來吧。」黛芙妮出現了，穿著連身褲，非常像安珀最近在《時尚》雜誌看到的史黛拉・麥卡尼。

安珀在巨大的大理石中島坐下來。

「要喝杯什麼嗎？」

「好啊，隨便什麼都可以。」

黛芙妮拿已經打開的白酒倒了一杯。

「乾杯。」黛芙妮舉起杯子。

安珀喝了一小口。「我聽說我們今晚要看《綠野仙蹤》。」

黛芙妮給她一個道歉的表情。「是的，對不起。我忘了我答應了孩子了。」她壓低聲音以免貝拉聽見。「等播放半個小時之後，我們就可以溜進別的房間聊天。她們不會注意的。」

隨便啦，安珀暗想。

門鈴響了。「還有別的客人嗎？」安珀問。

黛芙妮搖頭。「沒有啊。我馬上就回來。」

一分鐘後，安珀聽見了說話聲，然後梅若笛絲就跟著黛芙妮走進廚房，一臉果決。

「嗨，梅若笛絲。」安珀跟她打招呼，覺得緊張不安。

黛芙妮一臉擔憂，一手按著安珀的胳臂。「梅若笛絲說有話想要私下跟我們兩個說。」

安珀心如電轉。難道是她查出真相了？可能還是募款晚會上的照片害她露了餡。她做個深呼吸，讓擂鼓般的心跳平靜下來。沒必要先自亂陣腳，先聽聽梅若笛絲怎麼說吧。她從凳子上起身。

「瑪格麗塔，可以麻煩妳照看兩個孩子嗎？我們馬上就回來。」黛芙妮轉向安珀和梅若笛絲。「我們到書房去。」

安珀跟著她們從走廊走到木鑲板書房，心臟仍咚咚跳個不停。她筆直瞪著一整面牆的書籍，拚命讓自己保持冷靜。

「大家都坐吧。」黛芙妮拉出了一張椅子，坐在角落的桃花心木牌桌上。安珀和梅若笛絲也一樣。

梅若笛絲說話時看著安珀。「妳們也知道，凡是申請加入委員會的人我都會做背景查核。」

「妳幾個月前不是就查過了？」黛芙妮打岔道。

梅若笛絲舉起一隻手。「對，我以為查過了。但顯然代辦處歸錯了安珀的檔案，上個星期才查核，今天才打電話給我。」

「然後呢？」黛芙妮催促她說。

「他們查對社交背景，發現了安珀．派特森已經失蹤四年了。」她拿起了一份失蹤人口協尋傳單的影印，上頭的照片是個年輕女郎，深髮圓臉，跟安珀一點也不像。

「什麼？一定是哪裡出錯了。」黛芙妮說。

安珀一聲不吭，心跳卻慢了下來。就這樣，那她有辦法化解。

梅若笛絲坐得更挺。「不是出錯。我打到內布拉斯加的尤斯提斯，紀錄部門。同一個社會安全碼。」她拿出了一份報紙影印，是《快船信使報》的文章，標題是「安珀．派特森仍下落不明」，交給了黛芙妮。「想跟我們說說看嗎，安珀，還是妳另有其名？」

安珀雙手摀臉，真的流下了驚惶的眼淚。「不是妳想的那樣。」她嚥下哽咽。

「那是什麼？」梅若笛絲的語氣毫無憐憫。

安珀吸鼻子再擦鼻子。「我能解釋。可是不能跟她。」她最後一個字說得很忿恨。

「得了，小姐。」梅若笛絲拉高了嗓門。「妳是誰？妳想做什麼？」

「梅若笛絲，拜託。妳太咄咄逼人了。」黛芙妮說，「安珀，冷靜下來。我相信妳一定有個好解釋。有什麼話跟我說。」

安珀沉坐在椅子上，希望外表上跟她心裡實際的感受一樣憂煩。「我知道乍看之下很蹊蹺。我不想要非說不可，可是我不能不逃走。」

「妳是想躲什麼？」梅若笛絲追問，而安珀更拱肩縮背。

「梅若笛絲，拜託由我來發問，」黛芙妮說，一手輕輕放在安珀的膝上。「妳是要躲避什麼，甜心？」

安珀閉上眼睛，嘆了口氣。「我父親。」

黛芙妮一臉驚詫。「妳父親？他傷害妳嗎？」

安珀低著頭說話。「我實在是羞於啟齒。他……他強暴了我。」

黛芙妮倒抽冷氣。

「我從來沒有告訴別人過。」

「我的天啊，」黛芙妮說，「真對不起。」

「持續了好幾年，從我十歲開始。只要我不說出去，他就會放過夏琳，所以我才沒逃走。我不能讓他傷害她。」

「太可怕了……難道妳不能跟妳母親說？」

她吸鼻子。「我說過，可是她不相信，說我只是想要吸引注意，說要是我敢再跟別人撒這種『邪惡的謊』，她就要打我的屁股。」眼角迅速一瞥她就知道黛芙妮相信了，但是梅若笛絲卻一點也不買帳。

「那究竟是發生了什麼事？」梅若笛絲的聲音幾乎是譏誚的，安珀看見黛芙妮瞪了她一眼。

「我一直熬到夏琳去世。他說要是我敢跑掉，他會天涯海角追到我，把我殺了。所以我不得不改名換姓。我搭便車到內布拉斯加，在酒吧遇到一個男的，他幫我找了一個室友。我端盤子，存錢，存到了能夠搬來這裡的錢，重新開始。他是在市政府的紀錄局工作的，知道了那個失蹤女孩的資料，就把我介紹給一個人，幫我用安珀的名字申請到證件。」

安珀等了一秒鐘讓她們反應。

令她放心的是，黛芙妮站了起來擁抱她。「真的太遺憾了。」她又說。

梅若笛絲可沒有那麼容易打發。「什麼？黛芙妮，妳難道是要告訴我她說什麼妳就信什麼，不去調查了？我不相信。」

黛芙妮的眼神冰冷。「請妳走吧，梅若笛絲。我過一陣子會打電話給妳。」

「只要牽涉到她，妳就有盲點。」梅若笛絲氣呼呼地走向門口，離開前又轉過來。「記住我的話，黛芙妮——這件事不會有好結局的。」

黛芙妮握住了安珀的手。「放心好了，不會再有人傷害妳了。」

「那梅若笛絲呢？萬一她說出去呢？」

「梅若笛絲就讓我來操心吧。我會確定她一個字都不會說出去的。」

「拜託不要跟別人說，黛芙妮。我必須一直假裝我是安珀。妳不知道他是什麼樣的人，無論我躲到哪裡，他都一定會找到我的。」

黛芙妮點頭。「我不會說出去的，連傑克森都不會知道。」

安珀覺得有點羞愧，往自己親生父親的頭上潑髒水。他畢竟勤勤懇懇在洗衣店幹活，供養老婆和四個女兒，而且絕對不會染指自己的親生女兒。是啦，他會叫孩子在洗衣店當免費工人，算是虐童了吧。所以就算他沒碰過她又如何？他還是佔了她便宜啊。

突然間她不覺得那麼羞愧了。她從黛芙妮的肩上抬起頭，直視她的雙眼。「我不知道我是做了什麼好事才會遇見妳這樣的好朋友。謝謝妳始終支持我。」

黛芙妮微笑，撫平安珀的頭髮。

「妳對我也一樣。」

安珀給了她寂寥的一笑，點點頭。

黛芙妮舉步要走出房間，又轉過頭來。「我會告訴貝拉《綠野仙蹤》得等一等，我覺得妳今晚有資格選片。」

安珀綻開真心的笑容——她等不及要看小公主失望的表情了。「那真的可以幫助我忘掉煩惱。」

24

安珀從小到大就討厭國慶日，這天唯一的優點就是她父親會讓乾洗店休息。她跟三個妹妹會看遊行——高中樂隊總是走調，至少會有一個指揮掉棒，而某個圓臉的農村姑娘會在裝滿乾草的馬車上興高采烈地揮手，簡直做作得叫人難堪，安珀每次都會尷尬地瑟縮。

但是今年不同，相當不同。安珀和黛芙妮坐在派瑞許夫妻六十五呎高的遊艇上，飛馳過海灣。他們一整個週末都在船上，安珀簡直是愜意得上天了。她和黛芙妮去逛了街，她花了超出預算的錢，但她想要拿出最美的一面，因為她會二十四小時在傑克森左右。她買了一件白色比基尼，又豪氣地買下了一件式的黑色泳裝，深V領，兩側挖空，是她從沒有過的性感泳衣，而安珀從試衣間出來時，黛芙妮還贊同地點頭。而泳衣外的罩衫則是最省布料的，絕不會遮掩住她的身材。等他們上岸之後，她穿的白色短褲幾乎遮不住臀部，而緊身的小背心也是滿貼身的。她為晚上準備了白色緊身褲，幾件T恤，一件休閒毛衣可以披在肩上。她甚至買了一罐噴霧型助曬油。該是她發光發亮的時候了。

傑克森站在操舵席，兩腿曬黑了，強壯健美，穿著卡其短褲和白色高爾夫球衫，一舉一動都散發出純然的自信與主宰。他轉頭看著黛芙妮和安珀所坐之處，拉高嗓門壓過噪音。「嘿，甜心，拿罐啤酒給我好嗎？」

黛芙妮伸手向冰箱，取出一罐戈登淡啤（Gordon Ale），罐身上還滴著冰水。安珀不得不承認黛芙妮的黑色比基尼將她的美好身材展現無遺。她本希望黛芙妮會穿必較媽咪樣的衣服，結果希望落空。黛芙妮把啤酒交給安珀。「來，妳拿給他好了，順便可以上一堂駕船課。」

安珀接過啤酒，一躍而起。「好啊……嘿。」

她輕拍傑克森的肩。「你的啤酒。」

「謝謝。」他打開啤酒，喝了一口。安珀注意到他的手指修長，手很漂亮，立刻就想像那雙手在她的身體上游移。

「黛芙妮說你可以教我怎麼開船。」她害羞地說。

「開船。她是這麼說的嗎？」他笑道。

「呃，可能不是，我不記得了。」

「來，」他說，微微挪向右。「握住舵盤。」

「什麼？不行。撞船了怎麼辦？」

「妳還真逗。我們能撞什麼？其實不需要怎麼動，只要讓船首對準妳想去的方向，不要突然有什麼大動作。」

她按住了舵盤，專心看著海水，漸漸摸到竅門，緊張情緒也緩和了。

「好，」他說，「保持直線。」

「真好玩，」她說，仰頭大笑。「我可以開一整天。」

傑克森拍她的背。「很好，能有個夥伴在這裡真不錯。黛芙妮對船不怎麼熱衷，她偏愛划小艇。」

安珀瞪大眼睛。「真的？我真不懂。這比划小艇好玩多了。」

「說不定妳可以勸勸我老婆。」他又喝了一口啤酒，回頭望著黛芙妮，她正在閱讀《一位女士的畫像》。

安珀也跟著他的視線望過去，一手按住他的手臂。「我相信她是喜歡的，我知道我就喜歡。」她繼續駕駛了一個小時，不斷提問，誇獎傑克森淵博的航海知識。她讓他答應稍後會給她看海圖，讓她研究，學習康乃狄克州周邊的水域。而三不五時她就會靠過去，讓身體幾乎碰到他。在她覺得可能太露骨時，她就把舵盤還給了傑克森，回去陪黛芙妮一塊坐。他們正接近米斯蒂克，太陽也快下山了。

黛芙妮抬起了頭。「嗯，妳像是玩得滿開心的。學了很多嗎？」

安珀搜尋黛芙妮的臉，看是否有一絲不快，但她似乎是真心高興安珀玩得很開心。「我很喜歡，」她說，「傑克森知道好多喔。」

「這艘船是他的最愛。要是我由著他，他會每週末都在船上。」

「妳不喜歡啊？」

「我喜歡。我只是不喜歡把全部的時間都花在這上頭。我們有美麗的家、海灘和泳池。我喜歡待在家裡。坐船只是一片無垠的海水，無論到哪裡都要花太多時間。我就會覺得無聊，而孩子們就會開始鬧脾氣。船上的空間很小，很難每個地方都維持秩序。」

安珀又一次對黛芙妮對整齊的走火入魔驚詫不已。她可有哪一次輕鬆下來過？

「嗯，妳得承認駕船滿刺激的。風撕扯妳的頭髮，劈開水面。」安珀說。

「我尤其不喜歡競速。說實話，我寧可駕帆船，安安靜靜的。我搭帆船時更覺得和大自然比較親近。」

「傑克森喜歡嗎？」安珀問。

「不怎麼喜歡。別誤會了——他是個很棒的水手。知識豐富。可是遊艇可以讓他飆速，他也喜歡釣魚。」她把頭髮往後撥。「我的大學男朋友從小就操縱帆船，所以我們在他們家的帆船上消磨過許多時光，我就是這樣學會的。」

「我猜我能了解妳為什麼比較喜歡帆船。」安珀說。

「其實也還好，真的。我一定會帶本好書，給孩子準備遊戲。當然了，有像妳這樣的朋友一塊來總是很有趣的。」

「謝謝妳邀請我，黛。真的讓我大開眼界。」

「不客氣，」黛芙妮說，打個呵欠，站了起來。「我下去看看孩子們。妳不介意晚餐前我躺個幾分鐘吧？」

「怎麼會，去休息吧。」安珀看著她步下樓梯，立馬就又跑到了傑克森的旁邊。「黛芙妮去小睡。我想她是覺得無聊。」

她看著他的表情是否有變化，但他就算氣惱，也不露聲色。

「她挺容忍的。」

「是啊。她跟我說了她在大學時和以前的男朋友去駕帆船的事。」安珀注意到傑克森的臉頰微微一抽。「我不覺得好玩，帆船跟這個比起來滿弱的。」

「妳何不再來駕駛一次？我去拿飲料。」

她抓緊舵盤，感覺她可能終於，慢慢地，控制了舵輪。

*

當晚，在米斯蒂克吃了一頓悠閒的晚餐之後，他們五人走回碼頭，天氣暖和，滿天星斗。

「爹地，」塔蘆拉邊走邊說，「我們明天晚上要在港外下錨看煙火嗎？」

「當然啊。就跟以前一樣。」

「太好啦，」貝拉說，「我要一個人坐在橋樓上。我現在夠大了。」

「別這麼急，小不點。」傑克森牽著她的一隻手，黛芙妮牽著另一隻手，讓她盪鞦韆。「妳還不能一個人上去。」

「我想要躺在前甲板上看煙火，像去年一樣。」塔蘆拉開口說。

「爹地陪妳坐在橋樓上，貝拉，我陪塔蘆拉在甲板上。」黛芙妮轉向安珀。「而妳應該和傑克森、貝拉一塊上去。從那兒看煙火很漂亮，尤其今年又是妳的第一次。」

我無所謂，安珀心想。

回到船上已經超過十點了，而安珀又一次發現她和傑克森獨處，因為黛芙妮帶女兒下去準備就寢了。他進了船上的廚房，一手拿了一瓶麝香葡萄酒，一手拿三只酒杯回來。

「現在上床太早了。睡覺前喝一杯如何？」

「好極了。」安珀說。

他們坐在溫暖的夜空中，輕啜紅酒，聊著派瑞許國際最近的斬獲以及融資該如何進行。黛芙妮出現後，傑克森為她斟了杯酒，遞給她。「來，甜心。」

「不了，親愛的。我滿睏的了。可能不該吃那麼多。我要去睡了。」

說真的，安珀暗忖，黛芙妮真的一臉疲憊。可是吃那麼多？她幾乎沒吃幾口。

「那就晚安了，兩位。」她對傑克森微笑。「我會幫你開著小夜燈。」

「我馬上就下去。妳好好休息吧。」

她離開後，安珀又幫自己倒了杯酒。「我記得我母親以前總是很累，後來就不再熬夜了。我父親會開玩笑說他們已經不再像當年熱戀的時候了。」

傑克森凝視著酒杯，轉動著杯腳。「妳的父母還健在嗎？」

「是的，他們還在內布拉斯加。黛芙妮常常讓我想起我媽。」

他的臉上微露意外，但立刻就又籠罩上平常的那種莫測高深。安珀漸漸發覺他特別擅長隱藏自己的想法和感情。

「她們兩個有什麼相同的地方？」

「喔，她們都喜歡待在家裡。我媽最喜歡跟我們幾個孩子看賺人熱淚的電視。你不在家的時候，黛會請我過來陪塔蘆拉和貝拉看電影。很好玩，讓我想起家鄉。我覺得這麼多的慈善活動和藝術展開幕有點讓她累到了。至少，她是這麼說的。」

「有意思，」傑克森說，「還有呢？」

「嗯，她喜歡靜態的東西，我媽跟黛芙妮一樣。我媽也會很討厭這艘船跑得這麼快，風一直吹在臉上。我們家當然沒有船，不過我爸有一輛機車。她討厭死那輛車了——又吵又快。她寧可騎腳踏車，慢慢的，安安靜靜的。」她又在胡扯了，不過她這是在意有所指。

他不說話。

「我覺得很刺激，操縱著舵輪，飛掠過水面。可是明天我們也許應該要慢一點，這樣子黛芙妮也會開心。」

「對，好主意。」他懶洋洋地說，喝完了杯中的酒。

事情開始發酵了。她希望明天晚上不會只有天上有煙火。

25

就在國慶日之後，安珀終於把傑克森的第一助理職位抓在手裡了。應徵人數逐漸減少，凡是資歷太好的，安珀都把它丟了。她讓自己在貝特利太太離職後成為傑克森不可或缺的好幫手，所以在他把她叫進辦公室時，她很篤定是要跟她說她正式成為他的新助理了。她隨身帶著紙筆，坐在他辦公桌對面的皮沙發上，謹慎地將穿著黑絲襪的腿展現在他的面前。她透過濃密的睫毛看著他，這是她去美妝師那兒接的睫毛，此外她也微微張開水潤的雙唇。她知道她的牙齒襯著嘴唇完美無瑕，因為她才剛去美白過。

傑克森瞪著她一會兒，這才開口談正事。「我想妳知道這幾個月來妳的表現有多好。我決定不再尋找新助理了，妳有興趣的話，這個職位就是妳的了。」

她巴不得跳起來大吼大叫，但是她壓抑住了得意。「我很榮幸。我絕對有興趣，謝謝你。」

「好。我會跟人資部說。」他俯視面前的文件，表示到此結束，安珀也站了起來。「喔，」他說，她停步回身。「薪水當然會調整。」

為了要接近他，就算是當免費勞工她也肯，但是說實話，她工作得那麼賣力，她覺得她當然有資格領六位數的薪水。她沒花多久時間就適應了新角色，事事都先預測到他的需求，於是在極短的時間之內，他們就合作無間，精準得就像是瑞士名錶。安珀愛死了這個職位給她的重要性，更能貼近大老闆。行政人員羨慕地看著她，高階主管待她以尊重。誰也不想得罪了傑克森・派瑞許對之言聽計從的人。這種經驗令人陶醉。她想到家鄉那個混蛋拉克伍德以及他是如何對待她的——當她是什麼他可以隨手丟棄的垃圾似的。

週五快下班前內線響了，她嚇了一跳，立刻起身到他的辦公室去。走到他的辦公桌時，她看見了類似一疊帳單和一大本支票簿的東西。「抱歉要麻煩妳弄這些。以前都是貝特利處理的，而我實在沒有時間審核一遍。」

「你真的到現在還要跟我用『麻煩』這兩個字？你應該知道你交給我的東西絕對不是麻煩。」

傑克森笑望著她。「說得對。妳總是愉快地做每一件事。我應該要在妳的名片上加上PA兩個字母的。完美助理。」

「嗯。完美老闆。我猜我們是天造地設的一支團隊。」

「考驗來了。」他說，苦笑了一下。

「什麼考驗？」她問。

「帳單。全都是自動扣繳，可是我要妳檢查一遍，核對收據，確定正確無誤。有些帳單當然需要用支票支付，我把那些都註明了，妳可以開一個月的支票——莎賓娜和雪莉、學費，諸如此類的。」

「好的，沒問題。」她拿起了那堆帳單和支票簿，卻沒有立刻就離開他的辦公室。「知道嗎，我覺得像鐵拉馬庫斯。」

傑克森訝異地挑高了眉毛。「什麼？」

「就，《奧德賽》啊。」

「我知道鐵拉馬庫斯是誰。妳讀過《奧德賽》？」

安珀點頭。「讀過幾次。我好喜歡。我最愛他承擔越來越多的責任。所以……不要覺得你給我太多事情。」

他打量她的樣子讓安珀覺得他彷彿是在評估她，而且她覺得她絕對是加了很多分。她甜甜地一笑，走出門口，任由他繼續打量她。

她把東西都丟在辦公桌上，開始翻閱檔案，結果發現還真是有意思。安珀對於黛芙妮每月的花費驚愕不已。巴尼斯精品店、波道夫・古德曼百貨、尼曼馬斯百貨、亨利・邦代爾百貨、獨立經營的精品店，更不用說那些時裝店和珠寶商了。單單一個月她就買了價值二十萬元的商品。然後還有保姆的薪水，管家和司機的薪水。黛芙妮的健身房會費以及私人瑜伽課和皮拉提斯課。兩個女兒的騎馬課和網球課。鄉村俱樂部的花費。遊艇俱樂部的費用。各種表演和晚餐。旅行。沒完沒了，跟他媽的童話故事一樣。

跟黛芙妮能夠花用的金錢相比，安珀的薪資簡直少得可憐。有一張帳單尤其讓她發愣——是一只愛馬仕紅色鱷魚皮柏金包。要價六萬九千美金，她看了兩遍才確定沒眼花。只是一個皮包！比她半年的薪水還要多。而黛芙妮可能只拎個兩次就丟進衣櫃了。安珀的怒火幾乎有形體，她覺得會嗆到。太不像話了。如果黛芙妮真的想幫助囊狀纖維化患者家庭，她何不把更多的錢捐給他們，滿足於她已經擁有的十來個名牌包呢？真是偽君子。起碼安珀對自己的動機就誠實多了。等她嫁給了傑克森，她可不會浪費時間假裝關心慈善工作。

黛芙妮在家裡連根小指頭都不必抬，就能買她想要的東西，還有個愛她的老公，而她甚至不必付自己的帳單？一個人是可以被嬌縱到什麼程度啊？安珀絕不會懶到讓別人來窺見她的生活型態的。現在她更加深入看見了黛芙妮過的奢豪生活，她這才覺悟到傑克森的口袋有多深，更下定決心要執行她的計畫。

她花了一個半小時才把所有的帳單和收據都整理完，做完時，她真的氣到冒煙了。她站了起來，走向走廊底端的咖啡吧。回來的路上，她拐到洗手間，對鏡自照。她喜歡她看到的人兒，但該是增加賭注的時候了，讓她更性感一點，可是得細膩一點——讓他好奇她有哪裡不同。等她回到辦公桌，她看見傑克森已經下班了。她把帳單和支票簿收進抽屜裡，鎖好，喝完咖啡。等她終於關上了辦公室門，走出大樓，她的心中已有計畫成形。她有整個週末來詳加修訂。

26

週六她和黛芙妮約在邦諾書店見面，然後到對街的小咖啡店吃午餐。兩人坐在餐廳後面的雅座，安珀點了青蔬雞肉沙拉。黛芙妮點了起司漢堡加薯條，她頗意外，卻沒說什麼。

「傑克森跟我說妳非常能幹。妳喜歡嗎？」

「喜歡。工作是很多，不過我真的喜歡。我真的是太感激妳推薦我了。」

「我很高興。我就知道妳一定行。」

安珀看著黛芙妮旁邊的包裹，她拿著一整個早上了。「袋子裡是什麼，黛？」

「喔，這個啊，是一瓶我要拿去退的香水。那是我跟傑克森認識時我常用的香水，他很喜歡。我有很久沒搽了，所以就決定再搽一次，可是我現在一定是過敏了。蜂窩性組織炎。」

「真糟糕。香水叫什麼？」

「獨領風騷。哈，我搽的時候就有這種感覺。」

兩人的餐點送來了，黛芙妮張口大吃，活像好幾天沒吃飯了。「嗯，真好吃。」她說。

「那是什麼樣子？就，妳跟傑克森約會的時候？」

「我太年輕，太稚嫩，但是誰知道呢，我猜這一點反而吸引他。他跟太多光鮮亮麗、世故成熟的女人交往過，我想他是喜歡能帶我去我沒去過的地方，讓我見識沒見過的東西。」她停下來，眼中有種縹緲的神情。「我崇拜他說的每一個字。」她回頭看著安珀。「他喜歡被愛慕，知道吧。」她笑出聲。「而要愛慕他是滿容易的。他是個不凡的人。」

「沒錯。」安珀附和道。

「總之呢，我猜沒有什麼是能不變的。當然了，現在處處都不一樣了。」

「什麼意思？」

「喔，就那樣啊。有了孩子。生活慢慢固定了下來。做愛不再那麼激情了。有時候就是太累了，有時候就是沒心情。」

「尤其是有新生兒的時候一定特別辛苦。一定累死人。時常都有文章寫新手媽媽有產後憂鬱症。」

黛芙妮沉默了，低垂眼皮了一會兒。眼睛仍盯著地板，說：「我相信那一定是很可怕的事情。」

彆扭的幾分鐘過去了，安珀又試一次。「不過生孩子好像並沒有妨礙到你們的浪漫史。我每次跟你們在一起，都發現他很明顯為妳瘋狂。」

黛芙妮微笑。「我們一起經歷了很多事。」

「我希望有一天我也能有幸福的婚姻。像妳跟傑克森。完美的一對。」

黛芙妮喝了一口咖啡，看著安珀許久。「婚姻是要辛苦經營的。要是妳愛一個人，妳就不會讓任何事毀了它。」

越來越有趣了，安珀心想。「比方說什麼事？」

「這一路走來也是有顛簸的。就在貝拉出生之後。」她又停頓，歪著頭。「有一次的出軌。」

「他外遇？」

黛芙妮點頭。「就那一次。我累壞了。忙著照顧孩子。我們有幾個月沒做愛了。」她聳聳肩。「男人有他們的需求。再說，我花了好長的時間才恢復身材。」

黛芙妮是真的在幫他找理由嗎？她甚至比安珀以為的還好騙。

「我並不是說他做的事是對的，可是事後他很抱歉，發誓不會再犯。」她給了安珀看似勉強的一笑。「而且他也說到做到了。」

「哇。妳一定很難過，不過起碼你們重修舊好了。你們兩個好像非常快樂。」安珀說，看了看手錶。「我看我們應該走了。我預約了沙龍。」

午餐之後，安珀回家去上網訂購了一瓶「獨領風騷」。她從螢幕前抬頭，對自己笑，津津有味琢磨著自己得到的新情報。他出軌過！既然出軌過一次，那就有可能會有第二次。

＊

週一大雨滂沱，料峭寒風，安珀去搭火車時都淋濕了。她對這份工作最不喜歡的地方就是長途通勤。要是來參觀美術館，悠哉悠哉的，那還沒關係，可是在尖峰時段擠車進紐約市，那可就是吃苦受罪了。她坐在車上，仍飽受風吹，渾身濕透，夾在一名大漢和一個年輕男生之間，一個渾身都是雪茄味，一個的背包骯髒污穢，她只能靠看車窗上方的廣告打發時間。她現在幾乎都能默背了。她在猜想在火車或是公車車體上看見自己的照片會是何種感覺。模特兒會覺得興奮嗎？

她幻想著她是幾千個男人的慾望對象。她的身材當然是沒話說了，髮型和化妝對了，她敢說她跟這些神氣活現的模特兒比起來毫不遜色，即使她只有五呎七吋（約一七〇公分）高，比黛芙妮矮了幾吋。她們八成以為自己非常特殊，用手指去摳喉嚨，只為了保持紙片人的身材。她才不會那麼做呢——但是話說回來，她很幸運天生就瘦。

等她抵達五十七街，長褲邊緣也幾乎乾了。雨停了，可是風仍呼嘯不已。她朝門房點頭，向前檯的警衛道早安。

「早安，派特森小姐。天氣真壞，不過妳的樣子還是很完美。新髮型嗎？」

她愛死了他們都知道她是誰。「對，謝謝誇獎。」她刷了識別證，走向電梯。上樓後的第一站就是洗手間。她拿出了無線整髮器，燙平頭髮，現在是及肩長，淡香檳色金髮。在手腕上輕點了一滴「獨領風騷」之後，她脫掉了網球鞋，換上Christian Louboutin裸色紅底高跟鞋。她穿的是一件黑色高領毛衣洋裝，黑色蕾絲集中型胸罩，把她的本錢烘托無遺。她的手腕上戴了一只寬版銀手鐲，另一樣首飾是錘紋銀耳環，樣式簡單高雅。她笑吟吟看著鏡子，有信心她的樣子就像剛拍完Ralph Lauren的品牌宣傳照。

走進辦公室時，她看見傑克森的門關著，窗戶仍然漆黑。她規定自己每天都要早到，但是傑克森仍然能夠比她還早。今天是稀罕的例外。她開始回電郵，等她再抬頭，八點半了。傑克森十點之後才從容不迫地晃進來。

「早安，傑克森。一切都好嗎？」

「早。沒事。到貝拉的學校開會。」他打開了辦公室的門，又停下動作。「對了，我們今晚有表演。麻煩妳預訂六點『嘉布里』兩人的晚餐好嗎？」

「好的。」

他邁步要進去，又停了下來。「妳今天很漂亮。」

安珀感覺到脖子發熱。「謝謝。你過獎了。」

「不是過獎，只是說出事實。」他走入辦公室，關上了門。

一想到黛芙妮和傑克森要共進浪漫晚餐，再到百老匯劇院去並肩看秀，她就火冒三丈。她想要自己在那些一流的地方坐在他身邊，人人都豔羨地看著她。但是她知道她得理性，失去冷靜因而做出蠢事來可不划算。

那天下午，她和傑克森核對他下週到中國的行程，黛芙妮打電話進來。安珀只聽見他這邊的對話，但很顯然他並不高興。他關掉手機，把電話拋到桌上。「可惡。今晚的計畫全泡湯了。」

「黛芙妮沒事吧？」

他閉上眼睛，按摩鼻梁。「她沒事。算是吧。是貝拉不舒服。不想去看戲了。」

「真遺憾，」安珀說，「要我取消預約嗎？」

傑克森想了幾秒，再評估地看了安珀一眼。「妳會有興趣吃晚餐看秀嗎？」

安珀覺得胃往下掉。這也太容易了吧，就像天上掉下來餡餅。「我很樂意。我從來沒看過百老匯演出。」她並沒忘記他喜歡天真無邪的人。

「好。《哈姆雷特》的戲票很搶手，場次有限，我不想錯過。我們就大概五點半下班，搭計程車去餐廳。訂的是六點嗎？」

「對。」

「好。現在回去工作吧。」

安珀回到辦公桌，打電話給黛芙妮，一響之後她就接了。

「黛芙妮，我是安珀。傑克森跟我說貝拉不舒服，不嚴重吧？」

「對，沒大事。只是流鼻涕，還發低燒。她只想要媽咪。我不想離開她。」

「對，我能了解。」她停了停。「傑克森請我今晚替補妳的空缺。我只是想跟妳說一聲。妳不介意吧？」

「當然不介意啊。我覺得這是個好主意。玩得開心啊。」

「好，謝謝妳，黛芙妮。希望貝拉很快就會覺得好一點。」

他們在五點半準時下班，她覺得有股衝動想在計程車裡坐在他身旁。她作夢也想不到會有這樣的好事。兩人走進餐廳時，她很享受周遭欣賞的眼光。安珀知道她自己好看，而那個一手扶著她的背的男人則是室內最富有的男人之一。他們的桌位在安靜的角落，沐浴在燭光下。

「哇，我從來沒進過這樣的餐廳。」

「我跟黛芙妮開始約會之後，這是我帶她來的第一個地方。」

黛芙妮是安珀最不想談的人，但如果他堅持，說不定她能見縫插針，因勢得利。「黛芙妮說過很多你們約會的日子，說那時和現在有多不同。」

他向後坐，面帶微笑。「不同？對，那時是不同。什麼也比不上一頭栽進愛河。而且我摔得很重，這點是錯不了的。我沒見過像她一樣的人。」他喝了一口酒，再一次，安珀欣賞著他修長的手。

「聽起來你們像是天作之合。」她差點被這句話嗆到。

他把杯子放下，點點頭。「這些年來黛芙妮蛻變成一個出色的女人。我看著她所有的成就，非常以她為榮。我的妻子是理想的典範。」

安珀又險些被沙拉噎到。她才以為他可能注意到她的變化，嶄新的、時尚有型的、迷人的安珀誕生，結果他卻喋喋不休談著他的完美嬌妻。

之後兩人的話題多半是生意，而他待她就像是隨便一位同事。兩人抵達戲院就座——是包廂——之後，她又讓自己想像嫁給他會是什麼滋味。要是他能當她是女人而不僅是助理，今晚就完美了。

十一點落幕，安珀還不想結束這晚。街上仍有許多行色匆匆的人群，而且每家餐廳和咖啡店也似乎都客滿。

兩人朝時代廣場緩步前進，傑克森看著手錶。「越來越晚了，我們明天一早還要忙——跟惠特孔房地產開會。」

「我一點也不睏，一點也不累。」她說。

「妳現在這麼說，可是等鬧鐘響——」他一句話沒說完就打住了。「妳到早晨就會筋疲力盡。黛芙妮跟我今晚原本要在公寓過夜，後來她說不能來了，我就告訴她我會自己到公寓去。妳可以睡在客房。這麼晚了還要妳搭火車回去未免也太傻了，而且妳之前也跟我們在市區留宿過。我想唯一的問題就是衣服。」

「我相信黛芙妮不會介意讓我借幾件的。她都借過名牌禮服讓我穿去募款晚會呢。我只比她小一號。」安珀希望他沒錯過這番比較。

「那好。」傑克森招來一輛計程車，安珀坐了進去，很開心有這種轉折。

計程車在一棟住宅區大樓前停下，兩人走在入口的長遮陽篷下。「晚安，派瑞許先生。」門房看見安珀卻面無表情，不知是出於謹慎或是漠不關心，她看不出來。

私人電梯打開後直接就是廣闊的門廳。跟他們家不一樣，比較摩登，極簡設計，全部是白色和灰色調。室內的焦點是牆上的畫，抽象藝術，色彩斑爛，全都融合為一體。她盡收眼底，目瞪口呆。

「我去拿睡前酒，」傑克森說，「客房在右邊第三道門。乾淨毛巾和牙刷，妳需要的東西。但，在那之前，妳何不去黛芙妮的衣櫃看一看，挑件早上穿的衣服？」他走向玻璃餐車，上頭擺滿了酒瓶和醒酒瓶，給自己倒了杯威士忌。

「好。我不會很久。」她走進了奢華的臥室，恨不得傑克森會突然闖進來，把她丟到帝王號的大床上。但天不從人願，她只是在五斗櫃裡翻找黛芙妮的內衣褲。她忍不住又一次沉思，黛芙妮連抽屜都這麼井井有條，幾乎是到了可笑的地步。她拉出黑色蕾絲內褲，舉高了看，點點頭。這件可以。接著，她走向衣櫃，每件衣服的間距都是平均的，就跟在她家一樣。她拿出一件令人垂涎的紅色亞曼尼套裝和白色小可愛。十全十美。再來是襪子。她又打開了幾個抽屜，這才找到，選了一雙米色的長絲襪。她明天會像個百萬富婆。

安珀抓住衣物，依依不捨地離開了臥室。

傑克森抬起頭來。「好了嗎？」

「好了，謝謝你，傑克森。今晚真的很美妙。」

「很高興妳喜歡。晚安。」他說，微一點頭，就朝自己的臥室去了。

傑克森所言不虛，客房的東西可以供應一切可能的需求。安珀脫掉了身上的衣服，淋浴刷牙，上了床。柔軟的羽毛床墊似乎在擁抱她，她把鴨絨被拉到下巴下，感覺她是在一朵雲上休息，可是她卻難以入睡，知道傑克森就躺在幾個房間之外。她希望他會感覺到她有多麼渴望他，能摸到她的床上，忘掉他完美的老婆。像是等了一輩子之後，她才明瞭美夢是不會成真的，斷斷續續地睡著了。

翌晨，她沐浴更衣之後，打電話給黛芙妮報告她在公寓留宿。她不想給黛芙妮懷疑她的理由。一切光明磊落——至少是在黛芙妮的心裡面。而黛芙妮以她一貫的甜美態度向安珀保證她一點也不介意。

27

了解了黛芙妮的財務狀況之後，安珀開始理解何以黛芙妮總是那麼豔光四射——有那麼多的錢，誰不會？從頭到腳，她每天都有人服侍。黛芙妮邀請安珀到派瑞許家參加一個小型晚宴，讓安珀嚐到了箇中滋味。安珀就是在這次晚宴認識葛瑞格的，對她貧瘠的荷包來說不啻天降甘霖。

兩人在十四人的晚餐中相鄰而坐。葛瑞格年輕，雖然長相好看，安珀還是覺得他的下巴不夠男人味，帶紅色的頭髮也不合她的口味。但是她越是審視他，就越看見別的女人可能會覺得迷人之處。只是沒辦法和傑克森較量就是了。

餐桌上那麼多人在交談，葛瑞格很容易就能幾乎整晚獨佔她。安珀發現葛瑞格的談話內容平庸，無聊得令人不敢相信。他嘮嘮叨叨談著在家族的超大會計公司的工作。

「看到數字全都能平衡，最後完美地呈現實在是讓人著迷。」他正在談損益表，而安珀覺得她寧可做根管治療也強過聽他談那些白痴數字。

「我相信一定很奇妙。不過，跟我說說工作以外你還做什麼？就是，你有什麼嗜好？」安珀這麼問，希望他能聽懂。

「喔，嗜好啊。嗯，我想想。我打高爾夫，想也知道，而且我還自釀啤酒。我還打橋牌。真的很喜歡橋牌。」

真的假的？安珀緊盯著他的臉，想看出他是否在唬她，不過，他是徹底認真的。

「那妳呢？」葛瑞格問。

「我喜歡藝術，所以有空就去美術館。我喜歡游泳，現在也喜歡上了划小艇。我看很多書。」

「我不怎麼看書。我覺得，何必去讀別人的生活呢，你應該要過自己的生活啊。」

安珀按捺住驚愕地噴出食物的衝動，只點點頭。「這種對書籍的看法倒是滿新鮮的。從沒聽說過。」

葛瑞格微笑，活像她頒給他藍帶之類的。

她斷定他會很管用，只是難以忍受。他目前可以幫她達到目的。他會是她上館子、看戲、參加時尚活動的暫時門票。她猜她輕輕鬆鬆就能讓他幫她買昂貴的禮物，她會留他在身邊，看傑克森會不會把他當情敵。她已經發覺他今晚緊迫盯人的眼神落在他們兩人身上，而且她也看見了黛芙妮發現葛瑞格顯然受安珀吸引而一臉快慰。可是安珀對於有個富爸爸的人一點興趣也沒有，她要的是富爸爸本人。

而在此期間，她哄著葛瑞格，讓他帶她去高級餐廳，幫她買禮物。晚宴之後他已經送了兩次花到辦公室來了，而她很開心傑克森拿起花束上的卡片看時臉色不是很愉快。她猜葛瑞格的脾氣夠好，也夠英俊，可是他是個大笨蛋。跟舊皮鞋一樣無聊乏味。不過他是個很好的掩護，而在她一步步執行計畫之時，他可以讓黛芙妮不起疑或是突然之間吃她的醋。

*

她和葛瑞格在黛芙妮的晚宴上認識已經是一個月前的事了，今晚他們全都要去鄉村俱樂部吃晚餐。她是前晚打電話慫恿黛芙妮同意的。

「我真的想要我們四個一塊聚聚，」她在電話上說，「可是我覺得傑克森不會想跟我社交，因為我是他的下屬。」

黛芙妮並沒有立即回答。「什麼意思？」她終於說。

「唉，妳跟我那麼好，是閨蜜。我想讓葛瑞格認識妳，因為我老是跟他說我們有多像姊妹。他跟傑克森安排過，可他老是找藉口。妳能說動他嗎？」

黛芙妮當然能。她幾乎會滿足安珀想要的任何事；安珀打出小妹妹牌，而黛芙妮就會照單全收。

她懷疑傑克森心裡是個勢利鬼，不認為她在社會地位上配得上他。她並沒有因此而對他反感，換作是她也會有同樣的感覺。可是她也注意到兩人在核對文件時他的身體跟她更靠近了一點，他會盯住她的眼睛好一會兒才挪開。而在他看見她和葛瑞格在一起時，她希望嫉妒的種子會生根，加速誘惑。

她不疾不徐地著裝，輕點黛芙妮現在會過敏的香水。說不定這還能讓她直掉眼淚，安珀恨恨地想。這件衣服的領口低得正好可以炫耀她的乳溝，但又不至於顯得不檢點。她穿五吋高跟鞋，想要比黛芙妮高一點；幸好黛芙妮打網球扭傷了足踝，只能穿平底鞋。

葛瑞格準時來接她，她奔下樓梯鑽進他等候的賓士敞篷車裡。她愛死了溜進豪華汽車裡，在兜風時被看到。有時他會讓安珀駕駛，而她愛極了開著這種引人矚目的超級汽車的感覺。葛瑞格喜歡寵溺她，而她也竭盡所能助長他。

她坐進汽車，欣賞鞍皮座椅，傾身吻他。至少他的吻功很高明，等她閉上眼睛，她可以假裝是傑克森的舌頭在她的口中。

「嗯，你真可口，」她說，坐正身體。「可是我們最好出發了。不想讓黛芙妮和傑克森等。」

葛瑞格深吸一口氣，點點頭。「我寧可坐在這裡吻妳。」

就連他的台詞都枯燥無味。她裝得春心蕩漾。「我也是，可是你答應過會慢慢來的。我跟你說過我上次戀愛傷得有多重。我還沒準備好。」她給了他漂亮的一個噘嘴。

他踩油門，到俱樂部的途中隨意閒聊。賓士車就緊跟著傑克森的保時捷Spyder之後駛過大門。

「停在他們旁邊，我們可以一塊進去。」

她想要讓傑克森看見她走在黛芙妮旁邊。

黛芙妮跟她同時下車，安珀走過去給她一個吻，同時發現黛芙妮拎著那個新的愛馬仕皮包。

「時間抓得真好！」黛芙妮笑吟吟地捏了捏她的胳臂。

「愛死妳的皮包了。」安珀說，努力讓這句話聽起來像發自內心的。

「喔，謝了。」她聳聳肩。「只是傑克森送的小禮物。」她扭頭看他，面帶笑容。「他對我真好。」

「幸運的小姐。」安珀說，其實想吐口水。

四個人一塊走，而安珀得努力把眼神從傑克森身上移開，專注在葛瑞格身上。

四人就座之後，飲料送上來，葛瑞格舉起了酒杯。「乾杯。真高興我們終於能聚一聚了。」他伸臂環住安珀。「我衷心感謝你們介紹我認識這塊瑰寶。」

安珀依偎過去吻了葛瑞格。等她坐直後，她努力估量傑克森的反應，但是他的表情絲毫不變。

「我們也很高興能成功。我有種感覺，你們兩個是天造地設的一對。」黛芙妮說。

安珀偷瞄了傑克森一眼。他在皺眉頭。很好。她舔唇，舉起酒杯，喝了一大口，再看著葛瑞格。

「你說得對，這比店酒更好。我真希望我對葡萄酒的知識有你這麼多。」

「我會教妳。」他笑咪咪地回答。

「其實呢，」傑克森說，「一九八七年份的更好。」他不好意思地看了葛瑞格一眼。「抱歉，老弟，不過我算是個侍酒師。我來點一瓶，你們就會喝出哪裡不同。」

「放心吧。我是那一年出生的，所以一定是個好年份。」葛瑞格說，一點也不是在調侃。

安珀苦苦憋住才沒有放聲大笑。葛瑞格讓傑克森討了個沒趣，即使他愚鈍得自己並不了解，但是傑克森當然立刻就聽出來了。無論傑克森多富有多聰明，他都不能讓自己年輕十五歲。

「顯然歲月就是讓酒能夠香醇誘人的主要因素，越老就越好。」安珀說，緩緩舔唇，同時盯著傑克森看。

28

安珀又有機會得以窺知派瑞許夫婦的生活了。她核對完帳單之後，發現他們從陣亡將士紀念日到勞動節期間租了溫尼珀索基湖邊的一棟房子，不過實際上他們使用的天數可能只有四星期。安珀很好奇是什麼樣的地方值得他們花費這麼一大筆租金，而今天她就能大開眼界。她在等黛芙妮來接她去新罕布夏的湖濱小屋度週末。傑克森又出國去談生意了。

八點半整，白色荒原路華就出現了，黛芙妮跳下了車子，打開後車廂讓安珀放行李。

「早安。」黛芙妮擁抱她，再接下她的袋子。「真高興妳能跟我們一塊去。」

「我也是。」

駕車到沃爾夫伯勒需時三個半鐘頭，但是兩個孩子在睡覺，後座安安靜靜的，安珀和黛芙妮在前座聊天，時間過得好像很快。

「工作還順利嗎？現在責任那麼多，妳做得還是很開心嗎？」

「我真的很開心。傑克森是個很棒的老闆。」她看著黛芙妮。「可是妳一定知道的。」

「我很高興。對了，我一直沒感謝妳臨時幫我代打，陪他去看《哈姆雷特》。妳喜歡嗎？」

「喜歡。看舞台演出真的很不一樣。很遺憾妳錯過了。」

「我不是莎士比亞的鐵粉。」黛芙妮輕聲笑。「我知道承認這種事很糟糕，可是我比較適合百老匯音樂劇。不過傑克森卻很崇拜莎士比亞。」她把視線從馬路上移開，瞧了瞧安珀。「他有

《暴風雨》的票，我想是兩週後。既然妳喜歡《哈姆雷特》，不介意的話，我會叫他帶妳去看。」

「我相信他一定會想要妳陪他去。」安珀不想顯得太心急。

「他會很樂意引介妳認識更多的莎士比亞。再說，妳也算是幫我一個大忙。我寧可在家裡陪孩子，而不是去聽我只能理解一半的東西。」

太妙了。黛芙妮等於是像俗話說的把傑克森放在銀盤裡雙手奉上。「既然妳這麼說，那我應該沒問題。」

「好，那就這麼說定了。」

「妳媽媽會過來嗎？她家離這裡又不是很遠。」

她注意到黛芙妮的手握緊了方向盤。「新罕布夏比妳想像中要大多了。去她那裡其實還要兩個小時。」

安珀等著她說下去，只等到彆扭的沉默。她決定不追問。幾分鐘後，黛芙妮看著後照鏡，對女兒說話。

「大概還要一個小時。大家都還可以吧，還是需要上廁所？」

兩個女孩說她們沒事，安珀和黛芙妮就聊著抵達之後的計畫。

她們在午餐時間抵達了迷人的沃爾夫伯勒小鎮，再繼續前往湖濱小屋，經過了一哩又一哩波光粼粼的湖泊以及翠綠的山坡。沿岸的房屋有新有舊，有些氣勢不凡，有些矮小而且建築風格不一。萬事萬物似乎都籠罩在夏日歡愉之下，安珀也被迷住了。黛芙妮駛入車道，一打開車門，忍冬和松樹的味道就瀰漫車內。安珀踏上了碎石地，上頭覆滿了松針，她吸入新鮮空氣。這裡簡直是天堂。

「要是每個人都拿件行李，一趟就能搬完了。」黛芙妮從車尾喊。

安珀兩手提著袋子，就連貝拉都幫忙了，四人沿著泥土路走向屋子。安珀停步、瞪大眼睛，張口結舌，她面前的建築是一幢龐大的三層樓紅檜屋，門廊、陽台、白色欄杆，樣樣俱全。再過去是一座八角涼亭和一間船屋，面臨著純淨的湖水。

房子的內部溫馨舒適，老松木地板，有軟墊的椅子就等你來放鬆。前門廊佔了整棟屋子的面寬，俯瞰湖水。

「媽，媽，媽。」貝拉已經上樓去換泳衣了。「現在可以去游泳嗎？」

「等一下，甜心。等我們全都換好泳衣。」

貝拉跳上了一張沙發等待。

湖水冰冷清澈，四人都過了一會兒才適應，但沒多久就在尖叫潑水、哈哈大笑。安珀和黛芙妮坐在碼頭邊休息，兩腿浸在水裡，看著兩個女孩游泳。下午的太陽照得她們的肩膀暖洋洋的，而冰冷的湖水則從頭髮上滴下來。

黛芙妮踢水，轉向安珀。「知道嗎，」她說，「我覺得跟妳比我認識的任何人都還要親近。幾乎就像是我的妹妹又回來了。」她眺望湖泊。「如果茱麗還活著，我就會跟她一塊做這些事——坐在這裡看著女兒，就只是自在地在一起。」

安珀努力想出一個同情的回覆，接著說：「是很傷感。我懂。」

「我知道妳懂。每次我想到我很願意跟她分享的事物，我就會傷心。可是現在，有了妳，我就能做到了。當然不盡相同，我也知道妳懂我的意思，但是如果能讓傷心少一點，就會讓我比較快樂一點。」

「這麼想吧，等貝拉和塔蘆拉長大之後，她們會像這樣一塊坐著。幸好她們能有彼此。」

「妳說得對。可我總覺得我們沒能有更多孩子實在可惜。」

「傑克森不想再生了嗎？」

黛芙妮向後仰，看著天空。「恰恰相反。他巴不得有個兒子。」她瞇起眼睛，一手遮眼擋住陽光。轉向安珀說：「不過事與願違。我們試了又試，可是生過貝拉之後我再也沒能懷孕。」

「真遺憾，」安珀說，「妳想過試一試不孕治療嗎？」

黛芙妮搖頭。「我不想貪心。我覺得上天能賜給我們兩個健康的孩子已經是莫大的福分了，我應該要感激。主要是因為傑克森一直想要個兒子。」她聳聳肩。「他說要一個小傑克森二世。」

「還是有可能的，對吧？」

「凡事都有可能吧，不過我已經放棄希望了。」

安珀嚴肅地點頭，其實內心在跳舞。原來他想要兒子啊，可黛芙妮卻生不出來。這可真是天大的好消息。

兩人都沉默不語，後來是黛芙妮又開口。「我一直在想，妳不應該每天通勤，明明公寓就空在那裡。傑克森不住的時候，非常歡迎妳去過夜。」

安珀真的驚訝得無言以對。「我不知道該說什麼。」

黛芙妮一手按著安珀的手。「什麼也別說。朋友不就該這樣。」

29

安珀極期待今晚在黛芙妮的床上睡覺。她打算接受黛芙妮的好意，週末在公寓過夜。反正是八月的最後一週，傑克森在湖邊遠距上班，公寓沒人用。安珀沒有什麼重要的週末計畫，所以週六她就在曼哈頓閒晃。她傳簡訊通知黛芙妮，同時感謝她。

她有一陣子沒來了，一進去仍是被公寓的高雅及奢華嚇到。她想像家鄉那個狗雜種跟他的勢利眼母親——他們作夢也想不到她能住這種宮殿似的公寓吧！她踢掉高跟鞋，光腳踩上毛茸茸的地毯。接著，一屁股坐進半月形的白色沙發，愉悅地掃視四周。感覺幾乎就像是她自己的。她向後仰頭，閉上眼睛，覺得不可思議的放縱。幾分鐘後，她進去主臥室找家常袍。

安珀選了一件美斃了的Fleur蕾絲絲袍，感覺就像濕暖的微風拂過她的肌膚。接著，她打開了黛芙妮的抽屜，挑了一件Fox & Rose白色底褲，讓她感覺像個性感女妖——雖然她沒有要誘惑誰，卻還是感覺超美。她走進浴室梳頭髮，因為常常去美髮，現在更金黃了。頭髮披散在她的肩上，濃密亮麗。就算不像黛芙妮那麼美麗，也絕對比她年輕。

她看著床鋪，床上鋪著淺綠色羽絨被。她今晚會睡在這裡，假裝都是她自己的，看看當黛芙妮是何等滋味。她坐在床上，彈了彈，隨即躺下來，張開手腳。感覺就像被一千朵雲擁抱住。在這個天堂似的房間裡愛睡到幾點就睡到幾點，然後再去探索紐約市，一定是超級美妙的生活。還有哪個週五和週六比今天更完美的？

安珀窩了一會兒。胃裡咕嚕響，提醒了她從早餐過後就沒有進食。她不情願地起來，光腳走進廚房。她從超市買了沙拉，從容器裡倒進了黛芙妮的一只瓷盤上。她之前開了一瓶阿根廷紅酒，這時倒了一杯。吃過晚餐之後，她放了幾張爵士CD，端著第二杯酒坐著聆聽，一面盤算明天要做什麼。可能去古根漢或是惠特尼美術館。第三張CD正在播放，安珀忽然聽見公寓外有噪音。她猛地站起來，伸長耳朵。對，沒有錯，是電梯。突然間，門打開了，傑克森走了進來。

他一臉驚訝。「安珀，妳怎麼會在這裡？」

她把袍子拉緊。「我，呃，我……黛芙妮給了我鑰匙，說我如果太累了不想趕火車可以到這裡來過夜。她說她跟你說了。我以為你們都在湖邊，公寓沒人。對不起。我不知道你要來。」她臉紅了。

他放下公事包，搖頭。「沒關係。我應該讓妳知道的。」

「我以為你要在湖邊住到星期日晚上。」

「說來話長。就說這幾週過得不順吧。」

「那，我去收拾東西，馬上就走。」她討厭要離開，卻猜他在等她這麼說。

他搖頭，從她面前經過，往臥室走。「很晚了，妳儘管住到明天早上。我要去換衣服了。」

她聽見他在講電話，卻聽不出他說什麼。他在臥室裡待了快一個小時，安珀忍不住懷疑他會不會再出來。她在內心爭辯是否該換掉袍子，穿別的衣服，又否決了。她對今晚有個好預感。她又坐下來，看雜誌喝酒，等著他。

他終於出來了，倒了杯酒，坐在沙發的另一頭。似乎是剛剛才發現她穿的衣服。「這件袍子穿在妳身上很好看。最近黛芙妮穿起來有點小。」

「她胖了一點。我們也都會。」安珀說，謹慎地選詞用字。

「她最近不太對勁。」

「我也注意到了。每次我們在一起，她好像都心不在焉，像是有什麼心事。」

「她跟妳說了什麼嗎？說她不開心之類的？」

「我真的不願重複她跟我說的話，傑克森。」

他坐直了。「這麼說，她確實跟妳說了什麼。」

「拜託，要是她不快樂，那也是你和她兩個人需要討論的事。」

「她跟妳說她不快樂了？」

「嗯，倒也沒有直接這麼說。不好吧，我不想辜負了她的信任。」

他喝了一大口酒。「安珀，如果有我應該要知道的事情，能有幫助的事情，那就告訴我。拜託。」

「你可能不會想聽。」

「告訴我。」

她嘆口氣，任由袍子敞開，正好露出一丁點誘人的乳溝。「黛芙妮說你們的房事乏味無趣，只是例行公事。而她每個月月事來她都好高興，知道她沒有懷孕。」她假裝一臉緊張。「可是拜託不要告訴她是我說的。她跟我說你有多想要個兒子，可她可能不想讓你知道她並沒有同感。」

他啞口無言。

「對不起，傑克森。我不想告訴你的，可是你說得對：你有權知道她的感受。只是……拜託……別跟黛芙妮說什麼。」

他仍一言不發，臉孔漲紅，表情陰沉，安珀極少見過。他氣瘋了。

她從沙發上起身，走向他。她不忘讓袍子微微敞開，露出玉腿。她站在他面前，伸手撫摸他的臉頰。「無論有什麼事情，我相信都會過去的。能和你一起生活，誰會不開心呢，傑克森？」

他拿開了她的手，卻握著不放。安珀用另一隻手梳理他的頭髮，他呻吟，卻緩緩推開了她。

「原諒我，安珀。我失態了。」

她在他身邊坐下。「我懂。發現你愛的人要的東西跟你要的不一樣，真的很難接受。」

他穩穩地盯著她看。「她真的說了這些話？說她知道沒有懷孕都很開心？」

「真的。很遺憾。」

「我不相信。我們談過再生一個孩子會有多好。我就是不相信。」他兩手捧住頭，手肘架在膝蓋上。

安珀愛撫他的背。「拜託別跟黛芙妮說是我告訴你的。她要我發誓幫她保密。」她想了會兒，決定豁出去了。「知道嗎，」她傷心地說，「她有點把這件事當笑話，笑她愚弄了你，而你甚至不知道。」她祈禱這個謊言不會砸了她自己的腳，但是她需要推進這一局。

傑克森抬頭看她，眼裡充滿了迷惑和傷痛。「她嘲笑這件事？怎麼會？」

她摟住了他的脖子，把他拉過去。「我也不懂。讓我幫助你。」她說，吻了他的臉頰。

他又把她推開。「安珀，不要。這樣是不對的。」

「不對？那她做的事就是對的？背叛你？嘲笑你？」安珀站起來，又站在他的面前。「讓我幫你的心情好起來。什麼事都不必改變。」

他搖頭。「我現在無法思考。」

「我是為你來的。你只需要這麼想就好。」她緩緩解開了袍子的衣帶，任它落下她的肩膀，只穿著蕾絲內褲站在他的面前。他抬頭看著她，她把他的頭拉向她，緊貼著她的小腹。接著她把他往後推，跨坐在他的大腿上，坐好之後，就附耳低聲說她有多想要他，同時移動臀部摩擦他。她找到了他的唇，立刻就把舌頭伸進他的口中。她感覺到他的抗拒變弱，反而把她拉近，回吻她。

兩人的做愛激烈有力。半夜三更挪進臥室時幾乎沒放開彼此。終於，黎明時分，他們心滿意足地沉沉入睡。

安珀先醒。翻身看著傑克森，就睡在她身邊。他是個做愛專家，是她沒預料到的額外紅利。她太習慣每一步都要計畫，所以兩人單獨在公寓裡這件事發生得如此偶然，似乎是不可能的。她閉上眼睛，躺回枕頭上。傑克森動了動，然後她感覺到他的手滑上了她的大腿。

兩人一直在床上消磨到十二點之後，時而打盹。傑克森起床沐浴更衣時，安珀仍是半睡半醒的。他在廚房煮咖啡時她才出現，穿著一件黛芙妮的長版白色T恤。

「早安，超人。」她走向他，他卻後退。

「聽著，安珀。不能有下一次了。我很抱歉，我愛黛芙妮。我絕對不想傷害她。妳懂的，是吧？」

安珀覺得自己活像是被甩了一耳光。她把事情全盤想了一遍，改變作戰策略。她死也不會讓他把她用過就丟。「我當然懂，傑克森。黛芙妮是我最好的朋友，我也絕對不願意害她傷心難過。可是你也別自責。你是個男人，你有需要。你沒有理由覺得羞愧。只要你想要，我隨時都在。只有我們兩個知道。不需要讓黛芙妮曉得。」

傑克森看著她。「這樣對妳不公平。」

「我為了你什麼都肯做，所以聽好了：只要你想要。不問問題，沒有牽絆，也不會洩密。」她摟住他的脖子，感覺他緊緊抱著她。

「妳讓我不可能抗拒妳。」他低語，嘴唇貼著她的耳朵。

她微微抽身，仰望著他的眼睛，一手挪到他的腰下愛撫他。

「啊。」他仰頭，愉悅地閉上眼睛。

「你為什麼想要抗拒我呢？」她的聲音柔滑如絲。「我說過了。我是為你來的。只要你需要，就來找我。這是我們的小秘密。」

30

安珀緊抱住絲緞枕頭，閉上眼睛，再多睡個幾分鐘。她和傑克森上床已經有兩個多月了，兩人都是整晚做愛。她感覺他在搖她的胳臂時也是昏然欲睡。

「妳得起床。我忘了！瑪蒂妲今天要來打掃。」

她倏地睜開眼睛。「我該怎麼辦？」

「穿衣服！到客房去，假裝妳是在那兒過夜的。我們得做表面工夫，為了黛芙妮。」

她氣惱地穿上了床腳的袍子，從走廊跑到客房。就算黛芙妮發現了又怎樣？不，是太快了。她得確定他牢牢在她的掌握之中，不能讓任何事破壞了她的地位。在他的辦公室外她是精明幹練的專業人士，但是進了辦公室，門一關上，她就會用上每一種手段使他對她戀戀不捨、無法自拔。雖然有點累人——尤其是他對口交的熱愛——但是等她弄到了婚戒，戴到了手上，她就會讓她的服務退休。而且在性交後她什麼也不要求，照樣上班，彷彿他們只有工作上的關係。他們通常會一週到公寓裡共度幾晚。她最愛這樣了。在他的身旁醒來，在那間奢華的公寓裡，好像是她自己的。現在她總幫他安排晚一點的會晤和晚餐，讓他更願意在公寓留宿，而她總是隨時準備好一個過夜袋。

＊

越來越難扮演黛芙妮的閨蜜了。她恨透了必須假裝她只是傑克森的助理，假裝她並沒有比他自己的老婆更熟悉他身體的每一吋。不過，目前她不得不作戲。可是黛芙妮打電話來派她跑腿時，她氣得臉發青。

「安珀，親愛的。妳能不能幫我一個大忙？」黛芙妮說。

「是什麼事，黛芙妮？」

「貝拉得去參加派對，她的『美國女孩』娃娃需要一個配件。我實在沒辦法及時進城去買。妳介不介意幫我去買，送到家裡來嗎？」

他媽的她確實介意。她又不是黛芙妮的佣人。安珀本計畫要在公寓過夜，但這下子她得改變計畫了。

「當然好，黛芙妮。要買什麼？」她說，口吻中隱隱透著冷淡。

「她想要『漂亮城市馬車』。她們要假裝是在中央公園。我已經打電話過去訂了，用妳的名字。」

安珀的火車在六點之前抵達了畢夏普斯港，她仍怒火中燒。她搭計程車直接到他們家，忍不住猜測傑克森出差回來了沒有。

等她抵達，黛芙妮和女兒在廚房裡，傑克森則不見人影。

「啊，妳是大使。謝謝妳！」黛芙妮誇張地說。朝貝拉歪歪頭，接著說：「要不是妳幫忙，恐怕這裡就要核彈爆發了。」

安珀勉強擠出笑臉。「那怎麼行呢。」

「喝一點？」黛芙妮舉高了一瓶紅酒，半空了。有點太早了吧，安珀尋思。

「只能一杯。我今晚跟葛瑞格有約，」她說謊。她不想整晚被困在這裡。「看來妳已經先開喝了。」

黛芙妮聳聳肩，幫安珀倒了一杯。「終於要週末了。」

安珀接下酒杯，喝了一口。「謝了。傑克森呢？」

黛芙妮翻個白眼。「辦公室啊，不然呢？」她壓低聲音不讓女兒聽見，站得更靠近安珀。「說真的，他一整個星期都不在家，一回來就抱怨貝拉把鞋子脫在門廳。」她搖頭。「有時候他不在反倒比較輕鬆。」

放心好了，甜心，安珀真想這麼說。妳不必再忍受多久了。但表面上她卻一臉關切。「妳把人家對婚姻的幻想都毀了啦。」她笑著說。

「沒事。等他冷靜下來，他跟我下午還溫存了一下。那是好一陣子以來的第一次了。」她一隻手摀著嘴。「我不敢相信我竟然跟妳說這個！夠了，不說我了，跟我說說和葛瑞格怎麼樣了。」她挽住了安珀的手臂，兩人走進日光室。黛芙妮扭頭高聲喊：「莎賓娜，孩子們吃完之後拜託幫她們洗澡。」

「我需要上洗手間。」安珀說，匆匆走過她面前。進去後就甩上門，背抵著門板。他已經厭倦她了嗎？黛芙妮自負的表情氣得她牙癢癢的。一開始只是手指頭酥麻，然後她就用指甲掐進掌心，阻止自己尖叫。她是鍋爐，隨時會爆炸，腎上腺素貫穿全身，速度太快，她連氣都喘不過來。她想要打破東西。她的眼睛瞄向了面前架上的精緻綠玻璃烏龜，拿起來就摔，還用兩隻腳踩，把碎片踩進地毯裡。她希望黛芙妮的腳會割到。她用力拉開門，往日光室走。讓傑克森離開她的眼皮子底下太久就會這樣子，她得想點辦法，而且還得快。

黛芙妮一看到安珀走進來就拍拍身邊的座位。「快，快說。跟葛瑞格怎麼樣了？」

說到葛瑞格，她和他見面的次數只到不會讓黛芙妮起疑的頻率。她和他共進晚餐，通常是週五或週六夜，不然她就偶爾陪他去俱樂部打網球。他相信她說她需要時間來克服她捏造出來的虐待成性的前男友所造成的創傷——別人都不知道，唯有他知道的那一個。

「他很體貼，很周到。都是工作的關係，害我不能常常和他見面。」她舉起一隻手。「我可不是在抱怨喔。我很珍惜我的工作，真的。」

黛芙妮微笑。「我知道。放心吧。老闆的老婆一個字都不會說出去。」

安珀心裡氣得噴火。「我沒把妳當成老闆的老婆。」

黛芙妮揚起一道眉。

安珀伸手捏捏她的手。「我的意思是，我把妳當成我最好的朋友。要是我有一天結婚，我要妳當我的首席女儐相。」

「喔，妳真貼心。我的年紀有點太大了吧？」

安珀搖頭。「怎麼會。四十又不老。」

「拜託！我才三十八。可不要把我說老了。」

她非常清楚黛芙妮的歲數。不過說真的，三十八，四十——有差嗎？安珀二十六，根本就不能比。「對不起，黛。我老記不住年紀。反正妳的樣子還年輕。」

「喔，趁我還記得，我有些衣服想丟掉，不過我想先問問妳要不要。」黛芙妮說。

安珀並不需要她的施捨。她自己就有一櫃子的新衣服，全拜傑克森之賜。可她現在不能攤牌——還不能。

「妳真好，我很想看一看。妳為什麼不要了？不合身了嗎？」她實在忍不住不酸一句。

黛芙妮的臉頰紅了。「妳說什麼？」

安珀看著地板。這一次她該如何脫身？但在她想出說詞之前，黛芙妮就又開口了。

「我是胖了。我好像就是一直想吃。我壓力大就會想吃，而且我又替傑克森擔心。他最近怪怪的，我一點也想不通。」她大聲嘆氣。

「喔，黛。我不知道是不是要告訴妳，可是最近他跟他的一個副總裁走得很近。她是新人，叫布黎。我不知道是不是有什麼貓膩，可是他們兩個吃午餐的時間好長……」布黎是個大美女，幾週前才來上班的。安珀真的在提防她，也隨時準備要整她，後來才發現她是同性戀。不過黛芙妮不需要知道。布黎和傑克森經常合作，卻是純工作關係——而這下子黛芙妮又要開始跟他嘮叨她了，正好把他趕入安珀的懷抱。

黛芙妮一手摀著嘴巴。「我知道妳的意思。她是大美女。」

安珀咬著嘴唇。「我知道。她很奸詐。我看過她看他的樣子，她老是一隻手按著他的手臂，或是穿迷你裙蹺二郎腿。她也對我很沒禮貌，突然就直接跑去找傑克森訂會面的時間，活像她有什麼特權似的。」

「我該怎麼辦？」

安珀揚起眉毛。「如果是我的話，我就知道該怎麼辦。」

「怎麼辦？」

「我會叫他甩掉她。」

黛芙妮搖頭。「我不能。那是他的生意，他會以為我瘋了。」

安珀假裝思索。「我知道。那就去找她。」

「那怎麼行！」

「怎麼不行。妳到辦公室來，悄悄跟她說妳盯上她了，要是她還想要這份工作，最好就別去招惹妳先生。」

「這樣真的好嗎？」

「妳是還要不要他？」

「當然要啊。」

「這不就結了。殺進去，讓她知道誰是老大。我會幫妳纏住傑克森，不讓他發現。」

黛芙妮深吸一口氣。「說不定就該這樣。」

安珀微笑。太完美了——黛芙妮會在他的辦公室裡讓他下不了台，絕對會惹得他暴跳如雷。

「我會從頭到尾支持妳。」

31

不讓葛瑞格跳上她的床是越來越困難了。她倒是不介意用他來換換胃口——他的吻功也算是一流了，而且她看得出來他豈止是樂於取悅她而已。可是她不能冒險。等她懷孕，一定得是傑克森的孩子，而不是葛瑞格的。再說了，等她在傑克森心目中的地位穩固了，她就會把葛瑞格一腳踹開，在那之前她要做的就是把在中學裡學到的東西發揮得淋漓盡致。她跪著挺直身體，嘴唇輕拂他的肚子，再吻他的唇，然後再到浴室去漱口。他仍站在那兒，臉上暈陶陶的，長褲落在足踝邊。

他怯生生地看了她一眼，拉起長褲。「對不起。妳真的是無與倫比，寶貝。」他把她拉過去，她得按捺下扭動掙脫的衝動。「妳要到幾時才可以做愛？我不知道我還能熬多久。」

「我知道，我也是。我的醫生說我需要再等六個星期。然後所有的傷痕都會癒合。我也快受不了了。」他越來越沒耐性了，而她勢必得找個新的藉口。她編了個蹩腳的故事，說是得摘除囊腫，不能性交。等她開始詳細說明，他立刻舉起手來阻止她，說他不需要知道那麼多。

「趕快穿衣服吧，不早點吃晚餐會錯過表演的，」她甜甜地說。少給我深情款款的那一套，她其實是想這麼說。他們來紐約看《屋頂上的提琴手》，晚上在他父母的公寓過夜，就在中央公園對面。安珀本來想看《摩門經》，可她一提出來，葛瑞格就說他沒興趣看宗教劇。

她愚蠢地同意了為兩人做晚餐——加熱即食的袋裝烤雞配少量米飯和青蔬沙拉。這時她在櫥櫃裡翻找鍋碗和其他用具，卻感覺到葛瑞格從後面撞她。她轉身瞪他。

「喔，對不起，」他說，「我是想幫妳找東西。」

「我都找到了。」她不客氣地說。

安珀打開水龍頭裝水，葛瑞格的胳臂伸到她的前面來。

「你這是做什麼？」她問。

「我是想幫忙啊。我幫妳端鍋子，放到爐子上。」

「我自己來就行了。」她說，走向爐子，但是葛瑞格跑到她前頭要幫她開火，不料兩人撞在一起，鍋子一斜，水潑得到處都是，把安珀的衣服前襟都弄濕了。

「唉呀，妳沒事吧？」葛瑞格說，抓起茶巾就按在安珀的衣服上。

你他媽的是白痴嗎！她差點就大聲吼叫，卻立刻掛上淡淡的笑容，說：「沒事。你何不坐下來，讓我來弄飯？」

兩人抵達了百老匯劇院，時間充裕，他到酒吧去買飲料。安珀環顧四周，一面等一面欣賞雄偉的劇院，端詳著紅金雙色華麗大廳的豪氣大吊燈。葛瑞格端著飲料回來，是兩杯白酒，即使她一再跟他說她喜歡紅酒。這個白痴是有沒有長耳朵啊？

「我覺得妳會很喜歡我們的座位。前排樂隊。」他說，揚了揚戲票，動作花俏。

「好極了，坐前排聽他們唱個不停。」安珀看過電影，不懂這齣戲有什麼了不起的。《屋頂上的提琴手》在她的眼中已經是老掉牙了。戲票是他父母的，而且顯然就連他們都沒興致了。

「你以前看過嗎？」她問。

他點頭。「看了七次，是我最愛的戲。我就是愛它的音樂。」

「哇，七次啊。一定是破紀錄了。」安珀說，漫不經心地看著大廳。

葛瑞格站得更挺，得意地說：「我們家可以說是戲迷。爸買了每一齣好戲的票。」

「那你可方便了。」

「是啊。他是個偉大的人。」

「那你呢？」安珀問，其實並不想知道。

「什麼意思？」

「你是個偉大的人嗎？」她問，捉弄著他。

葛瑞格咯咯笑。「我將來會是，安珀。我現在就在接受偉人的養成教育，」他說，真摯地看著她。「而且我希望妳會陪在我身邊。」

安珀控制住當著他的面大笑的衝動，僅僅說：「再說吧，葛瑞格，再說吧。我們該入座了嗎？」

安珀發現儘管先前不以為然，其實她還滿喜歡這齣戲的。就在她覺得今晚總算不是浪費時間時，葛瑞格居然隨著音樂節拍用腳在打拍子。接下來他又跟著哼了起來，四周的人都往他們這邊看。

「葛瑞格！」她壓低聲音恨恨地喊他。

「嗄？」

「你在哼歌。」

「對不起！只是太琅琅上口了。」

他安靜了下來，可沒多久又跟著音樂搖頭晃腦。她真想揍他。

三小時後，他們離開了劇院。安珀頭痛欲裂。

「想不想喝一杯？」葛瑞格說。

「可以啊。」什麼都比直接回去他父母的公寓，被上下其手的好。

「西普里亞尼酒吧好嗎？」

「聽來不錯。可以搭計程車嗎？我不想在雨中走路。」

「好啊。」

「我還是不懂那個小女兒要嫁給俄國人是有什麼大不了的，」葛瑞格坐在計程車中說。「我是說，拜託，猶太人不是一直在埋怨別人只因為他們的宗教就批評他們，那泰維亞還不是一樣。」

安珀愕然看著他。「你知道是俄國人逼迫他們離開的吧？而且她也是嫁給了別種宗教信仰的人。」他看過了七次卻還搞不清楚？

「對，對，我知道。我也只是說說。這實在是政治不正確。不過，隨便啦，反正音樂是棒極了。」

「你介意我們不要去喝酒嗎？我的頭好痛，我真的需要上床睡覺。」要是她今晚還得再多花一分鐘跟他說話，她很可能會掐死他。

「好啊，寶貝。」他投給她關切的一眼。「妳這麼不舒服，真可憐。」

她。

她的笑容緊繃。「謝謝。」

回到公寓後，她鑽進被窩裡，縮成一個球。她感覺到床墊晃動，是他躺了下來，緊緊貼著她。

「要我幫妳按摩太陽穴嗎？」他低聲說。

我要你消失，她心裡想。「不要。就讓我試試看能不能睡著。」

他伸臂摟住她的腰。「如果妳改變心意的話，我就在這裡。」

那你慢慢等吧，安珀心裡想。

32

一束明亮的陽光穿透了安珀在多徹斯特飯店房間厚重的窗帘，喚醒了她。她跳下床，推開了綠色帘子，讓燦爛的陽光溫暖她的全身。儘管是大清早，海德公園已經有很多人在活動了；慢跑的，遛狗的，去上班的。他們來倫敦三天了，安珀貪心地享受每一刻。她是以傑克森的助理身分來的，他帶了全家人一塊來；她有自己的房間，離家庭套房不遠。傑克森和安珀白天工作，而黛芙妮則帶著孩子觀光。

第二晚他們都去了聖馬丁劇院去看《捕鼠器》，但昨晚黛芙妮決定要帶塔蘆拉和貝拉去看皇家芭蕾舞團的《睡美人》，傑克森和安珀則去和客戶應酬。事實上，壓根就沒有什麼客戶。安珀和傑克森在她的房間裡纏綿了四個小時。最後三天不能跟她單獨相處，他還很生氣。他並不習慣被晾在一邊這麼久；她確認過，碰上她的月事，她會用別的方式滿足他。傑克森現在一週至少在紐約公寓住三晚，而安珀就陪著他。黛芙妮打手機兩個人都找不到，所以她是不可能猜到他們在一起的。每逢週末，安珀總是到派瑞許家陪她的閨蜜黛芙妮，至少有兩次她和傑克森趁著黛芙妮哄孩子就寢時在樓下的浴室做愛。被發現的危險簡直就像春藥。有天晚上黛芙妮在沙發上睡著後，兩人偷溜出去，到溫水泳池去裸泳，然後又到涼亭去做愛。他對她上了癮。她套住他了，一旦她懷孕，她就能收緊繩套了。

安珀一腿掛在傑克森的身上，依偎著他的肩。「嗯。我可以一直都這樣子。」她睏倦地咕噥。

傑克森把她拉得更近，愛撫她的大腿。「她們很快就回來了。我們得換上晚禮服，到套房去等她們。」他翻身壓住她。「不過首先呢……」

＊

安珀要和黛芙妮和孩子們在飯店吃早餐，走進餐廳時，五官又受到一波衝擊，黃銅、大理石、奶油威士忌色的皮革在在令她驚豔。黛芙妮和孩子們跟莎賓娜坐了一張圓桌，就在餐廳的中央附近。

「早安，」安珀坐下時說，「昨晚的芭蕾如何？」

黛芙妮還沒說話，貝拉就開口了。「喔，安珀阿姨，妳一定會好喜歡的。睡美人好美麗。」

「所以才叫睡美人啊。」安珀說。

「不、不。他們這樣叫她是因為她睡著了，誰也叫不醒她，後來是王子吻了她。」貝拉因為興奮而臉孔緋紅。

「安珀阿姨是在開玩笑。是笑話，笨蛋。」塔蘆拉說。

貝拉用湯匙敲麥片碗。「媽！」

「塔蘆拉，立刻跟妳妹妹道歉。」黛芙妮說。

塔蘆拉看了母親一眼。「對不起。」她口齒不清地說。

「這樣好多了，」黛芙妮說，「莎賓娜，麻煩妳帶塔蘆拉和貝拉去公園散步好嗎？到格林威治的駁船要十一點才開。」

「好的。」她推開椅子，看著貝拉和塔蘆拉。「走吧，女孩們。」

安珀的全套英式早餐送上來時，黛芙妮正在喝第二杯咖啡，她立刻就開懷大吃。

「妳今天早上的胃口可真好。」黛芙妮說。

安珀抬頭，這才想到她和傑克森昨晚沒吃飯。他們壓根就沒想到食物。

「我餓扁了。我最討厭跟客戶應酬了。說話的時候菜都涼了，然後就一點也不好吃了。」

「真遺憾妳得工作，錯過了芭蕾。非常精采。」

「我也是。我真的寧可去看戲。」

黛芙妮心不在焉地攪拌咖啡，過了一會兒才說話。

「安珀。」她的聲音低沉嚴肅。「我需要跟妳談一件讓我煩惱的事。」

安珀放下刀叉。「什麼事，黛？」

「是傑克森。」

安珀壓下向上竄的恐慌。「傑克森怎麼了？」她說，面無表情。

「我真的覺得他有小三。」

「妳跟布黎談過了嗎？」

「我知道不是布黎。她是同性戀——我最近在一場派對中遇見了她的伴侶。我真慶幸沒有衝進辦公室去指責她。可是他最近態度非常疏遠。他一星期大部分是住在紐約的公寓，他以前不會那樣。可能是偶爾住個一晚，但也都是例外。現在好像變常規了。就算他回家來，他也人在心不在，心思不知飛到哪兒去了。」她一手按住安珀的胳臂。「而且我們有好幾個星期沒有做愛了。」

再也沒有比這個更好的消息了。原來他已經不和黛芙妮睡覺了。安珀不意外，她可是使出了渾身解數讓他在各個方面都得到了滿足。

「妳一定是在瞎疑心，」她說，按住了黛芙妮的手。「他的香港大案子正要收尾，忙得他焦頭爛額。再說了，這裡跟那邊的時差害他根本沒有下班時間。他被這件案子搞得身心俱疲。妳根本就不用擔心，等這件案子結束後，他就會恢復正常了。相信我。」

「妳真的這麼覺得？」

「真的。」安珀微笑。「不過如果可以讓妳放心的話，我會張大眼睛伸長耳朵，有什麼可疑的情況我就會告訴妳。」

「我很感激。我就知道可以依靠妳。」

*

稍後安珀跟她們一塊去坐駁船到格林威治，然後再爬上山坡到皇家天文台。她們在鎮上吃午餐，下午大部分在蹓躂閒晃，也去了國立海洋生物館。回到飯店後，貝拉和塔蘆拉都沒精打采，準備睡覺了。安珀覺得她也需要小睡片刻，所以大家全都回房歇息。安珀不出幾秒鐘就睡著了，等她醒來已是六點了。她打電話到套房去問晚餐的安排。

「妳休息過了嗎？」黛芙妮接聽時說。

「有啊。妳呢？」

「有，我們都睡了。我起來一會兒了，可是塔蘆拉和貝拉剛起床。孩子們要在房間裡吃晚餐。」黛芙妮的聲音有點柔弱。「我想還是妳說得對。傑克森想要吃一頓浪漫的晚餐，就我們兩個。他為那麼多晚上不在家以及滿腦子是工作道歉了。我早該知道妳說得沒錯。謝謝妳幫我解開疑惑。」

「不客氣。」安珀的聲音緊繃。他媽的他是在玩什麼把戲？跟黛芙妮吃浪漫的晚餐？早上他還跟我做愛呢？

黛芙妮的聲音驚嚇了她。「再次謝謝妳。明天見。」

安珀放下電話，坐在床上生悶氣。她氣壞了。他以為他可以利用她，然後又跑回黛芙妮的身邊？她聽見了她母親的話，一而再再而三的重複，安珀記得她那時巴不得拿抹布塞住她的嘴巴。別當人家的垃圾桶。好惡毒的責備，安珀每次聽見她母親這麼說總會這麼想。可是她現在的感覺就是這樣。

她正要完成最後的化妝，就聽見有人敲門。

她打開門，傑克森溜了進來。看著她，漸漸浮現出疑惑的表情。

「妳要出去？」

她微笑，一條腿跨到床上，拉上一隻透明絲襪，勾住吊襪帶。

「黛芙妮說你們有計畫，所以我就打給了一個老朋友，我們要一塊喝一杯。」

「什麼老朋友？」

她聳聳肩。「只是以前的男朋友。我今天打過電話給我媽，她說他幾年前和太太一起搬過來了。」她撒謊。

傑克森坐在床上，仍看著她。

「可憐的傢伙，才剛離婚。大概需要有人給他打打氣。」

「我不要妳去。」

「別傻了。他早就是過去式了。」

他抓住她兩隻手，把她向後推，最後她背靠著牆壁。他飢渴地吻她，貼著她的身體挪動，把她的裙子撩到大腿上。兩人就這麼站著，衣衫褪到一半，激切地做愛，結束後，傑克森把她拉到床上，坐在他身邊。

「不要去見他。」他說。

「你不能指望我孤伶伶坐在飯店房間裡，而你卻和黛芙妮出去。再說了，難道你不相信我？」

他從床上站起來，臉孔通紅，兩手握成拳，怒瞪著她。「我不要妳跟別的男人出去。」他從口袋裡掏出一個盒子。「這是給妳的。」

他把盒子交給她。安珀打開來，裡頭是一只璀璨晶瑩的鑽石手鐲。

「哇，」她低聲說，「我沒見過這麼美麗的東西，謝謝你！你要幫我戴上嗎？」她給了他長長的一吻。「既然你這麼不喜歡，那我就不去見他好了。你們的晚餐會多久？」

「我會盡快。兩小時後見。」

這只手鐲是安珀見過最美妙的首飾，而且是她的。她的。她緩緩轉身，眼睛始終盯著傑克森，開始寬衣解帶。最後一絲不掛，只戴著手鐲，這才走向他，嬌聲嗲氣地說：「快點回來，然後我就會讓你知道你的女孩有多感激。」

他走後，她拿出手機自拍——一張非常情色的自拍。她等了一個小時，知道他正在吃晚餐，故意傳簡訊給他。這下子他應該就會買單了。

33

安珀愉快地在黛芙妮的浴缸裡泡澡，而且往往是和傑克森一塊泡。她享受著絲綢般柔滑的床單，躺在黛芙妮的丈夫身邊，以淫慾駕御他。而且無論她使用了多少條毛巾，無論床單變得有多紊亂，無論她使用了多少酒杯或盤子，她都能夠在早晨一甩手就出門，知道女傭會在晚上她和傑克森回去之前收拾得一乾二淨，真叫人心花怒放。門房在她抵達和離開時有禮地點頭，絕不多管閒事，就和新的女佣一樣。舊的那個叫瑪蒂妲的被開除了。表面上的理由是她偷竊了黛芙妮的珠寶，其實是安珀拿去典當換現金了。

前晚，他們去二十五街的一家小藝廊參加藝展開幕。那位藝術家叫艾瑞克．富利，是傑克森幾年前發掘的，被引介給他的收藏家朋友。他們一進藝廊，就被包圍住了。很顯然傑克森不僅是出名的人物，而且大家也都想要沾他的光。安珀很謹慎，時時牢記不能挽他的胳臂或是表現得太親暱。

艾瑞克．富利一看見傑克森就衝過來跟他握手。

「傑克森，你能來真是太好了。」他的胳臂一揮，比了比擁擠的房間。「是不是很棒？」

「確實是，艾瑞克，而且你是實至名歸。」傑克森說。

「全都要感謝你。我說不盡我有多感激。」

「胡說，我只是介紹人。是你的藝術夠傑出。如果你沒有才情，你也不會在這裡。」

富利轉向安珀。「妳一定是黛芙妮。」

「其實呢，這位是我的助理，安珀．派特森。可惜我太太不克前來，不過她跟我一樣喜愛你的作品。」

安珀伸出手。「很高興認識你，富利先生。我最近讀到你從帆布改為在舊建築蒐集來的木頭上作畫了。」

傑克森訝異地看著她，富利則說：「妳說對了，派特森小姐。我這是在宣示我們讓歷史建築被拆除是莫大的損失。」

突然有人帶著照相機過來。「嘿，富利先生。為明天的報紙拍張照吧？」

艾瑞克微笑，站到傑克森旁邊，而安珀則急忙躲開。她最不需要的事情就是照片又上報。

「好了，小子。回去招呼你的粉絲，賣點畫吧。」傑克森在攝影師拍完後說。藝術家走開之後，傑克森走向安珀所站之處，她正在欣賞一件作品。

「我竟不知道妳對艾瑞克．富利也有所認識。」他說。

「其實沒有。可是你問我要不要來畫展，我就做了功課。我一向就喜歡事先知道一點什麼，這樣會讓看展的經驗更值回票價。」

他點頭贊同。「佩服。」

安珀微笑。

「妳很謹慎。躲到鏡頭外。我希望妳不會覺得不舒服。」他說。

笑死人，他以為她是在保護他。「怎麼會。你知道我一定會守在你的背後。」她微笑，更靠近他。「還有你的下半身。」她低語。

「我覺得該閃人了。」他說。

「你說了算。」

兩人在室內繞圈，向人人道晚安，安珀體驗到當傑克森太太的滋味，跟他一塊站在宇宙的核心——真是妙不可言。她只需要靜待良機。

兩人搭計程車回公寓，幾乎是在私人電梯上升時就動手剝掉彼此的衣服。他們根本沒撐到臥室，而是就在客廳的地板上天雷勾動地火。這是安珀尤其喜歡的一件事——她會讓兩人在每一個房間做愛，甚至是兩個女孩子的臥室。那可是個挑戰，不過她想要把她的氣味留在每一處，就像隻野貓。

*

她聽見淋浴聲，慵懶地翻身，看著床頭几上的時鐘。七點半！傑克森從浴室裡出來，腰際圍著毛巾，胸膛仍閃著水珠。坐在床沿，揉亂她的頭髮。「早安啊，貪睡鬼。」

「我根本沒聽見鬧鐘。我馬上起來。」

「妳昨晚的表演可真賣力，難怪妳累壞了。」他俯身給了她纏綿的一個長吻。

「唉呀，回到床上來嘛。」她撒嬌說。

他一手摸過她的前半身。「我巴不得可以，可是記得嗎？我十點跟哈丁父子有約。」

「喔，對了。抱歉我耽誤了你。」

「絕不要為這種事道歉。」他起身，丟下毛巾，開始著裝。安珀舒服地靠著枕頭，欣賞這具身軀已經非常熟悉的健美身軀。他穿好了衣服，她才慢吞吞下床。「我走了，」他說，把她赤裸的身體拉過去。「給我個吻，然後動作快一點。我們需要為這次的會議做準備。」

安珀匆匆忙忙倒了杯果汁，就進去淋浴。她選了傑克森上週幫她買的那套紅色Oscar de la Renta，快八點時出了門。她八點半趕到公司，悠閒地走進傑克森的辦公室。她知道她穿著這件合身的外套和勾勒出臀部的短裙昂首闊步時，傑克森盯著她看。

十二點了，傑克森仍在辦公室裡開會，安珀一抬頭就看到黛芙妮走向她的桌子。她像是又胖了，不是往常那個無懈可擊的自己了。她的口紅凌亂，上衣太緊，鈕釦都要繃掉了。安珀也發現她除了戒指之外沒戴別的首飾。

安珀從桌後起身。「黛芙妮，真是驚喜。沒什麼事吧？」她跑來幹什麼？

「沒事。我進城來了，只想問問傑克森有沒有空吃午餐。」

「他在等妳嗎？」

「沒有。我只是碰碰運氣。我打電話來想問妳他的行程，可是他們說妳還沒上班。他在嗎？」

安珀站得更挺。「他在和一組投資者開會，我不確定幾時會結束。」

黛芙妮一臉失望。「喔。會議剛開始嗎？」

安珀挪了挪桌上的文件。「不曉得。我今天早晨車子出了問題，所以錯過了火車。所以我才遲到了。」她瞪著黛芙妮。

「那，我等一下好了。妳介意我坐在這裡嗎？我不會打擾妳工作的。」

「當然好啊。請坐。」

「對了，妳這套衣服真漂亮。」

「謝謝。我是在城裡的一家寄售商店買的。有些二手貨還真是便宜呢。」她還想說：還有猜猜看我身上的紅色胸罩和內褲是誰的。

黛芙妮坐著，安珀回頭去處理案上堆積的工作，同時接電話。

「妳真的對這份工作很投入吧？傑克森說他不知道沒有妳該怎麼辦。我就知道妳對他是完美人選。」

安珀的火氣上來了。她真是受夠了黛芙妮以恩人自居的態度。她對自己先生的需求和慾望渾然不覺，簡直是可笑。

就在這時，傑克森辦公室的門打開了，四名哈丁父子公司的團隊站在那兒握手道別。安珀從傑克森的臉色就看出會議很順利。她很高興。這就表示財經上又向全新的平流層邁進了一大步。

獨自站著的傑克森看見了黛芙妮，一臉詫異。

「嗨，親愛的。」她說，從椅子上站起來，讓他難堪。

「黛芙妮，真是驚喜。妳怎麼會到紐約來？」

「可以進你的辦公室說嗎？」她以甜甜的聲音說。

傑克森跟著她進去，關上了門。二十分鐘後，安珀氣得冒煙。裡頭究竟是在幹什麼？突然間，傑克森站到門口，說：「安珀，妳能帶著我的行程表進來嗎？我好像不小心刪除了。」

黛芙妮在安珀進入時抬起頭來。「看吧，安珀？他要是沒有妳該怎麼辦？傑克森剛才一直跟我說妳多有創意。」

「我下午有什麼事，安珀？我太太想帶我去吃午餐。」

安珀叫出了iPhone上的行事曆。「你和阿特金斯保險的瑪歌．山繆森在十二點四十五分有午餐約會。」他並沒有，但是安珀可不打算讓傑克森和黛芙妮共進午餐。她轉向黛芙妮。「很抱歉讓妳白跑一趟。」

黛芙妮站了起來。「沒事。我今早是為了基金會開會才進城來的。沒關係。」她走到辦公桌後，給了傑克森一個吻。「今晚見嗎？」

「當然。我會回家吃晚餐。」

「好。我們很想你。」

安珀陪她出去，黛芙妮擁抱了她。「我真高興他今晚要回家。孩子們很想他。他從來不會像現在這樣常常在城裡過夜。妳確定妳沒發覺什麼可疑的地方嗎？沒有人打電話來找他之類的？」

「相信我，黛芙妮──沒有人打電話，也沒有人過來。妳跟傑克森在湖邊度假的時候，有天晚上我甚至還住在公寓裡，裡面完全沒有第三者的跡象。只是公司遇上了超級旺季，我相信以前也有過這麼忙的時候。」

「對，妳大概說得對。是曾有過。只不過這一次感覺不一樣。」

「妳想像力太豐富了。」

「謝謝妳一直讓我心平氣和。」

「不客氣。」

黛芙妮一走，安珀立馬就闖進傑克森的辦公室。「她想幹嘛？」

「她想吃午餐，就跟她說的一樣。」

「你們兩個獨處了好一會兒。是怎麼回事？」

「嘿，她是我太太，記得嗎？」

安珀盡全力踩煞車。「我知道。對不起，只是……」她嚥下假眼淚。「只是我那麼喜歡你。我受不了你跟別人在一起。」

傑克森從椅子上起身，張開雙臂。「過來這裡，小操心鬼。」他擁抱她，而她緊緊攀著他。「別煩惱。一切都會順利的，我保證。」

安珀很識時務，知道不要逼問他幾時又是如何能一切順利。「你今晚要回康乃狄克？」

他把她推開一點，雙手按著她的肩，凝視她的眼睛。「我不得不回去。再說了，我想看看家裡的情況。黛芙妮的樣子像是有什麼問題。」

「對，我也注意到了。她越來越胖了，對不對？」安珀說。

「她的樣子很邋遢，一點也不像她。我也想看看孩子們，確定一切正常。」

安珀又蠕動著投入他的懷抱。「人家會好想你。」

他放下手臂，走向辦公室的門。安珀聽到上鎖聲時已經拉下了裙子拉鍊。

34

傑克森告訴安珀他準備了一個驚喜給她。司機來公寓接他們，送他們到提特伯羅機場，有架私人飛機在等他們。安珀一看見機場就轉頭看傑克森。「我們這是要做什麼？」她問。

傑克森把她拉過去。「我們要來趟小旅行。」

「旅行？去哪兒？我沒帶衣服。」

「不用帶，反正妳穿的時間也不會多。」他笑著說。

「傑克森！」安珀假裝生氣。「正經一點。我什麼行李都沒有。」

「放心吧——巴黎有很多商店。」

「巴黎？」她大叫。「喔，傑克森。我們要去巴黎？」

「全世界最浪漫的都市。」

安珀解開了安全帶，坐上傑克森的大腿吻了他。兩人幾乎就在車子裡裸裎相對，不過在接近登機梯之前，他們總算控制住了。傑克森先抽身退後。「到了。」他說，打開了車門。

兩人登上飛機，安珀東張西望，而傑克森則和機師談話。她只坐過民航客機，一排排的座位擁擠不堪，而且安珀當然只搭過經濟艙。即使是那次她到倫敦去和傑克森一家人會合，也只是搭商務艙。她知道有私人飛機這種東西，但是她作夢也想不到是這個樣子的。飛機兩側是飽滿的奶油色皮沙發，隔著通道。有大螢幕電視，一張四人座餐桌，桌上的水晶圓花瓶裡插著鮮花。一扇門打開就是臥室，擺了張帝王號大床，浴室幾乎就像紐約公寓的一樣奢豪。事實上，安珀暗忖，這兒就像是小一點卻同樣豪華的家。

傑克森走到她後面，環住了她的腰。「喜歡嗎？」

「那還用說。」

「跟我來。」他說。

他帶她到臥室去，打開了衣櫃門。指著掛在裡頭的一堆衣服，說：「翻一翻，決定要帶什麼。喜歡的話全留下也可以。」

「你怎麼會有時間做這些？」

「我上星期就弄好的。」他說。

安珀走向衣櫃，翻開每一件衣服，查看洋裝、上衣、長褲、外套和毛衣，每件的標籤都還在。顯然他是特地為她買的。她興奮地開始試穿，踢掉了鞋子，脫掉洋裝。傑克森坐在床上。

「妳不介意我看這場秀吧？」

「一點也不介意。」

她試穿了每一件衣服，為傑克森展示，而他每件都誇獎。當然啦，是他選的嘛，他當然會誇獎。

「裡頭還有鞋子。在最上面的架子上。」他說。

「你什麼都想到了，是不是？」

「確實。」

安珀抬頭，數了十五個鞋盒，全都是她夢寐中的名牌。每一雙約莫都和她的月薪相當，有些更貴。她看見了周仰傑（Jimmy Choo）白色麂皮鞋，有水晶，還有鴕鳥毛，她就急忙穿上，脫掉了所有的衣服，再換上一件他為她買的紅黑雙色蕾絲馬甲。她覺得自己像電影明星，一身昂貴的華服，搭著私人飛機旅行，而且還有個大帥哥流著口水想跟她做愛。她走向傑克森，他仍坐在床上，她的十指插入他的頭髮，把他的臉捧到她的胸脯上，推倒他，開始施展魔法。用不著幾秒，她就會帶著他飛到天堂。

稍後他們吃著燭光晚餐，安珀仍穿著那雙高跟鞋，但現在光溜溜的身體上披了件絲袍。

「我餓扁了。」她說，切著菲力牛排。

「也難怪。妳一定燃燒了五千大卡。」

「要是我能跟你待在床上，不必起床來呼吸或吃飯，我就會是全天下最快樂的女孩子。」她只要有機會就會大加吹捧他。

傑克森舉起了酒杯。「那會是個理想世界，我飢渴的小性愛上癮病患。」

飛機在巴黎的勒布爾熱機場降落，他們由司機護送到雅典娜廣場酒店。安珀愛死這家飯店了，紅色的遮陽篷，到處都有深紅色的鮮花。她參觀了收藏三萬五千瓶酒的酒窖，在迪奧水療中心享受頂級呵護。這是她一生中最輝煌燦爛的一週，在香榭大道漫步，在溫馨的咖啡館用餐，沐浴在柔和的燈光下，吃著極品美食。艾菲爾鐵塔令她讚嘆。羅浮宮的廣袤以及其中的傑作令她目眩神馳，聖母院的宏偉令她動容，而黃昏時琥珀光芒籠罩全市也令她迷醉。而在這趟令人大開眼界的旅程中，她無時無刻不忘讓傑克森知道她覺得他有多麼的性感刺激。

旅程似乎是一閃即逝，安珀在登上回程的私人飛機時這麼想。接下來的一個小時她一言不發，而傑克森則從公事包裡拿出文件開始閱讀註記。等他做完，她就走過去坐在他身邊。

「這個星期是我一生中最美妙的一個星期。你真的把我的世界打開了。」

傑克森微笑卻不作聲。

「能獨佔你一個人簡直就像是天堂。我一想到跟黛芙妮分享你就受不了。」

傑克森皺眉，而安珀立刻就知道她犯了錯。她不該提起她的。這下子他八成在想黛芙妮和兩個女兒了。可惡。她通常是不會犯這種錯的，她得設法彌補。

「我一直在想，」他終於說，「妳想不想要在紐約有自己的公寓？」

她不知所措。「我幹嘛要？我喜歡住在康乃狄克。再說了，我如果想在紐約跟你在一起，我們有你的公寓啊。」

「可是事情越來越複雜了。如果妳有自己的公寓，就可以把妳的東西全放在那兒，就不需要藏衣服，或是確定把衣服都拿走了，以免黛芙妮進城來。」

她不想要自己的地方，她要的是黛芙妮的地方。

見她不搭腔，傑克森又接著說：「當然是我幫妳買。我們一起裝潢，買妳愛的藝術品和書籍。那會是我們自己的藏身之處。只有我們兩個。」

他們的藏身之處。她不想躲藏。她想要在大庭廣眾之下，她想當傑克森．派瑞許太太。

「不好吧，傑克森。這種事會不會太快了。再說了，黛芙妮難道不會奇怪我哪裡有錢買紐約的公寓？還有葛瑞格呢？我一直在敷衍他，可如果他以為我是老紐約人，我就沒辦法再扮演天真無邪的小姑娘了。為了瞞過黛芙妮，我們可不能拆穿了西洋鏡——不過我越來越難管住葛瑞格的手了。我阻止過他兩次，我覺得那兩次他是想要求婚。」

傑克森的臉漲紅，正中安珀下懷。「妳跟他睡了嗎？」

「拜託？這還用問嗎？」她拿掉腿上的餐巾，丟在桌上。「我吃飽了。」她站起來就走向臥室。她不會再被拋開。感覺上她的計畫全都出錯了。喔，傑克森眼下是對她神魂顛倒，還幫她買昂貴的東西，帶她去度奢豪假期，但是還不夠——還差得遠。而她要是讓什麼人事擋住她的路，她就該死了，尤其是她的月事已經兩個月沒來了。

35

今晚就是攤牌之夜。安珀這時已懷孕十週了，沒法再掩藏多久了。傑克森以為她在服避孕藥，她甚至還去弄了處方箋，每天拿出一顆藥，以免傑克森起疑。然後沖進馬桶裡。她唯一在服的藥物是「快樂妊」，是排卵藥。她可能不需要，可是她不願冒險。她需要在他玩膩她之前懷孕。她有點擔心會懷雙胞胎，但後來又想，一個孩子很好，兩個會更好。

她本想在上一次產檢時查出孩子的性別，但顯然還太早了。她上了幾個月的電腦課，現在能夠看懂超音波圖，所以她會告訴傑克森是個男孩子。等他們結了婚，要是她最後生的是女娃，他也只能認了。

她稍早去了Babesta，買了一件圍兜——印著「把拔的小男生」——她打算在今晚做愛後給他。然後他就會終於離開黛芙妮，她就能把假面拆下來，不必再假裝是她的朋友了。她等不及看看黛芙妮在發現她懷孕後的表情，差不多就跟告訴貝拉她不再是老么一樣滋味無窮。*閃一邊去，寶貝，妳現在過氣了。*

等她變成了派瑞許太太，這兩個小屁孩就沒好日子過了。她會讓她們倆去念社區大學。不過她想得太多了，當務之急是必須說服傑克森離開她們。

*

傑克森來到公寓後，安珀穿著一件黑色皮馬甲，戴著項圈。黛芙妮跟她最近一次出去，向她抱怨傑克森的品味越來越離奇了。她追問下去，這個假正經的女人滿臉通紅，提到了什麼綁縛。安珀決定要試試水溫，而她發現了傑克森渴望在床上能更大膽豪放。她很樂意滿足他，兩人一起瀏覽了網路商店，訂了各式各樣好玩的情趣用品。她鼓勵他拋開限制，隨時願意配合，讓他拿黛芙妮的寡淡無味和她比較。她把所有的情趣用品都收在客房的一個抽屜裡，半希望黛芙妮來時會偷窺，安珀就可以好好嘲笑她一番。可是黛芙妮從來沒提過半個字。

「好美妙喔。」她用鼻子磨蹭他。「我如果是黛芙妮，絕不會讓你下我的床。」她咬他的耳垂。

「我不想談黛芙妮。」他低聲說。

她咯咯笑。「她倒喜歡談你。」

他坐直了，眉頭深鎖。「什麼意思？」

「喔，沒什麼。只是老婆的牢騷。沒什麼大不了的。」

「我想知道。她說了什麼？」他的聲音有點冷硬。

她向後滑，方便看著他的臉，一根手指在他的胸膛上劃圈，一邊說：「就是她來到了生命中的一個關卡，她想放鬆，而你卻一直逼她去交際應酬。說她寧可待在家裡看《法網遊龍》重播。我跟她說她很幸運能陪你出席各種活動，可是她只是搖頭，說她年紀大了，沒精力參加這麼多晚宴和節目，那麼晚了還沒回家。」她純粹是說謊，不過說謊又怎麼樣，反正他不會知道。

她盯著他的臉，看他如何反應，很開心看到他的下巴繃緊。

「我不喜歡妳們兩個談論我。」他從床上下來，披上了絲袍。

安珀走向他，仍一絲不掛，緊緊貼著他。「我們沒有討論你，真的。她只是發發牢騷，我還幫你說話，然後就換了話題。我崇拜你，你是知道的。」她希望他能相信。

他瞇起了眼睛，不像是相信的樣子。

她換個方法。「我覺得黛芙妮是腦筋壞了。你這麼成功，對藝術和文化無所不知，而她……唉，她就是一個太單純的女人了，很難保持偽裝。」

「大概吧。」他說。

「回床上來。我有個驚喜給你。」

他搖頭。「我沒心情。」

「那好吧。我們到客廳去。我有份禮物給你。」她抓住他的手。

他卻用力甩開了。「別再叫我做什麼了。妳開始像個嘮嘮叨叨的老婆了。」

她讓憤怒的眼淚填滿眼眶。他怎麼敢這樣跟她說話？她嚥下怒火，讓聲音甜得像蜜。可不能讓他發覺她有多光火。「對不起嘛，甜心。你要不要喝一杯？」

「我會自己弄。」

她沒跟著去，而是坐下來強迫自己看雜誌，看完一本再看一本，給他多一點時間冷靜下來。

約莫一個小時後，她去衣櫃拿出那個裝著圍兜的金色小提袋，拎進客廳。他正坐在一張餐桌上，仍在悶悶不樂。

「拿去。」

「什麼東西？」

「拆開看啊，傻瓜。」

他挪開縐紋紙，拉出了圍兜，抬頭看她，一臉不解。

她握住他的手，按在她的肚皮上。「你的寶寶在這裡。」

他張大嘴巴。「妳懷孕了？是男的？」

她點頭。「對。我自己也不相信。我不想在確定之前先說。裡面還有別的。」

他到處翻，挖出了一張超音波照片。

「這是我們的兒子。」他的笑容像是打了勝仗。

「男的？妳確定？」

「百分之百確定。」

他站起來，笑得合不攏嘴，把她一把抱起來。「這個消息實在是太好了。我早就放棄有兒子了。這下子妳一定得讓我幫妳買間公寓了。」

真的假的？「在這邊？」

「是啊。妳現在總不能待在這裡。」

熱血衝進了她的耳朵裡。「你說得對，傑克森。我是不能。而且我不要我的兒子長大了奇怪他父親為什麼把他藏在後巷裡。他需要和全家人在一起。等他出生，我們會回內布拉斯加。」

她轉身大步離開房間。

「安珀，等等！」

她套上了一件牛仔褲和運動衫，開始收拾行李。她都要幫他生繼承人了，他真以為她會繼續當他的地下夫人？要是他以為她會讓黛芙妮繼續收割身為派瑞許太太的好處，而她卻在他的公司裡像個奴隸一樣勞動，讓他像作賊一樣來看兒子，那他就是瘋了。他想得美。

「妳這是在做什麼？」

「走人啊！我以為你愛我。我真是大笨蛋。我可沒看見黛芙妮要給你生兒子，雖然她的身材比我更像懷孕了。」

他攫住她的雙手。「住手。我太遲鈍了。我們好好談一談。」

「還有什麼好談的？我們不是組成一個家庭就是一拍兩散。」

他在床上坐下，一手耙過頭髮。「我需要想一想。我們會想出辦法來的。妳別想搬走。」

「她並不珍惜你，傑克森。她跟我說你每次碰她她都會往後縮。可是我是這麼愛你。我只想要照顧你，配得上當你的妻子。我會永遠以你為先——甚至比這個孩子還重要。你是我的一切。」她跪下來，是他喜歡的姿態，表現給他看她有多崇拜他。結束後，他把她拉過去。

「怎麼樣啊，把拔？」

他綻開一抹難以捉摸的笑容，站了起來，又拿起了超音波照片。手指在上面描畫。

「我的兒子。」他抬頭看著安珀。「還有誰知道？妳母親，妳的朋友？」

她搖頭。「當然沒有。我要你第一個知道。」

「好。還不要告訴別人。我得想出一個法子來了結這段婚姻，可不能讓黛芙妮海削我一筆。萬一她發現妳懷孕了，我的荷包可就大失血了。」

安珀點頭。「我懂。我不會說出去的。」

他繼續坐著，臉上的表情更加專注，嚇得她不敢說話。

終於，他站了起來，開始來回踱步。「好，我們就這麼做。妳把所有東西都搬出這間公寓，然後我們先幫妳租個地方。要是黛芙妮起疑，我們可不想讓她在這裡找到妳的東西。」

「可是傑克森，」她撒嬌說。「人家不想要隨隨便便租個房子啊。那人家就孤伶伶一個人了。」

他停下腳步，瞪著她。「什麼意思？『隨隨便便租個房子』？妳以為我是小器鬼嗎？既然妳不想要公寓，那我們就在廣場飯店住一間大套房。妳會有人服侍，滿足妳的一切需要。」

「那你呢？我幾時能見到你？」

「我們得小心行事，安珀。我得在家裡多花點時間，知道吧，免得她起疑。等妳的肚子藏不住了，妳就不能再上班了。避開別人的耳目，才不會有什麼話傳進黛芙妮的耳朵裡。」

他咬著嘴唇，隨即點頭。「妳就說家裡頭有人生病了，妳請假回去幫忙。」

安珀越聽越覺得是個餿主意。她會被塞進飯店裡，全部的指望就是他會言出必行。感覺像是她被放上了一艘船，連一件救生衣或是一支槳都沒有，只要傑克森動個什麼念頭，就會被颳走。

「我不想住什麼一點也不像家的飯店。要我待在一個陌生的地方對我並不好，對寶寶也不好。」

他嘆氣。「好吧。我們就租一間公寓。很像家的一間。妳愛買什麼都可以。」

她想了幾分鐘。目前這八成是最好的條件了。「住多久？」

「不知道。可能幾個月？那時應該都塵埃落定了。」

她現在是既憤怒又驚恐，所以很容易就哭了。「我討厭這樣，傑克森。我這麼愛你，可是現在我們卻不得不分開。我會一個人待在什麼公寓裡，公寓甚至不是我們的。我覺得好害怕，就像我小時候一直搬家一樣，因為我們付不起房租。」她吸鼻子，擦掉頰上的淚，希望這套悲情故事能打動他。

他看了她好半晌。「妳是要我失去一切嗎？妳只能相信我。」

他不吃那一套。她只得聽從他的計畫，希望他說話算話，直到她想出什麼主意來。可萬一最後他也靠不住呢？到時該怎麼辦？那她可就連坨屎都不如了，就像當初她從密蘇里逃出來。她絕不會讓他把她和她懷的這個孩子一腳踢開的，就算這一次她得使出更激烈的絕招。誰也不能再惡搞安珀。那種日子已經過去了。

第二部　黛芙妮

36

我以前並不會怕我先生。我以為我愛他，當年他很仁慈——或是假裝如此。在我知道近距離看怪物是什麼樣子之前。

我二十六歲認識了傑克森，剛念完社工的碩士學位，正計畫要設立紀念茱麗的基金會。我在救助兒童會找到了一份工作，做了半年。那是個很好的組織，我可以做我愛做的事情，同時學習將來管理基金會的知識。

一位同事推薦我聯絡派瑞許國際，這是家跨國不動產公司，經常會回饋社會。她有內線消息——她父親是生意夥伴。我本以為會被推給某個資淺的行政人員，結果竟然見到的是派瑞許先生本人。傑克森一點也不像我在報章上讀到的企業主管。他對我和藹可親、風趣迷人，打從一開始就讓我輕鬆自在。我跟他說了我的基金會計畫以及成立的原因，他立刻提議要贊助「茱麗的笑容」，讓我大出意外。三個月後，我辭職了，成了基金會的領導。傑克森組了一個董事會，他也加入了，提供資金，還幫我找了辦公室。我們之間仍維繫著專業關係——我不想破壞了他對基金會的支持，而且坦白說，我也有點害怕。但時間一長，午餐變成了晚餐，自然而然的——甚至是無可避免的——我們的關係就變得比較私人了。我承認，他對我的慈善事業鼎力相助影響了我。所以我同意去他家吃晚餐慶祝。

我第一次看見他那幢三十個房間的豪宅就被他的財富震懾住。他住在畢夏普斯港，是長島灣一處風景如畫的濱海城鎮，人口約莫三萬。鎮上的商店區可以媲美比佛利山的羅迪歐大道，商品的價格遠超過我的預算，而街道上唯一質樸的汽車是屬於員工的。點綴著海岸線的屋舍全都氣宇軒昂，遠離馬路，有大柵門護衛，草皮翠綠欲滴，活像是假的。傑克森的司機把車子駛入長車道，足足過了一分鐘我才看見屋子。在接近龐大的灰色豪宅時，我的呼吸卡在喉嚨裡。

我們走入宏偉的門廳，門廳懸掛的大吊燈就算掛在白金漢宮都毫不遜色，我露出了緊繃的笑容。真的有人過這種生活？我記得那時還想這四周的奢靡可以幫多少囊狀纖維化患者家庭支付醫藥費。

「真漂亮。」

「很高興妳喜歡。」他看著我，表情莫名，召來管家幫我們拿大衣，又把我帶到露台上，那兒的戶外壁爐裡已經生了熊熊烈火，我們可以在這裡飽覽長島灣的美麗景色。

我受他吸引——我還有什麼法子呢？傑克森．派瑞許絕對是個英俊瀟灑的人，深色頭髮是比地中海還要藍的眼眸的絕配。他簡直就是童話中的人物——三十五歲的執行長，公司是他一手打造的，博愛慷慨，廣受喜愛，魅力十足，俊美之中帶著一絲稚氣——不是我這種人會交往的男人。和他一起出席社交活動的女人不是模特兒就是名媛，世故優雅，千嬌百媚，不是我能望其項背的。說不定就是因為如此他對我的興趣才會攻了我一個措手不及。

我放鬆下來，享受著怡人的風景以及鹹鹹的海風，這時他給了我一杯粉紅色的飲料。

「貝里尼。可以讓妳覺得是夏天。」酒一入口，水果的滋味就在我的口中炸開，酸甜的味道實在是太好喝了。

「很好喝。」我看著夕陽落在海面上，天空染成了各種的粉紅色和紫色。「這麼美。這種風景你一定怎麼看都看不膩。」

他往後坐，大腿就在我的腿旁邊，比雞尾酒更讓我頭暈。

「沒錯。我是在山裡長大的，直到我搬到東部才知道大海是多麼媚惑人的女妖。」

「你是科羅拉多人對吧？」

他微笑。「研究過我？」

我又喝了一口，酒精幫我壯了膽。「你也算是公眾人物。」我好像翻開報紙就會看到傑克森・派瑞許這個金童的新聞。

「其實，我是個非常重隱私的人。一個人到了我今天的這個地位，很難知道誰才是真正的朋友。我必須對接近我的人處處小心。」他拿走我的杯子，又幫我斟滿。「好了，不說我了。我想多知道妳的事情。」

「恐怕我這個人滿無聊的。只是小鎮長大的女生。沒什麼特別的。」

他諷刺地笑。「十四歲就有文章上報還說沒什麼特別的。我很喜歡雜誌上的那一篇妳寫妳妹妹和她勇敢和病魔搏鬥的過程。」

「哇。你也做過功課了啊。你是怎麼找到那篇的？」

他對我眨眨眼。「我有我的門路。文章非常感人。原來妳跟茱麗都計畫要念布朗大學？」

「對，從小時候開始。她死了之後，我覺得我非去念不可。為了我們兩個。」

「真難為妳了。妳失去她的時候幾歲？」

「十八。」

他一手按著我的手。「我相信她一定非常以妳為榮。尤其是妳現在在做的事，妳的奉獻。基金會將來會幫助許許多多的人。」

「我非常感激你。沒有你幫忙我得要花上好幾年的工夫才找得到辦公室和人手。」

「是我的榮幸。妳很幸運能有她。我常常在想有兄弟姊妹一塊長大是什麼感覺。」

「獨生子一定很寂寞。」我說。

他的表情遙遠。「我父親一天到晚在工作，而我母親有她的慈善活動。我總是希望我有個兄弟可以一起到外面拋接球、射籃。」他聳聳肩。「唉，還有很多人過得更不幸呢。」

「你父親是做什麼的？」

「他是『巨岩保險』的執行長，位高權重。他現在退休了，我母親以前是家庭主婦。」

我不想刺探，但是他似乎很想說。「以前是？」

他倏地起身。「她車禍過世了。有點冷了。我們何不進屋去？」

我站起來，覺得頭重腳輕，一手扶著椅子穩住自己。他轉向我，然後，目光熾烈，愛撫我的臉頰，低聲說：「有妳陪著我，我一點也不覺得寂寞。」我沒說話，他一把抱起我，把我抱進屋子，抱上了他的床。

我們的第一夜仍有部分是模模糊糊的。我並沒有計畫跟他做愛——我覺得太快了。可我還沒回過神來，我們已經一絲不掛，在床上四肢交纏。他全程都盯著我的眼睛。很令人緊張，好像他是在凝視我的靈魂，可是我沒辦法別開視線。事後，他溫柔又體貼，在我的懷中入睡。我在月光中看著他的臉，描摹著他的下巴。我想要抹去他所有的傷心回憶，讓他感受到他孩提時錯過的關愛。這個俊美的、強壯的、成功的男人，人人景仰，卻向我展現了他的脆弱。他需要我。沒有什麼比被需要更能吸引我的了。

早晨到了，我頭痛欲裂。我納悶既然我把身體給了他，那我是不是僅僅成了他另一次的獵豔戰果，我們又會恢復事業夥伴的關係。我是被列入他的前情人名單呢？還是說這是新戀曲的開始？我擔心他拿我跟他以前那些光鮮亮麗的女人比較，結果發現我相形失色。他似乎看穿了我的心思，單手支起上半身，右手描畫我的乳房。

「我喜歡有妳在這裡。」

我不知道該說什麼，只好微笑。「你一定對每個女人都說這句話。」

他臉色一暗，把手抽開。「不，我並沒有。」

「對不起。」我做個深呼吸。「我有點緊張。」

他吻了我，舌頭很堅持，嘴唇緊貼著我的唇。然後他退開，以手背撫摸我的臉頰。「跟我在一起不必緊張。我會好好照顧妳的。」

我的心裡五味雜陳。我掙脫了他的懷抱，給他一抹真誠的笑。「我得走了。我會遲到。」

他把我拉回去。「妳是老闆，記得嗎？除了董事會之外，妳是在萬人之上。」他又趴到了我身上，又用那種催眠的目光鎖住了我。「而且董事會不介意妳遲到。請留下來。我只想再抱著妳一會兒。」

於是一切就在這樣的承諾下展開了。當時，就像汽車擋風玻璃被小石頭打到，裂痕漸漸變深擴大，直到已無法修補。

37

大家說可以利用約會來了解一個人，那是因為他們不懂。賀爾蒙瘋狂釋放，吸引力有如磁鐵，你的頭腦就會放假。所以他是我不知道我所需要的一切。

工作時，我回到自己的舒適區，不過我老是會含笑回想起我們共度的那一夜。幾小時後，我的小辦公室外一陣騷動，引得我抬起了頭。一名年輕人推著一輛擺著一瓶又一瓶紅玫瑰的推車。我的秘書菲歐娜走在他後面，滿臉通紅，兩手亂揮。

「有人送妳花，好多好多花。」

我站起來簽收，數了數有十二瓶。我把一束花擺在我的辦公桌上，環顧四周，不曉得該拿剩下的怎麼辦。我們把花瓶沿著小辦公室的地板擺，一直擺到無處可擺。

送貨員離開後菲歐娜關上了門，一屁股坐在我對面的椅子上。「好了，招供吧。」

我還不想跟別人討論傑克森。我甚至不知道我們是什麼關係。我傾身拿出卡片。

妳的肌膚比這些花瓣還要柔軟。已經想妳了。

傑

到處都是花，太超過了。玫瑰甜得發膩的香味讓人受不了，害我的胃不舒服。

菲歐娜瞪著我，表情氣惱。「妳到底是說不說啊？」

「傑克森・派瑞許。」

「我就知道！」她得意地看了我一眼。「前天他過來看辦公室，他看妳的樣子。我就知道只是遲早的問題而已。」她向前傾，雙手捧著下巴。「是認真的嗎？」

「我不知道。」我搖頭。「我喜歡他——可是我真的不知道。」我指著花。「他太強勢了。」

「對，真是混蛋，送妳這麼多美麗的玫瑰。」她站起來打開了門。

「菲歐娜？」

「幹嘛？」

「拿兩瓶到妳的桌上。剩下這麼多我不知道該怎麼處理。」

她搖頭。「遵命，老闆。不過我得告訴妳，他可不是這麼容易打發的。」

我需要回去工作。晚一點我再來研究傑克森。我正要打電話，菲歐娜就又打開了門，臉色死灰。

「是妳母親。」

我抓起電話舉到耳邊。「媽？」

「黛芙妮，妳得回家來。妳父親心臟病發作了。」

「有多嚴重？」我哽咽著說。

「快回來就是了。」

38

我下一通電話是打給傑克森。我好不容易才說完，他就接手了。

「黛芙妮，沒事的。深呼吸。妳留在那兒不要動，我馬上就來。」

「可是我得到機場去。我得找到班機。我——」

「我會帶妳去，放心吧。」

我都忘了他有一架飛機。「這樣可以嗎？」

「聽我說。留在那裡。我現在馬上去接妳。我們會回妳的住處，收拾衣服，大概一個小時後就能上飛機。妳只管呼吸就對了。」

接下來的情況我的記憶中盡是一片模糊。我照他的話做，匆忙收拾行李箱，按照他的指示，最後坐在他的飛機上，緊緊攥著他的手，看著窗外禱告。我父親才五十九歲——當然不會就這麼死了。

在新罕布夏的一處私人機場降落之後，民宿的一個服務生馬文在等我們。我大概是幫兩人介紹了，也可能是由傑克森主導的。我不記得了。我只記得胃裡的那個感覺，深怕我沒法再跟我父親說話了。

一抵達醫院就由傑克森全面接掌情勢。他找出爸的醫生是誰，評估了醫院，立刻就把他轉院到聖格里高立醫院，那是距我們的小鎮車程一小時的大型醫院。在我心目中，若不是傑克森看出了爸在郡立醫院的主治醫師不適任，醫院又缺乏更精密的設備，那爸可能就撒手人寰了。傑克森從紐約請來一位頂尖的心臟科醫師。我們才剛到沒多久，紐約醫師就趕到了，檢查過爸之後，宣布他壓根就不是心臟病發作，而是主動脈剝離。他進一步說明爸的心內膜撕裂了，不立刻動手術的話就會死亡。而肇因顯然是他的高血壓。他警告我們由於沒能及時診斷出來，所以他的存活率降到了百分之五十。

傑克森取消了一切會議，陪在我身邊。一週之後，我想他也該回康乃狄克了，可是他卻另有想法。

「妳們女士回去吧，」他跟我和我媽說，「我已經跟妳爸談過了。我會回民宿去確定一切都正常。」

「那你的公司呢？你不需要回去嗎？」

「我在這裡就能處理公事。我重新安排了一下。離開個幾星期要不了我的命的。」

「你確定嗎？現在有員工可以來幫忙了。」

他點頭。「我可以在任何地方辦公，可是民宿是什麼都要親自動手的生意，老闆一不在，就會有事情出錯。我打算保護妳父親的產業，直到他搬回來住，而妳母親也能看店為止。」

我母親給了我一個那種表情，意思是：別讓這一個跑了。她一手按住傑克森的肩。「謝謝你，親愛的。我知道你在這兒，艾佐拉就安心多了。」

傑克森以一貫的效率和才能全心投入，確保民宿營運正常——甚至比由我父親親自掌舵還要好。廚房的存貨齊全，他監督員工，連餵鳥器的飼料都不忘添加。有天晚上我們人手不足，我回民宿一看他居然在當服務生。我想我就是在那個時候真正傾心於他的。我母親的重擔卸下了一大半，等她發現他有多輕易就掌控一切，她就能把時間花在醫院裡而不必擔心民宿的情況了。

到那個月底，我母親已經跟我一樣被他迷住了。

「我覺得妳找到了命中注定的人了，甜心。」我母親有天晚上在傑克森離開房間後說。

他是如何做到的？我很好奇。他彷彿一直都在這裡，已經是我們家的一分子。我對他之前的保留都煙消雲散了。他不是什麼遊戲人間的花花公子，他是個有資產、有個性的男人。短短的幾星期他就變成了我們大家不可或缺的人物了。

39

爸出院回家了，仍然虛弱，但已經漸漸復元；我和傑克森也飛到新罕布夏和我的家人共度聖誕節。我堂哥巴瑞和他太太愛琳要帶他們的女兒來，我們都對共度聖誕非常期待。

我們在平安夜抵達，天空下著雪，正好搭建出完美的新英格蘭場景。民宿充滿了過節的歡樂。我站在從小就每週日會去的小教堂裡，覺得平和，一顆心裝滿了感恩。我父親熬過了一劫，而我深陷愛河。真像是童話故事——我贏得了我從沒想過現實生活中真的存在的王子。他發覺我在看他，就對我綻開了令人目眩的笑容，鈷藍色眼睛閃爍著欣賞，我簡直不敢相信他是我的。

回到民宿之後，我父親開了一瓶香檳，為每個人斟酒。他摟住我母親。「我要你們大家知道能有你們在這裡對我的意義有多重大。幾個月前，我甚至不確定還能不能活著看到另一個聖誕節呢。」他拭去臉頰滑落的淚水，舉起了酒杯。「敬家人。在這裡的，還有在天堂的茱麗。聖誕快樂。」

我喝了一口，閉上眼睛，默默向妹妹說聖誕快樂。我仍然非常想念她。

我們在聖誕樹旁的沙發上坐下，交換禮物。我的父母開啟了一項家族傳統，給我們三個禮物，象徵三賢人送給耶穌的禮物。傑克森也有三盒禮物要拆，我很感激我母親也想到了他。禮物不貴，卻特別——她親手為他織的毛衣，一片貝多芬CD，一件手繪的帆船裝飾（可以讓他裝飾聖誕樹）。傑克森把漁夫毛衣拿起來比在胸前。

「我很喜歡。可以讓我穿起來有型又保暖。」他站起來，走向聖誕樹。「輪到我了。」他很開心地分送他為每個人挑選的禮物。我一點也猜不到他買了什麼，他想給大家一個驚喜。我是跟他提過平常的禮物就好，請他不要太破費。他從我的小姪女開始，她那時才八歲。他送給她一條可愛的銀手鍊，吊墜是迪士尼人物，樂得她眉開眼笑。他送給巴瑞和愛琳的是Bose的藍牙揚聲器，最高階的。我想到了他們送他的那本經典名車全錄以及他們的感受，心裡就有點緊張。傑克森看似沒有注意到，但是我從巴瑞的表情看得出他不自在。

傑克森從口袋裡掏了件東西，跪在我的面前，給了我一個錫箔紙包裝的小盒子。

我的心跳加快。是真的嗎？我拆開包裝紙時雙手發抖，我拿出了黑色天鵝絨盒子，打開了盒蓋。

是戒指沒錯。我直到這一刻才醒悟到我一直希望是。「喔，傑克森，好美！」

「黛芙妮，妳願意首肯做我的妻子嗎？」

我母親倒抽口氣，雙手互握。

我張開雙臂擁抱他。「願意！願意！」

他把戒指套在我的指頭上。

「太美了，傑克森。而且太大了。」

「給妳只能是最好的。這是一顆六克拉的圓鑽。毫無瑕疵。就像妳一樣。」

戒指大小剛好。我伸出手，左看右看。我母親和愛琳衝到我身邊，又是驚嘆又是歡呼。

我父親卻離群而立，不尋常地沉默，面上表情高深莫測。「是不是有點太快了？」

整個房間都安靜下來。傑克森的臉上立刻閃過一絲慍怒，但馬上就露出笑臉，走向我父親。

「先生，我了解你的顧慮。可是我打從第一眼看到你的女兒就愛上她了。我保證，我會像女王一樣待她。我希望你能給我們祝福。」他朝我父親伸出一隻手。

人人都盯著他們。我父親伸出手來緊緊握住傑克森的手。

「歡迎加入這個家，兒子。」他說，面帶笑容，但是我覺得我是全場唯一注意到笑意並沒有滲透他眼睛的人。

傑克森跟他握手，直視他的眼睛。「謝謝。」接著，露出偷吃了金絲雀的貓的表情，他從長褲口袋又掏出了一樣東西。「我想把這個保留到最後。」他將一只信封交給了我父親。

我父親打開來，嘴角下撇。把信封還給傑克森，眼中帶著困惑，一面搖頭。「這太貴重了。」

我母親走過去。「什麼東西啊，艾佐拉？」

回答的是傑克森。「一面新屋頂。我知道這棟老房子一直有漏水的問題。他們會在春天開工。」

「唉呀，你真是太周到了，不過艾佐拉說得對，太貴重了。」

他摟住了我，含笑望著他們。「哪裡。我們現在是一家人了，而一家人當然要彼此照料。我絕不接受拒絕。」

我不明白他們為什麼這麼頑固。我覺得傑克森實在是慷慨大方，也知道這點錢在他來說不算什麼。

「媽，爸，就別堅持你們的洋基骨氣了，」我用調侃的方式說。「這是很棒的禮物耶。」

我父親筆直看著傑克森。「我很感激，兒子，但是我不是這樣做人處事的。這是我的生意，我會在經濟許可的時候換上新屋頂。好了，這件事就不要再提了。」

傑克森咬緊了下巴，移開了摟住我肩頭的手。他就在我的面前像隻鬥敗的公雞，把信封放回口袋裡，再說話時只比蚊子叫大不了多少。

「我是一片好意，卻冒犯了你們，請原諒我。」他低下頭，抬眼看著我母親，像個惹了麻煩等著受處罰的小孩子。「我想成為你們的家人。我母親過世後我就一直很寂寞。」

我母親一個箭步衝過去，抱住了他。「傑克森，你當然是我們的家人。」她給了我父親責備的一眼。「家人確實會幫助家人。我們很樂意接受你的禮物。」

這是我第一次看到——他嘴角浮現出一絲微笑，眼神裡寫著「勝利」二字。

40

爸雖然挺過了手術，身體卻不好，我真的不知道他還有多少時間。我們急著結婚的部分原因就是讓我能確定他會陪我走過紅毯。婚禮不鋪張。我父親堅持要支付一切花費，無論誰懇求，他都不肯讓傑克森出一分錢。傑克森本想回畢夏普斯港辦場盛大的婚禮，廣邀他商場上的朋友。我答應了傑克森等我們蜜月回來，我們會舉辦派對慶祝，這才安撫了他。

我們在二月裡結婚，在我父親的長老會教堂裡，在民宿辦了喜宴。傑克森的父親特地為婚禮飛來，在見到他之前我心裡七上八下的。他父親帶了伴來，傑克森很不開心。傑克森派了他的私人飛機去接他們，叫司機去接機，帶他們來民宿。

「我不敢相信他帶那個只會傻笑的白痴來。他現在根本就不該再約會了。」

「傑克森，你這樣也太苛刻了吧？」

「她什麼都不是。只是對我母親的莫大侮辱。她是個端盤子的。」

我想到在民宿餐廳工作的可愛女孩，覺得脾氣上來了。「端盤子有什麼不對？」

他嘆氣。「沒什麼，如果是大學生的話。她都六十好幾了。而且我父親很有錢，她八成是把他當成了下一張飯票。」

我覺得胃裡像有蟲子在咬。「你跟她有多熟？」

他聳聳肩。「我只見過她一次。幾個月前我飛到芝加哥出差，和她一起吃了頓晚餐。她講話聲音很大，不特別聰明。可是她把他說的每句話都奉為金科玉律。我母親就有她自己的看法。」

「你確定你不是因為看見他和別的女人在一起所以才不能接受？你跟我說過你和你母親的感情有多好，我相信看著她被取代是很不容易的事。」

他的臉漲紅了。「我母親是無可取代的。那個女人給她提鞋都不配。」

「對不起，我不是這個意思。」他父母的事他說得並不多，只說他父親是工作狂，錯過了他的成長過程。我猜由於是獨子，他和母親的關係更親密。她去年過世對他是個沉重的打擊，據我所知，他的哀傷並未稍減。我不想為了腦海中那個討厭的想法鑽牛角尖——就是他是個勢利眼。我把他的不滿歸因於他對母親的哀思，塞到心底深處了。

等我和芙蘿拉見面，我覺得她人滿好的，而他父親也好像很開心。他們對我父母很親切，人人都相處融洽。隔天，我父親挽著我步上紅毯，我滿腦子只想到我有多幸運，能找到一生的摯愛，能和傑克森展開新的人生。

*

「你不覺得該是你讓我知道大秘密的時候了嗎？」我們登上他的飛機要去度蜜月時我這麼問。「我連衣服有沒有帶對都不知道。」

他靠過來吻我。「傻丫頭。飛機上已經有一箱又一箱我幫妳買的衣服了。一切交給我就對了。」

他幫我買新衣服？「你怎麼會有時間去買？」

「妳不用操心，我親愛的。妳會發現我是非常擅長事前計畫的人。」

上飛機坐好後，我喝了一口香檳，再追問一次。「那我幾時會知道？」

他把我的窗板往下拉。「降落之後。好了，躺下來休息吧。睡個覺更好。等妳醒來，我們就可以在雲端上找點樂子。」他一面說話一隻手一面在我的大腿內側來回撫摸，慾望就如熱流在我體內擴散。

「我們何不現在就來樂一樂？」我低聲說，嘴唇緊貼著他的耳朵。

傑克森微笑，等我望入他眼底，看見的也是和我一樣的渴念。他起身，把我納入他陽剛的臂彎裡，抱著我進臥室，我們倒在床上，四肢交纏。事後我們睡了——我不確定睡了多久，但是才剛醒，我們就又做愛。機長以電話通知傑克森幾分鐘後即將降落，卻沒提目的地。但我從窗口一看，底下是無垠的藍色大海。無論這兒是哪裡，都像天堂。傑克森掀開了被子，來到我身邊，摟著我赤裸的腰。「看到了沒？」他指著一座發亮的山，像是從大海裡冒出來的一支擎天柱。「那是奧特馬努山，是世界奇觀之一。而我馬上就會帶妳去見識波拉波拉島的壯闊。」

玻里尼西亞，我心裡想。轉頭看著他。「你來過？」

他吻我的臉頰。「來過，我親愛的姑娘。不過沒跟妳來過。」

我有點失望，卻不知道該如何訴諸言詞。笨拙地試了試。「我只是以為我們會去一個我們兩個人都沒去過的地方，讓我們可以，就是，一起體驗每一件事。都是第一次。」

傑克森把我拉倒在床上，揉亂我的頭髮。「我常常旅行。值得去的地方都是我去過的地方。

難道妳寧可去愛荷華的達文波特？我倒是沒去過。妳知道，在我們認識前我是有自己的人生的。」

「我知道，」我說，「我只是想要這一次對我們倆來說都是全新的，是只有我們兩個共享的。」我想問他是單獨來的呢或是帶著女人來的，但是我深怕進一步破壞了氣氛。「波拉波拉，」我說，「我從沒想過我會來這裡。」

「我訂了一棟水上平房，妳一定會喜歡的，甜心。」他又把我拉進了懷裡。

機輪放下時我們已經坐好了，飛機在莫杜繆小島降落，機艙門打開來，我們下了飛機，笑容滿面的島民來迎接我們，為我們戴上了花環。我伸手摸他的。

「我比較喜歡你的花環。藍色是我最愛的顏色。」

他把花環摘了下來，戴在我的脖子上。「戴在妳身上也比較好看。對了，在波拉波拉他們叫這個海斯。」

溫暖芬芳的空氣令人心曠神怡，我已經愛上這裡了。我們坐上了船到小屋去，我覺得比較像是豪華的漂浮別墅，玻璃地板可以讓人一覽底下的潟湖生態。

我們的行李送來了，我換上了輕便的夏日洋裝，傑克森換上海軍藍長褲和白色亞麻襯衫。他日曬的皮膚在白襯衫的陪襯之下讓他更加俊美。我們正在私人的陽台上坐好，一艘有舷外支架的獨木舟就划了過來，為我們送上了香檳和魚子醬。我訝異地看著傑克森。「是你點的嗎？」我問。

他看我的樣子活像我是什麼無知的小村姑。「這是包含在裡面的，親愛的。無論我們要什麼他們都會送過來。如果我們選擇在屋裡吃晚餐，他們就會送來；如果是午餐，他們就會送上午餐——他們會滿足我們的每一個突發奇想。」他舀了一匙魚子醬到圓餅乾上，舉到我的口邊。

「只給我的女人最好的。趕快習慣吧。」

說真的，魚子醬和香檳是我最不喜歡的兩樣東西，可我想我得要慢慢地適應。

他喝了一大口香檳，我們坐在那兒享受飄送到我們臉上的新鮮空氣，被眼前藍綠色的海水所迷惑。我向後靠，閉上了眼睛，聽著海水拍打著椿子。

「我們在『馬哈那別墅』訂了八點的晚餐。」他說。

我睜開眼睛看著他。「喔？」

「那是個很美麗的地方，只有幾張桌子。妳一定會喜歡的。」

我又一次有這種失望的感覺。他顯然去過了。「看來，去了要點什麼、菜單上什麼最好吃，你都能直接告訴我了吧。」我半開玩笑地說道。

他冷冷地看了我一眼。「既然妳不想去，那我就取消。我相信等候名單上還有一大堆的夫妻很樂意在那裡進餐。」

我覺得像個不知感恩的呆子。「對不起。我不知道是怎麼了。我們當然要去。」

傑克森已經把行李都打開了，小心地掛好他為我買的衣服。這些衣服不只是以款式排列的，也是依照顏色排列的。鞋子放在頂層架上，分成平底涼鞋和高跟鞋兩類，各種顏色和式樣都有。他舉高了一件白色長洋裝，細肩帶、上身貼身。衣服多到我們在這裡的時間根本就穿不完：晚宴鞋、涼鞋、泳裝、罩衫、珠寶、白天的休閒服、晚上的飄逸洋裝。「來，」他說，「今晚穿這件最完美，我美麗的姑娘。」

感覺很奇怪，讓別人來幫我挑衣服，但是我得承認，這件衣服很漂亮。大小剛剛好，而且他幫我挑的綠松石水滴耳環被白色衣服烘托得更加光彩奪目。

第二晚我們就在木屋裡用餐。我們坐在陽台上，享受美食，同時欣賞著落日餘暉在天空渲染出一條條的粉紅和藍色緞帶。令人目不暇給。

這成了我們的模式——一個晚上獨自在木屋裡，第二晚就上餐廳，像是「血腥瑪麗」或「麥凱」或「聖詹姆斯」。每一家都有愉快的氛圍，我尤其喜歡「血腥瑪麗」那種隨性的島嶼氣氛，地板是沙子，還有美味的蘭姆蛋糕。就連洗手間的地板也是沙子。我們外出用餐的話，就會沿著海灘散步，手牽著手，回家後就做愛。在木屋用餐的夜晚，我們的做愛開始得較早，持續得較久。在每天曬太陽和玩水後，我的皮膚曬成了溫暖的棕色，也感覺乾淨緊實。我從沒有這麼清楚地自覺過自己的身體、別人的手碰觸我的感覺，還有兩人合為一體的興奮。

每一分鐘都在他的規劃之中，從游泳到浮潛到私人觀光到浪漫的晚餐。我們在私人海灘的沙子上做愛，在潟湖的船上，當然，也在木屋這個私密的避風港裡。他什麼都想到了，連最小的地方都沒放過。而儘管有時我的胃裡會有一種揮之不去的不安之感，我卻從未清楚意識到他對於秩序和控制的需求會凌駕我的生活。

41

他回家時我已經收拾好行李了，很興奮要和我的新婚夫婿去格林布萊爾度假村共度不受打擾的四天假期。我們結婚剛滿三個月多一點。我的行李箱放在床上，他在吻了我之後就走過去把行李箱打開來。

「你幹嘛？你的行李箱在那邊。」我指著他的五斗櫃旁的那只一模一樣的行李箱。

他給了我好笑的一眼。「我知道。」他拿出了我放進去的衣物，檢視我的衣服，眉頭皺了起來。

我站在那兒，想叫他不要動我的東西，卻說不出話來。我冷眼旁觀，僵立不動，而他則一件件翻揀，看著我。

「妳了解那裡不是像妳父母親經營的那種背包客民宿吧？」

我活像是被打了一拳。

他注意到我的表情，笑了起來。「唉唷，我不是那個意思啦。只是那裡是格林布萊爾，他們有衣著規定。妳需要幾件晚禮服。」

我因為難堪與憤怒而漲紅臉。「我知道格林布萊爾是什麼等級。我又不是沒去過。」我沒去過，不過我上網查過。

他挑高眉毛，研究了我好半天。「真的？幾時去的？」

「重點不在這裡。我要說的是你不必當我是小孩子一樣檢查我的衣服。我帶的都很合適。」

他高舉雙手投降。「好。隨便妳。可是等妳發現比起別的女人來妳的衣著太不搭頭，可別哭著來找我。」

我大步走過他身前，拉上行李箱拉鍊，甩到地板上。「樓下見。」我走過去要把箱子拎起來，卻被他攔住了。

「黛芙妮。」

我向後轉。「幹嘛？」

「不用管，會有人來提。」說完他搖搖頭，不知低聲嘟囔什麼。

我把箱子拎起來。我還是不習慣周遭有那麼多人等著幫我做一些我自己就能做的事情。「我自己的行李箱我自己就提得動。」我氣沖沖走進書房，倒了一杯威士忌，一口就乾了，閉上眼睛，深呼吸。烈酒一路燒灼我的喉嚨，但是不久我就感覺到平靜瀰漫了全身，我暗忖：原來大家就是這樣變成酒鬼的。我走向窗戶，看著海景，眼前的風景讓我僅餘的緊張情緒也鎮定了下來。

我學到的是情緒上的威嚇就可以和肢體上的脅迫一樣令人悚懼不安。這些日子來，小事情漸漸會惹火他，儘管我竭盡全力取悅他，卻總是不夠好。我挑錯了酒杯，或是在木桌上留下濕毛巾。也可能是我把吹風機忘在檯面上。而讓日子更難過的是那份不確定。現在跟我說話的是哪一個傑克森？是那個愛笑，隨時笑臉迎人，容易相處的？抑或是那個一臉不悅、語帶批評，只需一個眼神就能讓我知道我又讓他失望了？他是隻變色龍，而他的轉變有時快得害我喘不過氣來。而現在他甚至不覺得我有能力提自己的行李箱。

落在我肩頭上的手嚇了我一跳。

「對不起。」

我沒轉頭，也沒搭腔。

他開始按摩我的肩膀，向我靠過來，最後嘴唇印上了我的脖子，逗得我的背脊一陣陣哆嗦。

我不想回應，但是我的身體卻不聽話。

「你不能那樣跟我說話。我不是你的奴才。」我躲開了他。

「我知道。妳說得對。對不起。這種經驗對我有點陌生。」

「我也一樣。可是……」我搖頭。

他輕撫我的臉頰。「妳知道我崇拜妳。我習慣了主導，給我一點時間調適。我們就別讓這次吵架壞了遊興吧。」他又吻我，我覺得自己回應了。「我更感興趣的是這個週末妳沒穿衣服的樣子。」

於是我就算了，我們也就出門了。

抵達目的地時我們的心情都很好，進入奢華的套房時，紅地毯紅牆壁、灰色的厚窗帘，華美的鏡子和畫作，我覺得自己好像回到古代。這裡既巨大又正式又有點嚇人。餐桌能夠容納十個人，還有一間正式的客廳，三間臥室。忽然間我懷疑起是否拿對了衣服。

「好美，可是我們為什麼需要這麼大的套房？只有我們兩個人啊。」

「只給妳最好的。我可不打算讓我們兩個擠在一個小房間裡。妳上次來難道就住個小房間？」

我努力想像我在網站上看到的房間，不以為意地揮揮手。「我住的是標準房。」

「真的？請問是幾時？」

他以好玩的表情看著我，但是他的眼睛——他的眼神是憤怒的。

「有什麼差別嗎？」

「知道嗎，我有個好友，我們從穿開襠褲開始就玩在一起。後來上了大學，我們本來是要跟他們家去露營的，他在出發的前一天打電話給我，說取消了——說他生病了。我星期一才發現他是跟女朋友到本地的一間酒吧約會。」他踱起了步來。「妳知道我做了什麼嗎？」

「什麼？」

「我引誘他的女朋友，讓她為了我跟他分手，然後我把他們兩個一起甩了。」

我的血液變冷。「太可怕了。那個可憐的女孩子又沒得罪你。」

他微笑。「女孩子的事我是開玩笑的。不過我真的跟他一刀兩斷了。」

我不知道該不該相信。「你跟我說這個做什麼？」

「因為我認為妳在說謊。我最不能容忍的事就是說謊。別把我當傻瓜。妳根本就沒來過。趕快承認，不然就來不及了。」

「來不及什麼？」我口頭上問得勇敢，實則不然。

「來不及讓我信任妳。」

我哇的一聲哭了出來，他走過來，摟住了我。

「我不要你覺得我沒去過好地方，沒看過你習以為常的東西。」

他抬高我的下巴，吻去了我的淚。「我的寶貝，妳不必跟我假裝。我很喜歡帶妳認識新的事物，妳用不著想要讓我佩服。我就愛什麼事情對妳來說都是新鮮事。」

「對不起騙了你。」

「答應我不會有下一次了。」

「我答應。」

「好了，沒事了。我們把行李打開，然後我帶妳到處參觀一下。」

我把少得可憐的衣服掛在他一貫的套裝和領帶旁，轉向他，一顆心往下沉。「參觀之後你想不想去逛街？」我問。

「早就在計畫中了。」他說。

往後兩天既美妙又快樂。我們去騎馬，花幾小時做水療，在床上纏綿，怎麼也不滿足。最後一天，我們正要去用早餐，我的手機響了。是我母親。

「媽？」我從她的聲音中聽出不對勁。

「黛芙妮，壞消息。妳父親——」她的哭聲傳了過來。

「媽！出了什麼事？妳嚇到我了。」

「他死了，黛芙妮。妳爸，他走了。」

我哭了起來。「不、不、不。」

傑克森衝過來，拿走我的手機，另一隻手把我拉過去。我不敢相信。他怎麼可能會死了？我上星期才跟他說過話。我記得他的心臟科醫生警告過他並未完全康復。傑克森抱著我，溫柔地把我帶到沙發上坐下，他則收拾行李。

我們直接飛到民宿，在那兒住了一個星期。我看著我父親的棺木降入墓穴，滿腦子只想到我們埋葬茱麗的那一天。雖然傑克森強壯的手臂環著我的肩，我母親就站在我身邊，我卻覺得孤苦無依。

42

傑克森馬上就想要孩子。我們才結婚半年他就勸我不要再避孕。我二十七了，他提醒我，可能沒法立刻懷孕。我頭一個月就懷孕了。他好開心，但我卻花了較長的時間接受。不用說，我們已經去檢測過了，看胎兒是否帶著囊狀纖維化基因。我的基因是隱性的，如果他也是，我們的孩子就不得不承受罹患這種罕見疾病的風險。即使醫生擔保過不會有問題，我仍無法甩開憂慮。還有許許多多別種疾病或是出生缺陷等著我們的孩子，而要是說我這一生學到什麼的話，那就是最壞的狀況可能會發生，而且還經常發生。某天晚上我在晚餐時把我的煩憂告訴了傑克森。

「萬一出了差錯呢？」

「我們會知道的。他們會做檢驗，如果不健康，那就拿掉。」

他那副冷漠的口吻聽得我血液變冷。「聽你說得好像沒什麼大不了的。」

他聳聳肩。「是沒什麼大不了的。所以大家才會檢驗，不是嗎？我們擬好計畫了，不必擔心。」

我還沒說完。「要是我不想墮胎呢？萬一他們說胎兒沒事，結果卻有事，或是他們說胎兒不健康結果卻是健康的呢？」

「妳在胡說什麼啊？醫生當然知道。」他說，語氣透露出不耐煩。

「我堂哥的太太愛琳懷孕的時候，醫生說她的寶寶出生後會有嚴重的缺陷，但是她並沒有墮胎。後來席夢出生了，她是個完全健康的孩子。」

懊惱的一聲嘆息。「那是多年以前了。現在科技更精確了。」

「可是……」

「可惡，黛芙妮，妳到底是要我說什麼？不管我跟妳怎麼說，妳總能想出不合邏輯的反駁來。妳是想裝可憐嗎？」

「當然不是。」

「那就停止。我們要生孩子。我自然是希望這種神經兮兮的表現會在生產前消失。我受不了那種焦慮的母親，擔心這個擔心那個的。」他喝了一大口軒尼詩。

「我反對墮胎。」我脫口而出。

「那妳是願意讓孩子受苦嗎？妳是在跟我說如果妳發現我們的孩子會罹患什麼可怕的病症，妳也還是要把他生下來嗎？」

「這件事沒有那麼黑白分明。我們憑什麼決定誰值得活，誰該死呢？我不想要自命為上帝。」

他揚起了眉毛。「上帝？妳相信上帝會允許妳的妹妹吃苦受罪，然後還沒長大就夭折？我想我們已經見識過上帝在這些事情上的做法了。我會為我自己做決定，不勞妳費心。」

「這根本就是兩回事，傑克森。我沒法解釋為什麼會有壞事情發生，我只是說我的身體裡孕育著生命，而我不知道有沒有辦法墮胎。我覺得我做不到。」

他變得非常安靜，抿緊了唇，隨即不疾不徐地說話。「那就讓我來幫妳。我不能撫養一個殘障的孩子。我倒是知道這一點是我辦不到的。」

「寶寶可能是健康的，可是你怎麼能說你不能撫養一個殘障或是生病的孩子呢？這是你的孩子啊。你不能因為一條生命不符合你的期待就把它丟了。你怎麼就不明白呢？」

他看著我好半天才回答：「我倒是明白妳一點也不知道正常長大是什麼意思。我們根本還不應該討論這件事。如果──而且還是一個很縹緲的如果──真的出現了我們必須擔心的事情，到時我們再來討論。」

「可是──」

他舉起一手阻止我。「寶寶會很健康。妳需要幫助，黛芙妮。很顯然妳沒辦法讓過去的事就過去。我要妳去看心理醫生。」

「什麼？你在說笑話吧？」

「我沒有這麼認真過。我不會讓妳帶著恐懼症和疑心病撫養我們的兒子。」

「你在胡說什麼？」

「妳妹妹的疾病把每件事都染上了不健康的顏色。妳切割不開，也分辨不清它對妳的現實生活影響有多大。妳一定得放下。看在老天的分上，徹底解決掉。心理治療可以一次根除這個問題。」

我不想把我的童年挖出來，再過一次。「傑克森，拜託。我已經把過去都放下了。我們不是一直很快樂嗎？我會沒事的，我保證。我只是有點心亂，沒別的。我會沒事的，真的。」

他拱起一道完美的眉毛。「我想相信妳，可是我不得不小心。」

我給了他木然的一笑。「我們會有一個完美的寶寶，然後全都過得幸福又快樂。」

他的嘴唇往上揚。「這才是我的好姑娘。」

緊接著他剛才說的一句話浮現心頭。「你怎麼知道是個男孩？」

「我不知道，我只是希望是。我一直想要個兒子——讓我可以陪著他做我父親從來沒陪我做過的事情。」

我覺得五臟六腑一陣緊張。「萬一是女孩子呢？」

他聳聳肩。「那就再繼續努力啊。」

43

我們當然生了女兒——塔蘆拉，而且她很完美。她是個很好帶的孩子，我也陶醉於做了母親。我很愛晚上屋子都安靜下來時餵她吃奶，凝視她的眼睛，感覺到我未曾體驗過的羈絆。我遵循我母親的建議，孩子睡覺我也睡覺，可是我仍是比預期中要疲憊。她四個月大了，還是不能睡足一整夜，而因為我是餵母奶，所以我也不肯讓傑克森請夜間保姆。我不想擠母乳，用奶瓶餵她。我想要全部自己來，但這就意味著我留給傑克森的時間變少了。

就在這時事情逐漸明朗了。等到他的真面目徹底揭露之時，已經太遲了。他利用了我的脆弱，就像將軍全副武裝只待廝殺。他的武器是親切、關懷和憐憫——而一旦勝利到手，他就把這些東西當成用過的外包裝一樣丟棄，本性就出現了。

傑克森退入背景，我的時間精力都放在塔蘆拉身上。那天早晨我把體重計從浴室櫃下拉出來，脫掉袍子，站了上去——六十三公斤。我震驚地瞪著數字。我聽到門打開，他站在那兒，看著我，表情奇特。我正打算要下來，但是他舉起一隻手，走向我，從我的肩膀看過去。他的臉上掠過了一絲厭惡的表情，一閃即逝，我幾乎沒發覺。他伸出手拍了拍我的肚子，揚起眉毛。

「這裡不是應該平坦了嗎？」

我一陣羞愧，覺得臉紅了。我下了體重計，抓起地上的袍子，匆匆披上。「你自己幹嘛不生個孩子，試試你的肚皮會不會平坦？」

他搖頭。「已經四個月了，黛兒。不能再拿來當藉口了。我在健身房看到妳的很多朋友穿著緊身牛仔褲，她們也都有孩子。」

「她們可能也都在剖腹產之後做過縮小腹手術。」我反嗆回去。

他雙手捧住我的臉。「別像個刺蝟一樣。妳不需要縮腹手術。妳只是需要一點自律。我娶的是四號身材的太太，我期望妳能穿回我幫妳買的那些昂貴衣服。來。」他執起我的手，帶我到主臥室角落的雙人沙發。「坐下來聽我說。」

他一隻手摟著我的肩，坐在我身邊。

「我會幫助妳。妳需要績效評鑑。」說著他掏出了一本日記。

「什麼東西？」我問。

「我幾個星期前幫妳買的。」他亮出笑容，接著說：「我要妳每天量體重，記在這裡。然後再寫下妳吃的東西，記在這裡。」他翻到飲食日誌那一頁。「每晚我回家後就會檢查。」

我不敢相信。他居然幾個星期前就準備好了這玩意？我好想縮成一個球，死掉算了。對，我是還沒恢復產前的身材，但是我又不胖。

我看著他，不敢發問，卻需要知道。「你是不是覺得我一點也不迷人了？」

「妳能怪我嗎？妳有幾個月沒有運動了。」

我忍住眼淚，咬著嘴唇。「我很累，傑克森。我半夜三更起床照顧孩子，到早上我總是很累。」

他覆住了我的手。「所以我才叫妳讓我雇用一個全天候的保姆啊。」

「我很珍惜能照顧她的時光。我不想要夜裡家裡有個陌生人。」

他站起來，眼中有怒氣。「妳已經照顧了幾個月了，看看妳成了什麼樣子。照這種速度，妳很快就會跟一棟房子一樣龐大。我要我的妻子回來。我今天就會打給仲介，雇用個保姆。妳可以又睡一整晚，過正常的早晨。我堅持。」

「可是我在餵奶。」

他嘆氣。「對，這又是一件事。那種事很噁心。妳的乳房像兩只過度膨脹的氣球。我不要妳的奶頭掉到地板上。夠了就是夠了。」

我站在那兒，兩腿發抖，噁心不已，趕緊跑進浴室。他怎麼會這麼殘忍？我又脫掉了袍子，對著全身鏡檢視身體。我怎會沒注意到那些橘皮組織？我伸出手擦拭我的大腿。就像果凍。我用兩隻手推肚皮，就像在揉麵團。他說得對。我向後轉，扭頭看我的背，目光被帶到我屁股上的凹窩。我得想想辦法。是該回健身房了。我的眼睛落在我先生覺得噁心的乳房上，吞下喉間的硬塊，穿好衣服，下樓去。拿起流理台上的待購雜貨單，我又加了一項：嬰兒奶粉。

那天早晨瑪格麗塔準備的早餐可以媲美麗池大飯店。傑克森進餐廳後，把盤子裝滿了煎餅、培根、草莓和一個手工馬芬。我想到了他剛給我的日記，覺得臉上越來越熱。他要是以為可以指使我吃什麼，那他就是瘋了。我明天會開始節食，而且是依照我自己的條件。我抓起了盤子，拿起了煎餅盤上的叉子，準備要叉一片煎餅，他卻在這時清喉嚨。我看過去。他把頭朝水果盤歪了歪，動作極小。我深吸一口氣，叉起了三片煎餅，放在我的盤子上。我不理他，抓起糖漿就倒，最後煎餅就像在糖漿裡游泳。我拿起叉子，直視他的眼睛，塞了一大片流著糖漿的煎餅到口裡。

44

我為了小小的反叛行為付出了代價。並不是在當下，因為那不是他的作風。等他三週後執行計畫時，我差不多都快忘了這件事了。可他沒忘。我母親來探望我。我父親過世後，她經常來——隔三兩個月就來——我也鼓勵她來。就在她抵達的前一晚，他執行了他的報復。他等到塔蘆拉就寢後進了廚房，我正跟瑪格麗塔討論明晚的晚餐菜色。他站在拱門下，靠著門框，雙臂抱胸，臉上掛著好玩的表情。等瑪格麗塔離開之後，他走過來，撥開我額頭上的一綹頭髮，俯身跟我耳語。

「她不來了。」

「什麼？」我忽然慌了起來。

他點頭。「我剛跟她打過電話，讓她知道妳不舒服。」

我推開了他。「你胡說什麼？我哪有不舒服。」

「妳當然不舒服啊。妳塞了太多煎餅，胃痛得不得了。」

他真的為了幾週前的一件小事記恨？「你在開玩笑，對吧？」我說，希望他是。

他的眼神變冷。「我沒這麼認真過。」

「我現在就打給她。」我連動都還沒動就被他一把攫住了胳臂。

「打給她說什麼？說妳老公撒謊？那她是會怎麼想呢？再說了，我跟她說妳食物中毒，要我打電話給她。我跟她保證妳過幾天就會好。」接著他哈哈笑。「我還提到了妳最近壓力有點大，她來得這麼勤給妳不少壓力，也許她應該要把來訪的時間間隔拉長一點。」

「你不能這樣。我不會讓你害我的母親認為我不想讓她來。」

他更用力捏我的胳臂。「已經成定局了。妳真應該聽聽她有多傷心。可憐又愚蠢的土包子。」他哈哈笑。

我掙脫了胳臂，摑了他一巴掌。他又哈哈笑。

「真可惜她沒跟著妳父親一塊死。我真的很討厭你娘家的人。」

我爆發了。我用指甲抓花了他的臉，想要把他的臉皮撕成碎片。我感覺到手變濕了，這才明白我把他抓出血來了。驚恐之下，我向後退，一手摀著嘴巴。

他緩緩搖頭。「看妳做的好事。」他從口袋裡掏出了手機，舉在面前。我愣了愣才明白他在做什麼。「謝了，黛兒。這下子我有證據證明妳的脾氣火爆了。」

「你故意激怒我？」

冷酷的笑。「教妳一個秘訣：我永遠都會領先妳十步。在妳斷定妳比我知道什麼對妳好的時候，別忘了這一點。」他向我逼近，我像生了根，震驚得動不了。他摸我的臉頰，眼神變得溫柔。「我愛妳。妳為什麼就不明白呢？我不想懲罰妳——可是妳執意要做對妳不好的事情，我還能怎麼辦呢？」

*他瘋了。我怎麼會弄到現在才看出他瘋了？*我用力吞嚥，在他的手指沿著我流下的淚劃過我臉頰時縮了縮。我跑出廚房，到臥室抓了一些東西，就跑進了一間客房裡。我瞥見鏡中的自

己——臉色白得像隻鬼，全身抖個不停。搬進客房後，我洗了手，清除掉指甲縫裡的血，竭力想釐清我是怎麼會失控的。我從來沒有攻擊過別人。他滿不在乎地說我母親怎麼不死掉的話讓我恍然大悟，今晚之後我們是回不去了。我必須離開。明天我會收拾行李，帶著孩子去我母親家。

幾分鐘之後我去查看塔蘆拉，發現他站在她的嬰兒床前。我在門口舉棋不定，這一幕有什麼讓我覺得不對勁。他的姿態是威嚇的；他的臉隱藏在陰影中，充滿了惡兆。我接近時心跳加速。

他沒轉過來，也沒表示知道我來了。他手裡抱著一隻巨型泰迪熊，是她出生時他幫孩子買的。

「你在做什麼？」我低聲說。

他說話時仍盯著她。「妳知不知道每年都有兩千個嬰兒死於嬰兒猝死症？」

我想回答，卻說不出話來。

「所以妳才不在嬰兒床裡放東西。」說完他轉過來看著我。「我一直叫妳別把填充玩具放在她旁邊，可是妳老是忘記。」

我找到了聲音。「你不敢。她是你的孩子，你怎麼能——」

他把泰迪熊丟在搖椅上，臉上又是喜怒不露。「我只是在開玩笑。妳什麼事都太當真了。」他抓住了我的兩隻手。「只要她有父母兩個人照料，她就什麼事也不會有。」

我轉開身去看我的寶寶，她一吸一呼，脆弱得讓我招架不住。

「我要在這裡坐一會兒。」我低聲說。

「好主意。順便仔細想一想。我在床上等妳。千萬別坐太久了。」

我惡狠狠瞪著他。「你是在說笑吧。我不要靠近你。」

他的唇上咧出一抹淡淡的笑。「妳可能會想要重新考慮。妳要讓我筋疲力盡，否則的話我可能會夢遊，又回到育嬰室來。」他朝我伸出手。「話說回來，我現在就要妳。」

我默默無言，心裡漸漸死去，握住他的手，讓他帶我到我們的房間，帶我上床。「把衣服脫掉。」他命令道。

我坐在床上，開始脫長褲。

「不。站起來。為我跳脫衣舞。」

「傑克森，拜託。」

他揪住我的頭髮把我拽過去，我驚呼一聲。他用力捏我的乳房。「少惹我。現在就跳。」

我的雙腿抖個不停，不知道是用什麼力氣站著的。我讓腦筋一片空白，閉上眼睛，假裝我在別的地方。我解開了上衣，一次解一顆釦子，張開眼睛看著他，看我是否做得正確。他點頭，我一面寬衣解帶，他一面自慰。我不認識這個坐在我床上，樣子像我先生的人是誰。我唯一能想到的問題是他是如何做到的。他是如何扮演好先生的角色長達一年多的？什麼樣的人能夠把假面具戴那麼久？而他又為什麼偏偏選在現在讓我看見真相？他是以為我們一起生了個孩子我就不會離開他了嗎？明天我會走，但是今晚，我會對他百依百順，做讓他覺得他贏了的每一件事。

我繼續表演，最後全身赤裸。他向我伸出手，把我拋到床上，然後就覆住了我，他的碰觸像發了瘋一樣溫柔專注。我是寧可讓他粗暴地待我的，為了我的女兒，我硬生生逼迫我的身體背叛我，回應他——因為他的洞察力極敏銳，而且我知道他絕不會允許我有所保留的。

45

隔天他去上班之後，我趕忙收拾行李，把孩子放進汽車裡，長途駕車到新罕布夏去。我知道我母親發現真相後會很震驚，可是我可以仰賴她的支持。到民宿要五個小時。我的思緒如飛，盡力廓清事情會如何演變。我知道他會暴跳如雷，那是當然的，但是我們一走他也無可奈何。我會告訴警察他威脅要對孩子不利。他們當然能夠保護我們。

我們接近麻薩諸塞州時他打我的手機，我讓它轉入語音信箱。我的簡訊鈴聲一直響：砰、砰、砰——機關槍似的。我一直到停下來加油才看簡訊。

妳到麻州幹嘛？黛芙妮，寶寶呢？妳沒傷害她吧？拜託回電話。

我不知道妳昨晚是認真的。別聽那些聲音。

黛芙妮，拜託回電話！我很擔心妳。

打給我，拜託。我會找人幫助妳。千萬別傷害塔蘆拉。

他是在幹什麼？而且他是怎麼知道我在哪裡的？我沒讓他懷疑我要離開。我也確定沒有僕人看見我。他是在我的車上裝了追蹤器嗎？

我拿起手機撥給他，只響了一聲他就接了。

「臭婊子！妳以為是在幹嘛？」我在電話上就能感覺到他的怒火。

「我要去看我媽。」

「不用跟我說一聲？妳立刻就掉頭回來。聽見了沒有？」

「不然呢？你不能命令我。我受夠了，傑克森。」我的聲音發抖，我瞧了瞧後座，確定塔蘆拉仍在睡覺。「你威脅要傷害我們的孩子。你真以為我會允許你那麼做？你不准再靠近她了。」

他笑了起來。「妳真是個小傻瓜。」

「請啊，繼續罵啊，我不在乎。我要把所有事情都告訴我母親。」

「這是妳回頭的最後機會，否則的話妳會後悔莫及。」

「再見，傑克森。」我掛上了電話，又發動了汽車。

我的簡訊鈴聲又響了。我直接關機。

每多前進一哩，我的決心就更堅定一些，希望也開始萌芽。我知道我做的事是對的，他再怎麼威脅也動搖不了我。我仍在麻州，後照鏡的閃光讓我愣了愣。警車縮短兩車間的距離，我這才明白他是要我靠邊停。我只超過速限幾哩。我把車停到路邊，州警走過來。

「請拿出駕照和行車執照。」

我從置物箱裡拿出來交給他。

警察走回了他的警車，幾分鐘後回來。「請下車。」

「為什麼？」我問。

「拜託，夫人。下車。」

「我做錯了什麼嗎？」

「妳有一張緊急拘捕令，說妳對妳的孩子有危險。嬰兒必須留在我們這裡，等妳先生趕到。」

「她是我的孩子！」那個狗雜種居然報警抓我。

「請別逼我給妳上手銬。我需要妳跟我來。」

我下了車，警察抓住我的胳臂。

塔蘆拉醒了，哭了起來。她的小臉通紅，哭聲轉為尖叫。「拜託，她嚇到了。我不能離開我的寶寶！」

「我們會照顧她的，夫人。」

我抽開了手，向汽車走去，想把她抱出來安慰她。「塔蘆拉！」

「請妳站住。我真的不想要銬住妳。」他把我拉走，推進了等待中的巡邏車，而我只能把她留給警察。他們把我載到了當地的一家醫院。

我直到隔天才發現是傑克森幾週前就擬定了一個應變計畫。他說服了法官我有憂鬱症，威脅要傷害孩子。他甚至還有兩份醫師證明——我見都沒見過的醫師。我只能設想是他拿錢買通了他們。我堅稱自己是被設計陷害了，但是大家都對此充耳不聞。瘋子是不值得相信的，而我現在被認定是瘋子。我被關在醫院期間，由一堆醫生來評估我，他們都同意我需要治療。我跟他們說傑克森做了什麼，今天的事是他一手操縱的，誰也不相信我。他們當我是瘋婆子一樣看著我。他們只告訴我傑克森立刻就把塔蘆拉從警局接走帶回家了。我得到通知說我要移轉到草原湖醫院，是在費爾哈芬，鄰近畢夏普斯港的城鎮。我尖叫哀求哭號了七十二小時，卻連一點獲釋的希望都沒有，而那時我被打了天知道是什麼藥物。我唯一的希望落在說服傑克森把我弄出去。

他們把我轉院到草原湖醫院之後，他就把我晾在那兒整整七天才來看我。我壓根不知道他是如何告訴我母親或是僕人我為什麼會不在家。他在交誼廳露面時，我恨不得能宰了他。

「你怎麼能這樣子待我？」我壓低聲音恨恨地說，不想要把事情鬧大。

「黛芙妮，我只是在照顧妳和我們的孩子。」他確定聲音響亮得讓大家都聽見。

「你到底要我怎麼樣？」

他用力捏我的手。「我要妳回家來，妳歸屬的地方。可是要等妳準備好。」

我咬住舌頭以免尖叫。我不停深呼吸，直到能夠說話而聲音不發抖。我說：「我準備好了。」

「嗯，這得由妳的醫師決定。」

我站了起來。「我們何不到庭院裡去走一走？」

到了戶外，沒有人聽見，我就把火氣盡情發洩了。「少來那一套，傑克森。你知道我不應該被關在這裡。我要我的孩子。你到底跟大家說了什麼？」

他直接看著前方。「說妳病了，病情改善之後就會回家。」

「那我母親呢？」

他停步，轉頭看著我。「我跟她說妳因為茱麗和妳爸而一直悒鬱不樂，試圖自殺。」

「什麼？」我大喊。

「她要妳需要療養多久就療養多久——一定要讓妳好起來。」

「你真可恨。你為什麼要這麼做？」

「妳覺得呢？」

我哭了起來。「我愛過你。我們以前那麼快樂。我不懂是怎麼了。你為什麼變了？你威脅我們的孩子，對我那麼壞，你怎麼還能指望我留下來？」

他又邁開了步子，平靜得讓人咬牙。「我聽不懂妳在說什麼。我沒有威脅誰。而且我待妳像女王。妳是人人欽羨的對象。如果我偶爾需要讓妳規矩一點，那，婚姻不就是這樣嗎？我不像妳父親一樣是妻管嚴。強而有力的男人管束老婆就是這個樣子。習慣吧。」

「習慣什麼？被虐待嗎？我死也不會習慣。」我的臉火燙。

「虐待？我對妳連根小指頭都沒動過。」

「虐待有很多種，」我說。搜尋他的臉，想找到那個我當初以為的男人。我決定要換個手法，就放軟了聲音。「傑克森？」

「嗯？」

我做個深呼吸。「我不快樂，我覺得你也一樣。」

「我當然不快樂。我老婆想從我的眼皮子底下偷走我的孩子，連知會一聲都沒有。」

「你為什麼想要我回家？你又不愛我。」

他停下腳步，看著我，張大嘴巴。「什麼？妳開玩笑吧，黛芙妮。過去兩年來我一直在教導妳、調教妳、訓練妳當一個讓我引以為榮的妻子。我們有個幸福的家庭，人人都羨慕。妳怎麼還會問我為什麼我要為了保住這個家而奮戰？」

「塔蘆拉出生後你就虐待我，而且一天比一天更嚴重。」

「再指控我，妳就會在這裡關一輩子，休想再看見她。」他又邁開了步子，這一次走得很快。

我奮力跟上，放棄了求和的口吻。「你不能這樣！」

「那就走著瞧。法律是站在我這邊的。我有沒有提過我剛捐了一千萬給這家醫院蓋新大樓？我相信他們會很樂意讓妳住到我滿意為止。」

「你瘋了。」

他霍地轉身，一把揪住我，把我拉近，嘴唇距我只幾吋，說：「這是我們最後一次討論這件事了。妳是我的。永遠是我的，而且從現在開始我說什麼妳就聽什麼。如果妳是個乖乖聽話的好老婆，就什麼事情都好商量。」他更靠近，嘴唇覆住我的唇，然後用力往下咬。我大喊一聲，向後躍開，但是他的手抓住了我的頭，不准我躲開。「不然的話，相信我，妳的餘生都會後悔沒聽我的話，而妳的孩子也會有個新媽媽。」

我知道他掐中了我的命門。他才是瘋子根本就無關緊要。他有錢有勢，而且他很有手腕。

這是怎麼發生的？我努力想深呼吸，想擠出點什麼，什麼都好，能幫我相信還有出路。看著我丈夫，這個把我的未來捏在手心裡的陌生人，我什麼也想不出來。我滿心絕望，低聲說：「我會聽你的。只要把我弄出去。」

他微笑。「這才是我的好姑娘。妳得住個一個月左右。要是妳立刻就出院，觀感不太好。妳的醫師跟我是老交情了，我們從大學起就是朋友。他前幾年出了點小麻煩。」他聳聳肩。「結果是我幫了他一把，他欠了我一個人情。我會叫他三十天後釋放妳。他會說是賀爾蒙失調之類容易處置的小病。」

三十五天後，我出院了。我們得上家事法庭證明我是個合格的母親。我們和他的律師會晤，我照著他的意思演戲。他讓我配合他的謊言，說我聽見腦子裡有聲音叫我傷害我的孩子。我不得不同意繼續看芬恩醫生，傑克森的朋友，整樁事簡直就是個大笑話。他始終熱心，問我回家之後過得如何，但是我們兩個都心知肚明這是演給別人看的一場戲。這下子傑克森又捏住了我的一個小辮子，確定我再也不會離開了，而我知道芬恩醫生的病歷上會按照傑克森的吩咐寫。等我終於獲准回家之後，我只在乎能回家照顧塔蘆拉。我告訴自己最終我會找到方法逃走的，在此期間，我做了每個好母親都會做的事：為了保護孩子，犧牲我自己的幸福。

46

我在草原湖醫院只住了一個多月，感覺卻像好幾年。傑克森親自來接我，我坐在他的賓士車的乘客座，看著窗外，害怕說錯話。他的心情很好，還哼著歌，彷彿什麼事也沒發生，我們只是出來兜風。汽車駛近屋子，我居然像是靈魂出竅，浮在半空中看著別人的人生。某個住在海邊豪宅的人，有一大堆的錢以及她能想望的任何東西。突然間我渴望我在醫院的那個房間，可以躲開我丈夫窺探的眼睛。

我進屋之後立刻就奔上樓到塔蘆拉的房間去，我打開門，急著想把她抱在懷裡。但是抱著塔蘆拉在搖椅上搖晃的卻是一個美麗的深色頭髮女郎，我不認識的。

「妳是誰？」

「莎賓娜。妳又是誰？」她說話有濃濃的法國腔。

「我是派瑞許太太。」我伸出手臂。「拜託把我的女兒給我。」

她站起來，背對著我，走開了。「對不起，夫人。我需要派瑞許先生許可。」

我的眼前一片紅。「把她給我。」我尖聲叫。

「怎麼回事？」傑克森大步進房。

「這個女人不把我的孩子給我！」

傑克森嘆氣，從莎賓娜懷裡抱走孩子，交給了我。「請給我們幾分鐘，莎賓娜。」

她瞪了我一眼，離開了。

「莎莉呢？是你請來了那個、那個……人？她一點也不尊重我。」

「莎莉走了。別怪莎賓娜，她不知道妳是誰。她是在照顧塔蘆拉。莎賓娜會教她法語。妳得為我們的孩子著想。現在一切都上了軌道，別想一回來就亂了規矩。」

「亂了規矩？她是我的孩子。」

他在床上坐下來。「黛芙妮，我知道妳小時候很窮，可是我們的孩子是可以有期待的。」

「什麼意思，我小時候很窮？我家是中產階級。我們什麼都不缺，我們不窮。」

他嘆氣，兩手拋向天。「抱歉。好吧，你們不窮。可是你們當然也不富有。」

我覺得胃揪緊了。「我們對貧富的定義截然不同。」

他拉高了嗓門。「妳他媽的很清楚我想說的是什麼。妳不習慣有錢人是怎麼做事的。沒關係。重點是，交給我就對了。莎賓娜會是我們家的一個重要的資產。好了，這件事到此為止。我規劃了一頓特別的晚餐。別破壞了氣氛。」

我只想跟孩子在一起，但是我知道不能埋怨。我不能冒險又被送回草原湖。再關一個月，我鐵定會失心瘋。

晚餐時他的心情好得出奇。我們共享了一瓶酒，他要瑪格麗塔準備我最愛的海鮮——焗蟹肉。甚至還有火燒櫻桃加香草冰淇淋當甜點——一切都和樂融融，恍如我的被放逐不是他精心策劃的，而是我去度了個放鬆身心的假期。我整個晚上腦筋轉個不停，努力跟上他異於平常的喋喋不休，適時應對。等上樓睡覺時，我已經累得虛脫了。

「我為了今晚特地幫妳買了一點東西。」他把一個黑盒子交給我。

我戰戰兢兢地打開來。「這是什麼？」我拉出黑皮帶，打量了半天，不確定是要做什麼的。還有一個粗項圈，接著一個圓形金屬環。

他走到我後面，一手滑下我的臀部。「只是一點角色扮演的遊戲。」他拿走我手上的項圈，戴到我的脖子上。

我把他的手推開。「你休想！我是不會戴那個……玩意的。」我把它丟在床上，連同那件束帶馬甲。「我累了，我要睡了。」我任由他站在那裡，走進浴室刷牙。等我出來，他已經上床了，閉著眼睛，他的檯燈關了。

我應該知道沒這麼簡單的。

我翻來覆去，直到聽見他輕輕的打呼聲，這才放鬆下來，飄入夢鄉。我不知道是幾點了，醒來只知道嘴上有什麼又硬又冰的東西。我倏地睜開了眼睛，想把它拍開，卻感覺到他的手箍住了我的手腕。

「張開嘴。」他的聲音低沉，濃濁。

「你在幹什麼？放開我。」

他加緊手勁，用另一隻手揪我的頭髮，讓我仰高下巴對著天花板。「我不會再說第二遍。」

我張開了嘴，全身緊繃，他把一個圓筒塞進了我口裡，直到我乾嘔起來。他哈哈笑。然後跨在我身上，伸手去開我這邊的檯燈。燈亮了之後，我才明白我的嘴裡是什麼——是槍管。

他要殺了我。惶恐吞沒了我，我文風不動，連根手指都不敢抬。我驚懼地看著他的食指移向扳機。

「等塔蘆拉長大了，我會怎麼跟她說呢？」他冷笑道。「我要如何解釋她母親對她的愛竟然不足以讓她活下去呢？」

我想大喊，卻不敢動。我感覺到眼淚滾了下來，流進了耳朵裡。

「我大概可以說謊吧，說你們家的人都有自殺傾向。她反正不會知道。也許有一天我甚至會告訴她茱麗阿姨是自殺的。」他哈哈笑，身體前俯，吻了我的額頭，隨即眼神變冷。「或者妳也可以讓我叫妳做什麼就做什麼。」

他把槍抽出來，劃著我的脖子，我的乳房，我的胃，像情人的愛撫。我用力閉著眼睛，只聽見血液在耳朵裡鼓動。*我看不到我的孩子長大了。*我的身體緊繃，等待著。

「睜開眼睛。」

他挪開了，槍口仍指著我。

我呼口氣，一聲放心的喟嘆溜出了口。

「穿上那套衣服。」

「都聽你的，拜託，把槍收起來。」我好不容易擠出了蚊子叫一樣的聲音。

「別讓我再說一遍。」

我從床上滑下來，早先我把袋子丟在椅子上，這會兒又去拿過來。我兩手抖得太厲害了，一直把馬甲掉在地上。好不容易才弄懂怎麼穿上。

「別忘了項圈。」

我把皮項圈繫在脖子上。

「緊一點。」他命令道。

我伸手到後面，把項圈調緊了一格。我的心跳如雷，極力穩住呼吸。如果我照他的話做，說不定他會把槍收起來。

一抹慵懶的笑出現了，他走向我，抓住項圈上的金屬環，用力拽。我向前跌，他更用力拽，最後我摔到地上。

「跪好。」

我乖乖聽話。

「這才是個好奴隸。」他走向他的衣櫃，抓出一條領帶，拿過來。「兩手放到背後。」他用領帶綁住我的手腕，打了個很緊的結，這才往後站，舉著雙手，模仿拍照的動作。「不太對。」他走回衣櫃，拿了個球回來。

「張開嘴。」他把軟塑膠球塞進我的口裡。

「漂亮。」他把槍放到他的床頭几上，抓起手機，開始拍照。「這可以弄出一本香豔誘人的剪貼簿來。」他脫掉衣服，走向我。「我來用別的東西取代那顆球。」他把自己推進了我的口裡，拍了更多照片。他抽身退開，嘲諷地看著我。「妳配不上我。妳知道有多少女人願意把嘴唇放在我身上，而妳卻表現得像是苦差事？」

「對不起。」

「妳是該對不起。妳待在這裡想想該怎麼當個好太太，該怎麼向我證明妳覺得我令人神往。

說不定我會讓妳在早晨取悅我。」他上了床。「除非我允許，否則別想動——否則下一次，我就會扣扳機了。」他把槍滑到枕頭下。

他關掉了檯燈，房間一片黑暗，而霎時間，我幾乎寧可他扣了扳機。

47

我無時無刻不害怕會失去塔蘆拉。社工、律師、官僚，他們看著我的表情都一樣——混合著懷疑與嫌惡。我知道他們是怎麼想的，她怎能威脅要傷害自己的孩子？在鎮上，我聽見閒言閒語——這種事是不可能掩蓋得住的。我沒有人可以訴苦，也不能告訴朋友真相，連梅若笛絲都不行。我必須活在這個他強加在我身上的可恨謊言之中，過了一陣子，就連我自己都幾乎相信了。

從那時開始，我凡事都聽他吩咐。我對他微笑，他說笑話我哈哈大笑，很想爭辯或是回嘴時就咬住舌頭。我好像在走鋼索，因為我要是表現得太順從，他也會生氣，指責我是機器人。他想要一點膽量，但是我從來不知道一點是多少。我總是失去平衡，一腳懸在深淵上。他跟塔蘆拉在一起時我牢牢盯著他，唯恐他會傷害她，但是日子久了我才明白他變態的遊戲只鎖定在我。外人看著我們都會相信我們是完美家庭。他花了很大的力氣確定我是唯一看見他的面具掉下來的人。如果有別人在旁，我必須表現得像個崇拜超級好老公的太太。

每一天變成了每一週，又變成了每個月，我學會了如何扮演他要的角色。我變成了專家，看得出他的表情，聽得出他聲音中的張弛，只要能避免一些想像的輕視或侮辱，我什麼都肯做。會有幾個月過去而沒發生什麼壞事。他甚至會很和善，而我們就彷彿是正常夫妻一樣過那幾日。直到我變得太馴服，忘了要完成他交代的一項任務，或是外燴訂錯了魚子醬。那時那把手槍就會又出現，而我總懷疑他是否會在那晚殺了我。隔天會有一樣禮物送達。一件首飾，一個名牌皮包，昂貴的香水。每次我必須要穿戴，我都會想起我必須吃多少苦頭才能得到這些東西。

塔蘆拉兩歲後，他決定該再生一個了。有天晚上，我在浴室裡找抽屜裡的避孕器——我每晚都使用，從不知道他幾時想性交。我希望能服藥，但是避孕藥對我有副作用，而我的醫師堅持要我使用別種避孕方法。傑克森走進房間時，我轉過去面對他。

「你有看到我的避孕器嗎？」

「我把它丟了。」

「為什麼？」

他走過來，用下體頂我的身體。「我們應該再生一個孩子。這次生個男孩。」

我覺得胃在翻轉，用力嚥了口唾沫。「這麼快？塔蘆拉才兩歲。」

他把我帶到床邊，解開了我袍子上的腰帶。「現在的時機正好。」

我推托。「萬一又是女孩呢？」

他瞇起了眼睛。「那我們就一直生，直到妳給了我想要的兒子為止。有什麼大不了的？」

他太陽穴那根會洩漏他心情的血管開始搏動，我趕緊打圓場，以免他發脾氣。「你說得對，親愛的。我只是很享受把全副心力都集中在你身上。我沒有想要再生一個，不過如果你想生，那我也想生。」

他歪著頭，瞪了我好久。「妳是在哄我？」

我吸口氣。「不是的，傑克森，當然不是。」

他二話不說就脫了我的袍子，趴到我身上。等他完事後，他抓了兩個枕頭，塞在我的臀下。

「保持這個姿勢半小時。我一直在追蹤妳的經期。妳應該在排卵。」

我正想抗議，卻忍下了。我能感覺到挫折和憤怒在漸漸湧升，最後匯聚成一道想要噴發的力量，但是我深呼吸，只對他微笑。「希望嘍。」

這一次花了將近九個月的時間，等我終於懷孕了，他快樂得都忘了殘忍了。後來我們去做第二十週的檢查——這一次可以知道胎兒的性別。他排開了行程，以便那天陪我去。我整個早晨都忐忑不安，深怕萬一事與願違他會有什麼反應，但是他很有信心，甚至還在去程中吹口哨。

「我有好預感，黛芙妮。傑克森二世。我們就要這樣子叫他。」

我用眼角看他。「傑克森，萬一——」

他截住了我的話。「不要負面想法。妳為什麼老是這麼掃興？」

超音波棒在我的肚子上移動，我們看著心跳和軀幹，我把拳頭握得太緊，後來才發現指甲都掐進了掌心裡。

「你們準備好要知道懷的是男是女了嗎？」醫生以歡欣唱歌似的聲音問。

我看著傑克森的臉。

「是個女兒！」她說。

他的眼神變冷，轉身就離開了房間，一句話也沒說。醫生看著我，一臉驚訝，我忽然靈機一動。

「他剛失去了母親。她一直想要個女兒。被妳看見他哭，他會很難為情。」

她勉強地笑笑，僵硬地說：「來，我們幫妳擦乾淨，妳就可以回家了。」

回家路上他都沒跟我說一句話。我也很識趣，知道別說話比較好。我又失敗了，雖然我知道當然不能怪我，我還是覺得怒火向內悶燒。我為什麼就不能給他生個兒子？

接下來的三晚他都待在紐約的公寓裡，而我則因為得到了大赦而感激不已。第四天晚上他回家來，幾乎又恢復了正常——他那種正常。他傳簡訊給我要我知道他七點到家，而我確定晚餐桌上有烤雉雞，是他最愛的菜色之一。我們坐下來用餐時，他為自己倒了杯紅酒，喝了一口，接著清清喉嚨。

「我想出了一個解決方案。」

「什麼方案？」

他大聲嘆氣。「解決妳的無能的辦法。這一個已經來不及解決了。」他指著我的肚子。「大家都知道妳懷孕了。可是下一次，我們要早一點檢查。絨毛膜取樣。我查過了，那可以告訴我們性別，我們可以在妳第三個月前就做。」

「做那個要幹什麼？」我問，即使我已知道了答案。

他挑高眉毛。「如果下一個是女孩，妳可以墮胎，我們可以一直試到妳懷對了為止。」

他拿起叉子，咬了一口雞肉。「對了，我可以信任妳會把塔蘆拉的申請書送到聖派翠克幼兒園嗎？我想確定她明年能進三歲班。」

我默然點頭，口中的蘆筍化為爛糊。我小心地吐到餐巾裡，喝了一大口面前的白開水。墮胎？我必須做點什麼。我能去結紮而不讓他知道嗎？我得在這個孩子出生之後想個辦法出來。一個可以確保這是我最後一次懷孕的辦法。

48

是孩子才讓我沒有瘋掉。俗話說得好，一天的光陰向來漫長，一年的光陰卻總是短暫。我學會了忍受他的命令和心情，只偶爾會搞砸，偶爾敢回嘴或是拒絕。遇到這種時候，他都一定會提醒我要是我出錯了，我會損失什麼。他給我看了兩封兩名醫生的最新來信，確認了我有心理疾病；他把信鎖在保險箱裡。我沒費事去問他是抓到了他們什麼把柄才會讓他們配合他的謊言。要是我敢再離開，他說，這一次他會把我丟進瘋人院裡一輩子。我並不想測試他是否在唬我。

我變成了他的寵物計畫。貝拉念一年級時，兩個女孩都整天在學校裡，他決定了我也需要繼續受教育。我有碩士學位，但是還不夠。他某天晚上回家來，給了我一本目錄。

「我報名了法語課，每週三天。下午兩點四十五開始上課，這樣妳就可以兩天到基金會去，上課前先去健身房。」

孩子們在廚房中島做功課，塔蘆拉抬起頭來，鉛筆停在半空中，等著我回答。

「傑克森，你在說什麼啊？」

他看著塔蘆拉。「媽咪要回學校念書了。是不是很棒？」

貝拉拍手。「哇，她會念我的學校嗎？」

「不，親愛的。她會去本地的大學。」

塔蘆拉抿緊了嘴唇。「媽咪不是念過大學了嗎？」

傑克森走向她。「是啊，甜心，可是她不像妳們兩個一樣會說法語。妳不想要個笨蛋媽咪吧？」

塔蘆拉皺起了眉頭。「媽咪不是笨蛋。」

他哈哈笑。「妳說得對，甜心。她不是笨蛋。可是她也未經琢磨。她來自一個貧窮的家庭，不知道在有禮貌的社會裡該有什麼行為舉止。我們需要幫她學習。對不對啊，媽咪？」

「對。」我咬牙切齒地說。

上課時間是在日正當中的時候，我恨透了。教授是個勢利眼法國女人，戴假睫毛，口紅過紅，老是批評美國人有多粗魯愚鈍。她特別喜歡指出我的發音錯誤。我才上了一堂課就受夠了。但下一週我還是準備乖乖回去上課，卻接到了基金會的菲歐娜打來的緊急電話。我們的一位客戶需要送兒子到醫院，車子卻發不動。我提議去載他，即使那意味著會錯過一堂課。當然，我沒跟傑克森提一個字。

下週一，我在做過很長的按摩及面部美容之後，正要回家，就接到了孩子們的學校打來的電話。

「派瑞許太太？」

「是的。」

「我們找了妳三個小時了。」

「發生了什麼事？是孩子們嗎？」

「她們沒事，只不過她們相當難過。妳是應該要中午來接她們的。」

中午？她在說什麼啊？「她們三點才下課啊。」

電話那一頭傳來氣惱的嘆氣。「今天下午是教師的教學計畫日，一個月前就寫在行事曆上了，而且我們也寄了通知。妳應該也有收到電郵和簡訊。」

「實在是太不好意思了。我馬上就到。我的手機根本就沒響。」我道歉。

「嗯，我們打妳的手機打了幾個小時。我們也找不到妳先生。他顯然是出城去了。」

傑克森並沒有出差，我也不知道他的助理為何沒幫他轉電話。

我掛上電話就往汽車衝。會是怎麼回事？我掏出手機來看，沒有未接電話。我查簡訊。什麼也沒有。

停紅燈時，我搜尋郵件，沒看到有學校傳來的。一陣噁心感從腹部蔓延到胸口。一定是傑克森搞的鬼，可他是怎麼弄的？他刪除了我手機上的郵件和簡訊嗎？他封鎖了學校的電話嗎？但是他又為什麼要對孩子這樣？

我偷偷摸摸溜進了辦公室，尷尬得直想鑽進地縫裡，從一臉不以為然的校長辦公室裡接走了兩個女兒。

「派瑞許太太，這不是第一次了。這種行為不能繼續下去。對妳的女兒不公平，而且坦白說，對我們也不公平。」

我覺得兩腮發燙，恨不得地板當場裂開把我吞下去。就在兩週前，我遲了一個多小時沒來接孩子，傑克森被找來接。那天稍早，他回家來吃午餐，他出門之後，我突然覺得虛脫，躺下來打個盹，這一睡就睡到了四點，他們三個已經到家了。我連鬧鐘響都沒聽見。

她的表情清楚表明我的話她一句也不信。「好吧。請妳確定不會再有下一次了。」

我走過去牽女兒的手，貝拉把手抽開，跺著腳走在我前面。回程路上她一句話也不跟我說。到家後，莎賓娜在等，幫她們弄好了點心。

「莎賓娜，妳今天下午在嗎？學校一直在找我。」

「不，夫人，我去了超市。」

我拿起家用電話撥打我自己的手機，我的耳朵聽見撥號聲，但是我手上的手機卻毫無動靜。這是怎麼回事？我一顆心往下沉，解鎖了手機，點入「設定」，點「電話」，看著「我的號碼」，出現的卻是我不認得的號碼，我訝異地合不攏嘴巴。我再看仔細一點。這是一支新電話。我的舊手機的歸位鍵旁邊的塑膠殼上有一條很細的裂痕。一定是傑克森偷偷換的。這下子我忍不住懷疑起另一次我沒能準時去接孩子是怎麼回事了。難道是他給我下藥？

「爹地回來了！」貝拉尖聲叫。

她跑進他的懷裡，他從她的腦袋瓜上看著我。「我的女兒好嗎？」

她吐舌頭。「媽咪又忘了去學校接我們。我們在辦公室裡坐了一整天。好可怕。」

傑克森和莎賓娜兩人互望了一眼。

他把貝拉抱得更緊，吻她的頭頂。「我可憐的寶貝。媽咪最近非常健忘。她也忘了去上法語課。」

塔蘆拉看向我這邊。「是怎麼了，媽？」

傑克森替我回答。「媽咪有喝酒的問題，甜心。有時候她喝得太醉，忘了做她需要做的事。

不過我們會幫忙的，對不對？」

「傑克森！才不是——」

我聽見莎賓娜倒抽口氣。

「別再說謊了，黛芙妮。我知道妳上星期沒去上法語課，」他打斷了我的話。他握住我的手，狠狠地捏了一下。「只要妳承認妳有問題，我就能幫妳。否則的話，妳可能會需要再回醫院去。」

塔蘆拉跳了起來，眼淚盈眶。「不要，媽咪！不要離開我們。」她抱住了我的腰。

我用力擠出聲音。「當然不會，甜心。我哪裡都不去。」

「從現在開始莎賓娜會去載妳們。這麼一來，學校就不會以為媽咪又忘記了。對不對啊，媽咪？」

我做個深呼吸，努力讓心跳緩和下來。「對。」

他伸手摸我的衣袖。「還有，妳這件衣服實在很醜，妳何不去換掉？貝拉，去幫媽咪找一件漂亮的衣服吃晚餐。」

「來吧，媽咪。我知道妳穿什麼會漂亮。」

49

一夕之間，無論我往哪裡看，到處都是烏龜。藏在照片後面，從書架探出頭來，高踞在五斗櫃的頂端。

剛結婚時，我還沒學會別袒露靈魂，我跟傑克森說了我為什麼討厭烏龜。茱麗跟我那時年紀小，我父親買了一隻烏龜給我們。我們一直想要養狗或是貓，可偏偏茱麗對這兩種寵物都過敏。我媽要他買一隻箱龜，結果他卻買了一隻擬鱷龜。牠是在前飼主養了一年後退還給商店的，因為前飼主無法再照顧了。第一天我們餵牠吃胡蘿蔔，牠就咬了我的手指頭。牠的下顎好強壯，我沒法掙脫，大聲尖叫，而茱麗則跑去找媽媽。我到今天都還記得那種痛以及害怕牠會咬掉我的手指的恐慌心情。我母親立刻就再拿胡蘿蔔來引誘牠，這一招奏效了，牠鬆開了嘴巴。我把流血的手指從牠的嘴裡抽出來，去了急診室。不用說，我們退還了烏龜，而我從此則害怕有硬殼的所有生物。

傑克森那時聽我訴說，喃喃安慰我，而能卸下另一個童年創傷讓我覺得很安心。貝拉還是嬰兒時，有天我哄她入睡了，正要離開育嬰室，卻看見有個東西斜靠著書架，就擺在她的填充玩偶之間。我打到傑克森的公司。

「貝拉房裡的烏龜是哪兒來的？」

「什麼？」

「烏龜。在她的絨毛動物裡。」

「真的假的？我正忙得不可開交，而妳卻問我絨毛玩具。我不知道。還有別的事嗎？」

我忽然覺得很傻。「沒有。抱歉打擾了你。」

我拿起那個討厭的東西，丟進了垃圾桶。

隔天，梅若笛絲來看我，我請她到溫室喝咖啡。她走向書架，拿起了一個東西。

「這個真可愛，黛芙妮。我之前沒看見過。」她正拿著一隻白金雙色瓷龜。

我失手掉了杯子，熱咖啡灑得全身都是。

「唉呀，我真是笨手笨腳的，」我結結巴巴地說，搖鈴叫瑪格麗塔來清理。「一定是傑克森買的。我都沒發現。」我牢牢握住雙手，以免發抖。

「喔，滿漂亮的。是利摩日瓷。」

「喜歡就拿去。」

她搖頭。「別傻了。我只是在欣賞。」她怪怪地看了我一眼。「我該走了。我要到俱樂部去和藍道夫吃午餐。」說完，她一手按著我的胳臂。「妳還好嗎？」

「嗯，只是累了。我還在調適孩子的作息。」

她微笑。「我想也是。盡量多休息。我過幾天再打給妳。」

她離開後，我上網搜尋這隻瓷龜。要價超過九百元！

那晚，我把瓷龜放在他的盤子前面。他坐下來晚餐，瞧了一眼，再看著我。

「這個怎麼會在這裡？」

「我也想知道。」

他聳聳肩。「這是在溫室裡的。」

「傑克森，你為什麼要這麼做？你明知道我討厭烏龜。」

「妳聽聽妳說的是什麼瘋話。不過是個小玩意，傷害不了妳的。」他帶著那種傲慢的神情看著我，以眼神挑戰我。

「我不喜歡。請你停手。」

「什麼停手？妳真的是太疑神疑鬼了。說不定是產後憂鬱症又回來了。我們是不是該和醫生談一談？」

我拋下餐巾，站了起來。「我沒有瘋。先是絨毛玩具，現在又是這個。」

他搖頭，手指在耳朵邊劃圈——像學童覺得誰是瘋子時會做的手勢。

我飛奔上樓，甩上了房門。撲到床上，對著枕頭尖叫。等我抬起頭來，兩隻大理石眼珠正從我的床頭几上瞪著我。我拿起了那隻玻璃烏龜，使盡吃奶的力氣往牆上丟，它沒破，只是落在地上，發出悶悶的一聲咚。坐在那兒，陰險的眼睛在打量我，活像是要爬過來，懲罰我想摔破它。

50

發現自己嫁給了一個反社會人格的變態，妳就得要機變百出。設法改變他只是白費力氣——送進窯裡燒了，來不及取出了。我最好的對策就是研究他——真正的他，那個隱藏在精雕細琢過的人道與正常的脆薄假面之後的他。而現在既然我知道了真相，就很容易能看穿他。像是他假裝傷心時嘴邊淡淡的笑。他是模仿高手，知道該說什麼該做什麼來討別人的歡心。而現在他對我拋下了假面，我必須想出計策來將計就計，在他自己的遊戲中擊敗他。

我接納他的建議到大學去修了更多課。但是我念的不是藝術。我買了藝術課的教科書，我會自學，以免他考我。但是我去上的是心理課程，以現金付學費，以假名註冊，留了一個郵政信箱當聯絡地址。校園夠大，在我假裝是別人時，我的法語教授不會有機會撞見我，但為了以防萬一，我戴棒球帽穿汗衫去上課。值得一書的是，我的婚姻到了這個階段，我已經不認為這些方法是走極端了。我已經調適過來了，陰謀詭計和爾虞我詐自然得就像是呼吸。

在我的變態心理學課上，我開始把片段都拼湊了起來。我的教授是位迷人的女性，也是位執業醫生。聽她描述她的某些病人就像是在聽她說傑克森。我又上了她另一堂的變態心理學以及人格分析課。然後我在大學圖書館研讀一切我能拿得到手的反社會人格書籍。

訪談反社會人格者，發現他們單憑一個人的步態就能鎖定潛在被害人。顯然我們的身體會傳達出我們的脆弱和敏感程度。反社會人格者的配偶據說有超量的同理心，我覺得這一點很難理解。真的有所謂的同理心過多嗎？不過倒是有點戲劇性反諷。如果反社會人格者缺乏同理心，而配偶則同理心過多，他們似乎應該是天造地設的一對。不過當然，同理心是不能分配的。來，你拿一點我的去，我太多了。而且反社會人格者也無法學會同理心——畢竟缺乏同理心就是辨別反社會人格者的第一個準則。不過，我倒是覺得他們錯了。不是同理心過多，是同理心誤植，誤以為救得了一個沒救的人。經過了這麼多年，我知道他在我身上看見了什麼。但我仍纏鬥不休的問題是，我在他身上看見了什麼？

貝拉兩歲後，他開始纏著要我再懷孕——他想兒子想瘋了。我是不可能心甘情願地再幫他生一個孩子的。我背著他到別的城市去，使用假名，到免費診所去裝了子宮內避孕器。他每個月都會記下我的經期，知道我何時排卵，確定我們在空窗期多次性交。後來我月事來了，我們大吵了一架。

「妳他媽的是怎麼回事？都三年了。」

「我們可以去看不孕症醫生。說不定是你的精子數太低。」

他大皺眉頭。「我一點毛病也沒有。妳才是那個乾枯的老太婆。」

但是我卻種下了一顆懷疑的種子，我在他的眼中看了出來。我是看準了他自大到絕對不會容忍有損他陽剛之氣的任何影射。

「對不起，傑克森。我跟你一樣想要兒子。」

「哼，妳年紀越來越大了，要是不趕快懷孕，就生不了了。說不定是妳該吃點治療不孕的藥。」

我搖頭。「醫生是不會肯的。他們得幫我們兩個做徹底的檢查。我星期一就打電話去預約。」

他臉上閃過猶豫。「這一週我已經夠不好過了。我會讓妳知道我幾時有空。」

那是他最後一次提起這件事。

51

我需要傑克森的心情大好。我一直在期待讓我母親來參加塔蘆拉的生日派對，而且我整個月來都得要格外賣力取悅他，以免讓他在最後一分鐘取消她的來訪。那就意味著每週三次主動求歡，而不是等他來要，穿上他最愛的一切道具，當著他的面在我朋友跟前吹捧他，同時讀完在我床頭几上堆成一摞的書，是他每週都上網訂購的。我的當代作家的作品，諸如史蒂芬・金、羅莎蒙德・勒普頓、芭芭拉・金索沃，換成了斯坦因貝克、普魯斯特、納博科夫、梅維爾——盡是他認為可以讓我變成更有趣的晚餐同伴的書籍。除此之外還有我們一起讀的經典名著。

媽上次來已經是半年前的事了，我非常渴望見她。多年來她也接受了，覺得我們不再親近，相信我變了，金錢鑽進了我的腦袋瓜，我沒時間陪她了。都是他讓她相信的。

為了不讓她知道事情的真相，我幾乎想盡了一切辦法，但是如果我說了，誰也不知道他會把我們怎麼樣，或是只拿她開刀。所以我忍下去，一年只邀請她來兩次，慶祝女兒的生日。民宿讓她假日忙不過來，正好讓我不用跟她說不歡迎她來。傑克森不肯讓我們去看她，宣稱假日就該讓孩子在自己家裡過。

今年，塔蘆拉就滿十一歲了。我們要盛大慶祝。她的同學都會來，我安排了小丑、充氣屋、小馬——該有的都有。我們的成人朋友都沒有受邀，只請了安珀。我們那時已經認識幾個月了，而我開始覺得她像家人。我安排了不少人手來看著孩子。兩個保姆都在。莎賓娜週末不上班，所以傑克森雇用了一名年輕的大學生雪莉來和我們共度週末，幫忙打雜。不過莎賓娜想來參加派對。安珀過來歸還她借的一部電影時，我就把計畫告訴了她。

「我真的很想見見妳的母親，黛芙妮。」她脫口說。

「妳會見到的。趁她來我家，我會請妳過來，可是妳確定真的想來參加派對嗎？會有二十個不停尖叫的孩子。我都不確定我想參加了。」我當然是在說笑。

「我可以幫忙。我是說，我知道妳雇了人，不過有個朋友在也滿好的。」

我跟傑克森說安珀也要來，他不是很高興。

「搞什麼鬼，黛芙妮？這是家庭聚會。她又不是妳妹妹，她就像個跟屁蟲一樣。」

「她在這裡沒有親人，而且她是我最好的朋友。」話一出口我就知道犯了錯。她是嗎？我有幾年沒有朋友了。活在謊言之中又怎可能和誰親密呢？我一切的關係，除了和孩子之外，都只是膚淺表面的，可是我卻覺得和安珀多了一種別人不懂的牽絆。儘管我愛梅若笛絲，她卻無法體會我失去妹妹的痛心。

「妳最好的朋友？妳乾脆說瑪格麗塔是妳最好的朋友算了。她算是個什麼東西。」

我糾正自己。「對，你說得對。我不是這個意思。我是說她是唯一能了解我的經歷的。我覺得虧欠她什麼。再說了，她老是說你總讓她覺得賓至如歸，說她有多欣賞你。」

這句話安撫住了他。對一個這麼聰明的男人來說，你還以為這種虛話是瞞不了他的。但是傑克森的弱點就在這裡：他老想要相信人人都崇拜他。

所以她來了，而且有個朋友真是不錯。看著傑克森跟她互動，你絕對猜不出他真正的想法。

她來時，他給了她一抹大大的笑容和一個大大的擁抱。

「歡迎。真高興妳能來。」

她害羞地笑，喃喃道謝。

「我幫妳倒杯飲料。妳要喝什麼？」

「喔，不用了。」

「唉呀，安珀，妳會需要酒來熬過這一天的。」他給了她一個炫目的笑容。「妳喜歡紅酒吧？」

她點頭。

「馬上就來。」

「我要把禮物放在哪裡？」她問我。

「妳不該破費的。」

「只是一點小東西。我覺得她會喜歡。」

後來，塔蘆拉拆開禮物，我很感興趣地看著她拿起了安珀的禮物。是一本愛倫坡的傳記。

塔蘆拉看向安珀那邊，文靜地道了謝謝。

「我記得在紐約那天妳在讀他的故事。」安珀隔著一段距離說。

「她現在就看愛倫坡會不會太年輕了一點？」我母親在安珀聽得見的距離說，她是從來不會怯於發言的。

「塔蘆拉的程度超過了同齡的孩子。她的閱讀已經是八年級的水準了。」我說。

「智力發展和情緒發展是不同的。」我母親指出。

安珀沒作聲，只是看著地面，我覺得左右為難，既想要幫她說話，又想要承認我母親言之有理。

「我會檢查一遍，如果妳說得對，我會先收起來等她大一點再看。」我向母親含笑道。

我一抬頭就看到雪莉跑來收拾一些散落在地板上的禮物。

「天啊，這是怎麼回事？」我母親問。

「是貝拉丟的。」安珀說。

「什麼？」我跑過去看是怎麼回事。

貝拉站在桌前，雙手扠腰，下唇噘得老高。

「貝拉，怎麼了？」

「不公平。這些禮物都是她的，沒有人幫我買東西。」

「今天不是妳的生日。妳的生日半年後就到了。」

她跺腳。「我不管。我沒有這麼多禮物，我也沒有小馬。」她舉高小拳頭狠狠打在蛋糕一角上。

今天我不需要這個。「雪莉，麻煩妳帶貝拉進去讓她冷靜下來好嗎？」我指著蛋糕。「看妳能不能修補一下。」

雪莉想把貝拉帶走，但是貝拉不肯，反而朝反方向跑。我很慶幸別的孩子的母親都不在附近。我沒那個力氣去追她，至少她現在沒有在煩別人。

我走回到安珀和我母親那兒，母親面露不悅。

「那個孩子被慣壞了。」

血液在我的耳朵鼓搗。「她只是不擅長控制情緒。」

「她是太過嬌縱了。如果妳不把照顧孩子的事交給保姆，說不定她就會規矩一點。」

安珀同情地看了我一眼，我做個深呼吸，唯恐說出什麼我會後悔的話來。

「如果妳把教育孩子的意見自己留著，我會很感激。貝拉是我的女兒，不是妳的。」

「廢話，如果她是我的孩子，今天就不會這個樣子。」

我一躍而起，跑進屋子。她憑什麼批評我？她根本就不知道我過的是什麼樣的日子。而這又該怪誰？一個小小的聲音問。我希望她是我生命中的一個重要角色，她能理解我為什麼這樣子管教孩子。可是此時此刻，她的嗤之以鼻和批評卻在我每天都必須活在其中的指控之海中又匯注了一股水流。

我從皮包裡抓了一顆煩寧就乾吞下去。安珀走進了廚房，走向我，一手按著我的肩。

「媽媽都是這樣的。」她說。

我眨回眼淚，沒作聲。

「別讓她惹火妳。她也是好意。妳是個很棒的母親。」

「我盡量。我知道貝拉不好教，可是她有一副好心腸。妳是不是覺得我對她太縱容了？」

她搖頭。「怎麼會。她是個小可愛，只是暴躁了些，長大了就會好的。她需要的是理解和教育。」

「只怕未必。」

我不能怪我母親。表面上確實像是我對貝拉的偏差行為不聞不見。我母親不知道的是貝拉哭著入睡的晚上要比不哭的時候多。傑克森可能在眾目睽睽之下是個溺愛的父親，但是私底下他很清楚說什麼話可以讓兩個女兒自相殘殺，讓貝拉覺得比不上姊姊。貝拉有閱讀困難，落後同學。一年級就快念完了，她卻連大字都不認識幾個。塔蘆拉念完一年級後，已經在閱讀五年級的書了。傑克森可一點也不吝於隨時提醒貝拉。可憐的貝拉要是能念完小學就算走運的了。她的老師強烈建議她去檢驗，但是傑克森拒絕。我們為了這件事在回程的車上吵了一架。

「她可能有閱讀障礙，這種毛病很常見。」

他筆直盯著前方，咬著牙回答我。「她只是懶惰。那個小孩只在她想要做的時候才會做事情。」

我覺得挫折感如泉湧。「才不是這樣的。她很努力。她每天晚上都哭著想讀完一兩頁。我真的覺得她需要輔導。」

他一手重捶方向盤。「可惡，我們不會讓她被貼上失讀症的標籤，那會跟著她一輩子，她就別想進查特豪斯了。我們會雇用家教，我不管她是不是要一天用功五小時，反正她一定會學會閱讀。」

我認命地閉上了眼睛。跟他辯是沒有用的。等兩個女兒到了念中學的年紀，他計畫要送她們去查特豪斯，位於英格蘭的一所寄宿學校，不是普通人家念得起的。但是我心裡知道在那天來到之前，我會找到方法解救我們母女三人。目前，我會假裝配合。

我雇用了一名有特殊教育背景的家教。傑克森和貝拉都不曉得，但是她鑑定過貝拉，懷疑是閱讀障礙。沒有輔導，沒有人知道她該如何學習，貝拉是要如何完成學業？我知道她是進錯了學校。聖路克並不能提供她所需要的資源，但是傑克森死也不肯討論幫她轉學的事。

可憐的孩子上學一整天，回家來又得和家教上更多課才能趕上同學。她們兩人每天上課幾小時，貝拉的進步慢得令人難耐，又因為她不肯被拴在書桌前，更是成效有限。她想要出去玩，她也應該出去玩，可每天晚餐時，傑克森都會堅持她朗讀給我們全家聽。每次她因為一個字停頓或是花了太久才唸出來，他就會用手指在桌上敲，弄得她反而更結巴。諷刺的是，他並不了解是他的沒耐性造成了反效果。他當真以為他做的是正確的，因為他在校向來是頂尖的學生——至少他是這麼說的。我們大家都變得害怕全家一起晚餐。而貝拉，可憐的小東西，一天到晚都疲勞不堪，過度緊繃而且懷疑自己。

有天晚上最讓我難忘。貝拉在學校過得很不順，跟導師大鬧了一場。等我們坐下來用晚餐時，她就像是即將爆發的火山。吃完飯後，瑪格麗塔送上了甜點。

「不要給貝拉，除非她朗讀。」傑克森命令道。

「我不想讀，我太累了。」她伸手去拿放著布朗尼的盤子。

「瑪格麗塔。」他的聲音好尖銳，我們全都轉頭看著他。「我說了別給她。」

「先生，我等一下再端過來給大家吃。」

「不用，塔蘆拉可以吃。她是個聰明的孩子。」

「沒關係的，爹地。我可以等。」塔蘆拉低頭看著盤子。

瑪格麗塔不情不願地把盤子放在桌上，匆匆告退。

傑克森站了起來，把他帶回來的書交給貝拉。她把書丟在地上，而他的臉孔漲得通紅。

「妳接受輔導已經半年了。妳是一年級，這一本應該對妳很容易。讀第一頁。」他彎腰拾起了書。

我看過那本書，是《夏綠蒂的網》。她絕對辦不到的。

「傑克森，這樣子是不會有幫助的。」

他不理我，把書摜在桌上，嚇得貝拉跳了起來。

我的眼睛被他額頭上搏動的青筋吸引了過去。「她不唸這本書，我就開除她的廢物家教。我們來看看妳都學了什麼。唸！」

貝拉兩手發抖撿起了書，打開來，以顫抖的聲音唸了起來。「巴、巴、爸、拿、拿、納、遮、遮、著斧、斧頭邀、邀、要、曲、曲、去拿、拿、哪？」

「喔，大聲一點。妳簡直就像個白痴！快唸！」

「傑克森！」

他惡狠狠地瞪了我一眼，又轉向貝拉。「妳這樣唸的樣子很醜。」

貝拉哇的一聲哭了出來，跑走了。我只猶豫了一下就衝去追她。

在我哄她冷靜下來，送她上床後，她用那雙藍色大眼看著我，問我：「我很笨嗎，媽咪？」

我的心就像被刺穿了。

「當然不是，甜心。妳非常聰明。有很多人都有閱讀困難。」

「塔蘆拉就沒有。她生出來手裡就拿著書了。我是那個腦袋像磚頭的。」

「誰說的？」

「爹地。」

我真想殺了他。「妳聽我說。妳知道誰是愛因斯坦嗎？」

她抬頭看著天花板。「那個長得很好笑，頭髮很奇怪的人嗎？」

我勉強一笑。「對。他是有史以來最聰明的人，可是他一直到九歲才識字。妳非常聰明。」

「爹地不覺得。」

我該如何打圓場？「爹地說那些話都不是真的。他只是不明白不同的頭腦有不同的運作方法。他是以為說那些話會讓妳更用功。」連我自己聽著都覺得彆腳，但我只能說出這些話來。

她打個呵欠，眼睛眨呀眨的閉上了。「我累了，媽咪。」

我吻了她的額頭。「晚安，天使。」

所以她有時行為偏差——有那種壓力，誰不會呢？可妳要如何向周遭的人解釋妳對孩子稍許寬容是因為孩子的父親把她貶得一文不值？

52

傑克森只要覺得無聊，就喜歡藏我的東西，藏到我絕對找不到的地方。我的梳子經常會出現在客房的浴室裡，我的隱形眼鏡清洗液在廚房裡。今天我要和「茱麗的笑容」的一位可能的捐款人開會，就快遲到了，偏偏汽車鑰匙卻遍尋不著。我們的司機湯米因為家裡有急事請假，莎賓娜帶孩子們去布朗克斯動物園，因為學校又因為教師的教學計畫而停課。

傑克森很清楚我為了這次的會面準備了一整週，我也知道我的鑰匙不見絕非偶然。我需要在十五分鐘內趕到，就叫了計程車來，在開會前一分鐘才終於趕到。我心浮氣躁，表現不佳。會議結束後我拿起電話撥給傑克森。

「你可能害基金會損失幾十萬。」我單刀直入。

「你說什麼？」

「我的車鑰匙不見了。」

「我聽不懂妳在說什麼。不要因為妳自己太散漫反倒來怪我。」他的語氣優越，我氣得要命。

「我都放在門廳桌子的抽屜裡。兩副都不見了，而湯米又偏偏今天請假。我還得叫計程車。」

「我相信會有人覺得妳每天的生活瑣事很有趣，但那個人不是我。」他掛斷了電話。

我氣得摔電話。

*

他加班，九點後才回家。他到家時，我在廚房裡，為貝拉班上的糕點拍賣會裝飾杯子蛋糕。他一打開冰箱就罵髒話。

「怎麼了？」

「過來這裡。」

我硬著頭皮面對這番最新的訓斥，來到他後面。他用手比著。

「妳能告訴我哪裡不對嗎？」

我順著他的手指看過去。「什麼？」家裡的一切都必須完美無瑕，他開始拿量尺來確定每只酒杯之間的間距都是八分之一吋。他還會突擊檢查抽屜和櫃子，確定一切都井井有條。

他搖頭，厭惡地看著我。「妳沒看見Naked juice沒有按照字母排列嗎？妳把蔓越莓放到草莓後面去了。」

我猛地覺悟到我的生活有多荒謬，忍不住吃吃笑起來。他看著我，臉上敵意漸增，而我卻只能笑個不停。我是想停下來，也感覺到恐懼從腹部向上流竄。不要笑了！我不知道自己是哪根筋不對，即使是我看見了他的眼睛因憤怒而變得幽暗，我就是停不下來——事實上，我反而笑得更厲害。我快歇斯底里了。

他一把抓住果汁瓶，扭開瓶蓋就倒在我的頭上。

「你幹什麼？」我往後跳。

「還覺得很好笑嗎？蠢母豬！」盛怒之下，他把所有東西都抓出來，丟在地板上。我站在那兒，動彈不得，盯著他看。他拿到雞蛋，一個一個往我身上丟。我護著臉，卻感覺到臉頰刺痛，他使盡了全力用蛋打我。幾分鐘之內，我全身都是黏液和食物。他關上了冰箱，瞪著我許久。

「妳現在怎麼不笑了，懶豬？」

我像腳下生了根，不敢說話。我的嘴唇發抖，喃喃道歉。

他點頭。「妳應該要道歉。把這裡清乾淨，而且休想叫佣人幫忙。髒亂是妳造成的。」他走向我在裝飾的那盤杯子蛋糕，拿起來就往地上丟，接著解開拉鍊，在上頭小便。我正想喊，幸好及時住口。

「妳得告訴貝拉妳太懶惰，沒幫她烤蛋糕。」他對著我搖指頭。「壞媽咪。」

說完他就轉身打開了我放鑰匙的抽屜，拿起來在手上搖晃，然後就往我身上扔。「妳的鑰匙一直都在這裡，白痴。下次，找仔細一點。我受夠了娶了一個又懶又笨的老婆。」他氣沖沖離開了廚房，把我丟在那兒，縮在角落裡，全身顫抖。

我清理了一個多小時才清理完。我愣愣地丟掉了所有毀壞的食物，拖地，擦拭，打掃，直到每一處都光潔晶亮。我不能讓僕人在大清早來上班時看見這一團狼藉。明天我得到麵包店去買杯子蛋糕，取代這一批被他毀掉的。我怕死了得上樓，希望他在我洗澡上床時已經睡了——但是我知道羞辱我會使他亢奮。我吹完頭髮，走向我的那邊床，燈是熄滅的。他的呼吸平穩，我放心地嘆了口氣，他睡著了。我把被子拉到下巴，正要入睡，就感覺到他的手摸著我的大腿。我僵住。

不，不要今晚。

「說。」他命令道。

「傑克森——」

他用力捏。「說。」

我閉上眼睛，硬逼出那些話來。「我要你。跟我做愛。」

「求我。」

「我現在就要你。拜託。」我知道他想要我說更多，但是我已經到極限了。

「妳嘴巴上說得不怎麼讓人相信。做給我看。」

我把被子掀開，撩起睡袍脫掉，照他喜歡的方式跨坐在他身上，調整姿勢，讓我的乳房壓在他的臉上。

「妳真是個婊子。」他戳進我體內，壓根就不管我是否準備好了。我緊揪著床單，讓我的心一片空白，直到他完事。

53

隔天，照舊是一份禮物。這一次是只錶——江詩丹頓，價值五萬。我不需要，但是我當然是戴了，尤其是在他的生意夥伴面前以及在俱樂部裡，如此一來人人才會知道我的先生有多慷慨。我知道又是那一套，往後兩週他會風趣迷人：讚美我，帶我上餐廳，殷勤體貼。坦白說，那幾乎比他的譏誚還要可怕。至少在他貶低我時，我可以理直氣壯地恨他。可他接連幾天扮演那個我當初愛上的仁慈男人，我就會混亂，即使我知道他只是在演戲。

他每天早上都會和我核對我今天的計畫。那天早晨我決定要跳過皮拉提斯課，改去按摩和面部保養。他十點打電話給我，每天的慣例。

「早安，黛芙妮。我傳了一篇古根漢新展覽的文章。一定要看喔，我想今晚討論。」

「好的。」

「妳要去健身房了嗎？」

「對，晚上見。」我說謊。我沒心情聽他說教，告誡我運動的重要。

那晚，我在日光室裡喝著紅酒，讀那篇臭文章，兩個女兒在洗澡。我一看見他的臉，就知道不對勁。

「哈囉。」我讓聲音開朗。

他握著一杯酒。「妳在做什麼？」

我舉起iPad。「讀你傳的文章啊。」

「皮拉提斯上得如何？」

「很好。你今天過得如何？」

他坐在我對面的沙發上，搖了搖頭。「不好。我的一個經理騙我。」

我抬起頭來。「喔？」

「對。而且還是為很蠢的事。我問他有沒有打電話，他說有。」他喝了一大口波本。「事實上，他並沒有。他只需要告訴我，說他打算等一會兒就打。」他聳聳肩。「本來就沒事了。他偏要說謊。」

我的心臟亂跳，拿起了酒杯，喝了一口。「可能是他怕你會生氣。」

「哼，問題就在這裡。我現在真的是生氣，其實是氣炸了。也覺得受辱。他一定是以為我是白痴。我最恨別人說謊。我可以容忍很多事情，但是說謊，我絕不允許。」

當然，除非說謊的人是他。我不動聲色地看了他一眼。「我懂了。你不喜歡騙子。」哼，現在是誰當誰是白痴啊？我知道經理的事是假的，他只是用他那種被動攻擊方式在質問我。不過我可不會讓他稱心如意。我倒是好奇他怎麼會知道我蹺課。「那你怎麼處理呢？」

他走向我，坐下來，一手按著我的膝蓋。「妳覺得我應該怎麼處理呢？」

我向旁滑躲開他，他又黏過來。

「我不知道，傑克森。就做你認為是對的事吧。」

他抿緊嘴，開口要說什麼，卻從沙發上一躍而起。

「夠了。妳今天為什麼騙我？」

「騙什麼？」

「去健身房。妳十一點到兩點是在做水療。」

我對他皺眉。「你是怎麼知道的？你叫人跟蹤我嗎？」

「沒有。」

「不然呢？」

他邪氣的一笑。「說不定是有人在跟蹤妳。說不定是攝影機在監視妳。妳反正不會知道。」

我的喉嚨開始收緊。我呼吸不過來，緊抓住沙發的側面，努力阻止房間天旋地轉。他不吭聲，只是帶著好玩的表情盯著我。等我終於找到了聲音，只能擠出一句話：「為什麼？」

「還不夠明顯嗎？」

見我沒回答，他又往下說。

「因為我不信任妳。而且我是對的。妳騙我。我可不要上當受騙。」

「我應該要告訴你的，只是我今天很累。對不起，你可以信任我。」

「我會等妳值得信任之後才信任妳。在妳不再說謊之後。」

「過去一定有人把你傷得很重，騙得你團團轉。」我以同情的口吻說，明知會惹惱他。

怒氣閃過他的眼睛。「我沒被人騙過，將來也是誰也騙不了我，」他抓起我的酒杯，走向附水槽的吧檯，把剩下的酒都倒進了水槽裡。「我看妳的熱量攝取得夠多了——尤其妳今天又太懶，沒去運動。妳何不去換衣服吃晚餐？待會兒見。」

他離開後，我又倒了一杯酒，思索著這條最新的線索。我敢說他在其他方面也在監視我。我一點也不能放下戒備。可能他是在電話上裝了竊聽器，或是在屋子裡裝了攝影機。該是我起而行動的時候了，而我需要一個計畫。他控制了所有的錢，給我一筆現金以供臨時所需，但是每一筆花費都需要出示收據。其他的帳單都送到他的辦公室裡。他不給我可任意支用的金錢——又是一個他想要控制我的方式。他卻不知道我攢了一筆私房錢。

我用辦公室的一台筆電開立了一個電郵帳戶和雲端憑證，使用的是假名，同時將筆電藏在一個存放小冊和傳單的櫃子裡——他絕對想不到要去搜查的地方。我在eBay賣掉了一些名牌包和衣服，把所得匯入一個他壓根不知道的帳戶裡。我在紐約州米爾頓開立了一個郵政信箱，距離我家開車需要半小時。過程緩慢，但是五年來我存了一筆相當金額的緊急基金。迄今為止，我的存款將近三萬。我也買了一支拋棄式手機，藏在辦公室裡。我不知道這些東西幾時會派上用場，只知道我總有一天會需要。傑克森認為他做得滴水不漏，可是我不像他，我不會被華麗幻象迷惑。我必須相信終有一天他會毀在這些幻象之手。

54

我以前最喜歡聖誕節，每年平安夜我都在我們教會的唱詩班裡唱頌歌，而茱麗總是坐在前排中央，為我打氣。然後我們會回民宿吃晚餐，很高興換我們來被別人服務。我們可以提早送出一樣禮物，把其他禮物留待聖誕節。我和茱麗共度的最後一個聖誕節，她整頓晚餐都坐立不安，彷彿有什麼秘密等不及要說出來。我把禮物送給她——是一對金色圓球耳環，是我用積攢的小費買的。輪到她了，她給了我一個小盒子，興奮得兩隻眼睛直發亮。

我撕開了包裝紙，掀起盒蓋，倒抽口氣。「不行，茱麗，這是妳最喜歡的東西。」

她微笑，拿出了盒子裡的心形吊墜，伸到我面前來要我戴上。「我要給妳。」

她最近身體變得更虛弱。我想她是知道了，至少也是懷疑自己的時日無多了。

我忍住眼淚，抓緊了手上的細鍊子。「我永遠也不會摘下來。」而且我說到做到，直到我嫁給他後。我知道我要是不把鍊子藏好，就會被他奪走，所以我把它安全地藏在一個厚紙板箱的底層，那些紙箱全都裝著他送給我的天鵝絨珠寶盒。

十年來，聖誕節只不過是奢靡浪費的一種褻瀆展示。我們不上教堂。傑克森是無神論者，拒絕讓我們的孩子接觸他所謂的「童話故事」。可是他卻不介意延續聖誕老人神話。我早已不想跟他講道理了。

我倒是很願意看孩子們歡樂過節。她們愛死了裝飾、烘焙以及這個節日的各種聲光刺激。今天，我有另一個理由可以興奮，我有安珀。我得克制自己才沒有給她太多禮物。我不想害她難堪。她有種氣質讓我就是想要照顧她，給她她缺少的一切。幾乎就像我是在給茱麗她來不及享受的東西。

我們比孩子們先起床，下樓去喝咖啡。沒多久她們就如一陣風似地跑進來，歡天喜地地衝向小山一樣高的禮物，可是我又在擔心我們傳遞給她們的是錯誤訊息。

「媽咪，妳不拆禮物嗎？」塔蘆拉問。

「對啊，媽咪，拆一個嘛。」貝拉也跟著說。我的禮物堆得高高的——包著金色錫箔紙，綁著紅色天鵝絨緞帶，裝點得極美麗。我知道盒子裡都裝了什麼——更多他挑選的名牌服飾，用來炫耀他對我有多好的珠寶，他喜歡的昂貴香水，沒有一樣是我會為自己買的。沒有一樣是我要的。

不過，我們都同意讓孩子們手作禮物送給我們，而我非常期待。

「先開我的，媽咪。」貝拉說。她丟下拆了一半的禮物，跑向我。

「妳的禮物是哪個啊，甜心？」我問。

她指著唯一一個包裝紙是聖誕老人的禮物。「我們特別包的，才看得清楚。」她得意地說。

我揉亂她的鬈髮，微笑地接過她的禮物，看她踮著腳尖，睜大眼睛看著我。「我可以幫妳打開嗎？」

我哈哈笑。「當然可以。」

她把紙撕開，丟在地上，接著拉開了盒蓋，交給我。

那是一幅畫——一張全家福。畫得很不錯，我都不知道她的眼光那麼敏銳。

「貝拉！好棒喔。妳是幾時畫的？」

「在學校裡畫的。老師說我有天分。我的畫是最好的。別人畫的是什麼東西根本都看不出來。她會跟妳談讓我上美術課的事。」

畫是十二乘十二的尺寸，水彩上色。我們都站在海灘上，背後是海洋，傑克森站中間，我站一邊，塔蘆拉站另一邊。貝拉站在我們的對面，比我們都要大得多。傑克森、塔蘆拉和我都穿著單調的灰色和白色，貝拉卻是鮮橘色、粉紅色和紅色。傑克森和塔蘆拉都轉過臉來看著我，塔蘆拉悶悶不樂，傑克森一臉傲慢，而我則帶著大大的笑容看著貝拉。這張畫令我震驚。不需要心理學家也能了解這個家庭的動能不對勁。我甩開令人心煩的想法，把她拉過來擁抱。

「好漂亮，我好喜歡。我要掛在辦公室裡，每天都看。」

塔蘆拉看著我們這邊。「妳為什麼會比我們都大？」

貝拉對姊姊吐舌頭。「這叫拓、拓視。」她說，詞彙講得不利索。

傑克森哈哈笑。「我想妳說的是透視，親愛的。」

塔蘆拉翻白眼，把她的禮物給我。「現在拆我的。」

是一尊黏土雕像，她做了兩顆心以一條緞帶結合，而在緞帶上她寫了「愛」。

「是妳和茱麗阿姨。」她說。

我熱淚盈眶。「我好喜歡，親愛的。完美極了。」

她微笑，擁抱我。「我知道有時候妳會難過，可是妳們的心是永遠在一起的。」

我實在是太感激有這麼一個體貼的孩子了。

「拆我的。」傑克森說，遞給我一個包著紅色錫箔紙的小盒子。

「謝謝。」我接過了禮物，撕開包裝紙，裡頭是一個平實的白盒，我掀開蓋子就看見一條金項鍊上吊著一個金圈。我把它拉出來，驚呼一聲。

塔蘆拉從我手上拿走項鍊，看著它，再看著我。「誰是YMB啊，媽咪？」

我還找不到聲音，傑克森就說話了，謊言滑溜地說出了口。「是妳媽祖母的名字縮寫，她非常愛她。我來幫妳戴上。」他把項鍊勾好了。「希望妳要一直戴著。」

我給了他一臉燦笑，他會知道是假笑。「你又讓我知道你對我是什麼感覺了。」

他吻住了我的唇。

「噁！」塔蘆拉說，兩個女兒都吃吃傻笑。

貝拉回到自己的那堆禮物，繼續拆了起來，這時，門鈴響了。

傑克森同意讓安珀過來和我們共享晚餐，不讓她一個人過聖誕節。讓他答應並不容易，不過我刻意在朋友面前提起這件事，而他想要讓別人覺得他是個大善人。

他當她是家人似地迎接她，幫她端飲料，接下來的幾小時我們都和諧地坐著，看孩子們展示她們的禮物，一面閒聊。

安珀送給我們大家的禮物都漂亮極了。她送傑克森一本書，他好像真的很喜歡；送書給兩個女孩，外加貝拉的一個亮晶晶的珠寶，她愛死了。她把我的禮物交給我，我有點緊張，希望她沒花太多錢。我萬萬想不到她送我的是那只薄薄的銀手環，有兩個圓形的護身符，刻上了茱麗和夏琳的名字。

「安珀，妳太體貼了，這個真美。」

她舉起了一隻手，我看見她也戴著同樣的手鐲。「我也有一只。我們的妹妹會時時刻刻和我們在一起。」

傑克森看著我們交換禮物，我看得出他眼中的怒火。他總是告訴我我太常念著茱麗了，但是就連傑克森都奪不走我的喜悅。兩份禮物紀念我的妹妹以及我對她的愛。我覺得長久以來第一次有人聽見了，而且也了解我的心聲。

「喔，還有一個小東西。」她把一個小紙袋交給我。

「還有一個禮物？手鐲就夠了。」

我把縐紋紙推開，摸到什麼硬硬的。我從袋子裡拿出來，呼吸卡在喉管。是一隻玻璃烏龜。

「我知道妳有多喜歡烏龜。」她說。

傑克森的嘴角彎成一抹笑，眼中閃著愉悅。

而就這樣，我那個被了解的感覺蒸發得無影無蹤。

55

梅若笛絲要為她先生在「班哲明牛排屋」舉辦五十歲生日的驚喜派對。說真的，我壓根就沒心情。我仍因為聖誕節的忙碌還沒恢復過來，而且我們一兩天內要前往聖巴瑟米，可是我不想讓梅若笛絲失望。她堅持要在二十七日舉行派對，那是藍道夫真正的生日，因為太接近聖誕節，多年來他的生日總是隨便過一過。

我才剛進城；傑克森要我先到中央車站的「牡蠣吧」跟他會合，那裡和牛排屋在同一條街上，只需要走幾分鐘就到。

即使我穿上了迪奧，我也知道我犯了一個錯。這是我最喜歡的一件衣服，但是傑克森不喜歡這個顏色。是淡金色的絲料，他覺得這個顏色容易顯得我氣色不好。但是我是要參加我的朋友的派對，我想要自己做一次決定。我一看見他的臉，眉頭幾不可察的一皺，兩眼間小小的皺紋，我就知道他在生氣。他站起來吻我，我坐在他旁邊的高腳凳上。他拿起了水晶酒杯，手腕一抖，乾掉了剩餘的琥珀色酒液，招手要酒保過來。

「再給我來一杯波本，給我太太一杯金巴利蘇打。」

我正要抗議——我喝都沒喝過金巴利——但在話溜出口之前就嚥下了。不管他是謀劃了什麼，最好就讓他去吧。

「梅若笛絲要我們七點前到餐廳去，才不會遇見藍道夫。她想要給他一個驚喜。」

傑克森挑高一道眉毛。「我相信光是帳單就夠驚人了。」

酒保把飲料放在我面前。

傑克森舉起杯子。「乾杯，親愛的。」他大力撞我的酒杯，害得我的飲料全都潑在我的香檳色衣服上，染成了紅的。

「唉呀，看妳做的好事。」他甚至不掩飾他的冷笑。

我的兩頰通紅，深吸一口氣，想讓自己不要哭出來。梅若笛絲會非常失望。我看著他，面不改色地說：「現在怎麼辦？」

他雙手向上拋。「唉，妳當然不能這個樣子到餐廳去。」他搖頭。「誰叫妳的衣服顏色不再深一點，誰叫妳這麼笨手笨腳。」

誰叫你不乾脆去死，我好想這麼說。

他買單。「我們得到公寓去讓妳換衣服。當然啦，這麼一來就不能及時給他們驚喜了。」

我強迫自己大腦放空，茫然跟著他離開了酒吧。我們坐進禮車，他不理會我，逕自看著手機上的電郵。我掏出手機，傳簡訊向梅若笛絲致歉。

因為交通問題，我們花了四十五分鐘才抵達。我向門房微笑，然後默默地走進電梯。我進了臥室，脫掉衣服丟在地上，盯著衣櫃。我在聽見他之前就先感覺到了——他的呼吸吹在我的脖子上，接著他的唇貼上了我的背。

我壓下尖叫的衝動。「甜心，我們沒有時間。」

他的嘴沿著我的背部一路向下，來到了我的內褲上沿。他脫掉了我的內褲，雙手捧住了我的臀部。他更往我身上貼，我這才明白他脫掉了長褲。我能感覺到他的勃起抵著我。

「絕對有時間做這個。」

他雙手上移，捧住我的乳房，然後抓緊我的手，壓在牆上，加大手勁。我強自鎮定，讓他佔有我，既粗暴又猛烈，喪心病狂，漸漸達到了高潮。幾分鐘內就完事了。

我進去浴室清洗身體，等我出來後，我的黑色凡賽斯掛在臥室門上。我一把抓下來放在床上。

「等等，」他說，向我走來。「底下穿這個。」

那是黑色的「吉恩．居」（Jean Yu）丁字褲和同色的無肩帶胸罩。他是特別為我訂製的，穿起來很舒服——像是被絲緞擁抱——但是看見它只會讓我想起他在給我之前對我做了什麼。不過我還是接了過來，給了他最逼真的一抹假笑。

「謝謝。」

他堅持要幫我穿衣服，為我拉高絲襪，隔個兩分鐘就停下來以嘴唇刷過我的肌膚。

「妳確定不要待在家裡，讓我再蹂躪妳一次嗎？」他色瞇瞇地對我笑。

他當真相信我對他有慾望？我舔了舔唇。「雖然很誘人，可是我們已經有承諾在先了。而且藍道夫也是老朋友。」

他嘆口氣。「對，沒錯，妳說得對。」他幫我拉好拉鍊，拍了拍我的屁股。「那就走吧。」

我向後轉，他上下打量我。「幸好妳把飲料灑了——這件穿在妳身上好看多了。」

等我們抵達已經遲到了一個半小時，人人都在吃著開胃菜。我們急忙過去打招呼，我給了梅若笛絲抱歉的一眼。

「我們遲到了，實在是太對不起了——」

「是啊，」傑克森插嘴。「我一直跟她說我們來不及了，可是她堅持要先去按摩，拖延了我們一個小時左右。」他聳聳肩。

梅若笛絲一臉震驚，她轉向我，眼中明顯寫著難過。「那妳為什麼傳簡訊給我說妳的衣服上灑到了東西，必須回家去換？」

我站在那兒，因為委決不下而六神無主。要是我告訴她真相，我就會和傑克森的說法矛盾。公開的羞辱會帶來極嚴重的代價。但是此刻我的好友認為我對她說謊，只為了能放縱地享受一點美容。

「對不起，梅兒。兩個原因都是。我去按摩，我灑了……」我支支吾吾。傑克森盯著我，臉上掛著好玩的笑容。「我的意思是，對，我是去按摩了——我的背真的很痛——可是要不是我像個白痴一樣把飲料潑得滿身都是，我們是不會遲到的。真的很對不起。」

傑克森搖頭，對梅若笛絲微笑。「妳也知道我們的小黛芙妮可以多笨拙。我就一直叫她要小心一點。」

56

我和安珀認識時，我絕對想像不到自己居然會對她產生依賴。我承認，她給我的第一印象是個溫順謙和的年輕鄰家女孩，沒能挑起我的興趣，只除了她也經歷過相似的心痛。她的傷心似乎是最近的事，能讓我把自己的痛苦放下，轉而幫助她。我想要幫她改善一切，希望能給她一個每天早上醒來的理由。

如今回想起來，我大概是應該看出跡象的。可是我太急著想要朋友，一個真正的朋友。不，這麼說不太對。我是急著想要一個妹妹——一個我的妹妹，當然，這是不可能的。而第二個優點就是這個朋友經歷過和我一樣的痛苦。失去手足已經夠可怕的了，但是每一天看著手足死去一點——對局外人是說不清的。所以安珀憑空出現在我的生活中，感覺就像上天送的禮物。我沒有一個可以信任的人。傑克森把事情做絕了，把我和過去完全隔絕，在我的四周砌出無法攀越的高牆。我的朋友沒有一個知道我的婚姻或是我的生活真相。但是我可以和安珀分享真正的情緒，就連傑克森對此也無可奈何。

茁壯的友情害他緊張——他只准我隔幾週見一次朋友，而且條件是他也在場。我請他在派瑞許公司為安珀找個職位，他起先非常憤怒。

「得了，黛芙妮。妳的這種小善行還沒玩夠嗎？妳跟那隻醜不拉嘰的小老鼠能有什麼共同點？」

「你知道我們有什麼共同點。」

他翻白眼。「幫幫忙，好嗎？都二十年了。妳哀悼得還不夠久嗎？就算她妹妹也死了，並不表示我就想要她在我的公司裡工作。她已經黏著我們家夠久了。」

「傑克森，拜託，我關心她。我事事都聽你的，不是嗎？」我硬逼著自己走向他，摟住他的脖子。「她又沒有威脅。她真的需要工作。她家裡人都仰賴她。我還可以跟大家吹噓是你拯救了她。」我知道他喜歡扮演英雄。

「希爾妲是需要助理。大概可以給她一個機會吧。我會打給人資，要她來面試。」

我不想冒險。「你不能不必面試直接試用她嗎？她很聰明，她當我的副會長比誰都能幹。而且她在羅林斯工作過，她對你這一行很了解。她是商業科的。」

「羅林斯！那算什麼。既然她這麼行，他們為什麼不要她了？」

我本希望能迴避這一點，但看來是不說不行了。「她的上司對她性騷擾。」

他哈哈大笑。「他是瞎了嗎？」

「傑克森！這樣說太殘忍了。」

「拜託，那種髒洗碗水髮色，醜八怪眼鏡，更別提一點時尚的品味都沒有。」他搖頭說道。

我很慶幸他不覺得她迷人。不是因為我怕他偷腥，而是因為我不想要因為發生了什麼事而害我失去這個朋友。並且，在希爾妲·貝特利的手下工作，她就會像有了保護繭，不受公司的男人染指。我覺得很開心，幫助了她，又不讓她再受創傷。

「拜託，傑克森。這會讓我非常開心，而你也是做了一件好事。」

「我會安排。她可以週一開始。可是妳得為我做點事。」

「什麼事？」

「取消下個月妳母親來訪。」

我的心往下沉。「她一直很期待。我已經買好了《獅子王》的票了。孩子們真的很興奮。」

「隨便妳。要我雇用妳的朋友，我就需要一點寧靜。妳母親來我們家，我就沒法放鬆下來。再說了，她已經來慶祝過塔蘆拉的生日了。」

「好，我會打給她。」

他給我一抹冷酷的笑。「喔，告訴她妳會取消是因為兩個女孩想帶莎賓娜去看秀。」

「你不需要這麼殘忍。」

「好。那工作就沒了。」

我拿起電話撥號。掛斷時，我因為聽見母親聲音中的哀傷而心痛，他卻滿意地點頭。

「做得好。看到了吧？妳誰也不需要，有我就夠了。我是妳的家人。」

57

我非常高興又有了知交好友。安珀出現之前，我一直不明白我有多寂寞。她的操縱手段太細膩，也不躁進，所以我壓根就沒起過疑心。

不多久，我們就聯絡不斷了：好笑的事發生傳簡訊，打電話，一起吃午餐。我希望她常來家裡作客。那天我正要出門去見她，就聽見他的汽車駛入車道。我的胃猛地一陣翻騰，考慮著從後門溜出去，但是我望著窗外，他已經下了車，在跟我們的司機湯米說話。靠。

他甩上前門，大步走向我。「妳今晚為什麼需要湯米？他說他還要去接安珀。妳是計畫要像什麼娼妓一樣喝得醉醺醺的嗎？」

我搖頭。「當然不是。只是喝一兩杯，可是我不想開車。她最近工作太忙了，我們想找個晚上聚一聚。我以為今晚你要和客戶應酬——」

「晚餐取消了。」他打量了我好半天。「你知道的，她現在是員工了，妳跟她做朋友就更不合適了。萬一有人看見妳們兩個在一起呢？」

我的臉一路紅到脖子。「她對我就像是個妹妹。拜託不要要求我別跟她做朋友。」

「上樓。」他命令道。

兩個女兒在洗澡；我已經說過晚安了。「我不想讓孩子們聽見，不然就又得從頭再來過一遍。」

他抓住我的手就把我拖進了他的書房，把我摔在牆上，鎖上了門。他拉下了長褲拉鍊，按著我跪下。

「妳越快弄完就越快能出門。」

恥辱的熱淚流了下來，弄花了我的妝。我想拒絕他，跟他說他有多讓我噁心，但是我很怕。最輕微的一點抗拒就會又引出那把手槍來。

「別哭了！妳讓我噁心。」

「對不起。」

「閉嘴，快點做。」

我做完之後，他把襯衫塞回去，拉上了長褲拉鍊。

「妳是不是跟我一樣享受啊？」他哈哈笑。「對了，妳的樣子跟鬼一樣。妳的妝全都花了。」

他打開了門鎖，逕自離開，一句話也沒說。

我跌跌撞撞到浴室裡，往臉上潑水。我傳簡訊給湯米，叫他先去接安珀再回來接我。我不能讓別人看見我這副模樣。

等我終於趕到酒吧，看見安珀在等，我真想跟她好好傾訴一番，說出他究竟是哪種人。她的友誼使我陷入了一種強烈的安全感，讓我幾乎說出遲到的原因。但是我什麼也沒說，說了她又能怎麼樣？

她眼神晶亮地看著我，問起我的完美婚姻，我好想把一切都完全告訴她。但是她幫不了我，而且實話實說也一點好處都沒有，所以我只是搬出我學會的那一套：我把事實推到腦海的深處，假裝我的幸福生活是名符其實。

58

那晚梅若笛絲來告訴我她發現安珀是假名，起初我相信安珀的解釋，她是受虐兒，不得不逃離她的瘋子父親。畢竟我是能了解俘虜的苦衷的。要是我認為我能活下去，傑克森找不到我們，我也會開開心心地使用假名。但是她的說詞有令人耳熟的地方。後來我才想到了：她用了同一句話——我實在是羞於啟齒——在她跟我說被上司性騷擾之時。我越想就越覺得不對勁，於是我決定聽從直覺，深入調查，但是我假裝相信她。我有自己的理由，可是梅若笛絲覺得我瘋了。她在揭發安珀之後的隔天又來了。

「我不在乎她是怎麼說的，黛芙妮。妳不能相信她。她是騙子。她說不定根本沒有妹妹。」

這倒是不可能的。即使她在別的事情上都說謊，她也一定有妹妹。我受不了有人居然能夠殘忍到假裝她受過跟我一樣的苦楚，捏造妹妹和這種恐怖疾病搏鬥的謊言。那她不成了沒心沒肺的怪物了？而我最好的朋友不可能是怪物。

「我相信她。不是每個人都像我們一樣有這麼多的資源。有時候說謊是無可奈何的選項。」

她搖頭。「她就是有什麼地方非常不對勁。」

「聽著，梅兒。我知道妳只是想保護我，可是我了解安珀。她對妹妹的傷心是真心的。她的人生坎坷，我能理解。拜託，對我的判斷力有點信心。」

「我覺得妳是在鑄下大錯，不過這是妳的決定。為了妳好，我希望她說的都是真話。」

她離開後，我跑上樓到臥室去，打開我的床頭櫃，拿出了安珀送我的玻璃烏龜，拎著邊角，丟進了塑膠袋裡。我把頭髮綁成馬尾，用棒球帽低低遮著眼睛，換上牛仔褲和T恤，只帶著皮包和我幾個月前買的拋棄式手機，走了兩哩路進城。我叫的計程車在主街的銀行前等我，我跳進後座。

「我需要到奧斯佛。這是地址。」

我把紙交給他，往下滑，東張西望，確定沒有認識的人看見我。我的腦袋像跑馬燈，思索著梅若笛絲的發現意味著什麼，而我覺得噁心。難道說我們的整個關係都建築在作假上？她是為了我的錢在利用我，還是說目標是我的丈夫？少安勿躁，我心裡想。慢慢等著看。

四十分鐘後，計程車停在一棟磚屋前。

「你可以等我嗎？」我給了他一張百元鈔票。「我不會很久。」

「好的，女士。」

我上了四樓，找到了標著「漢生徵信社」的門。我是在網上找到這家事務所的，利用圖書館的電腦。我走進小而空的接待區，櫃檯後沒有人，但是後面的門是開著的，一個男人走了出來。他比我想像中年輕，鬍子刮得很乾淨，長得還滿帥的。他含笑走向我，伸出了手。

「傑瑞·漢生。」

我和他握手。「黛芙妮·班尼特。」我說。他認識傑克森或是我們世界的人應該是機會渺茫，可我不想冒險。

我跟著他走進色彩明亮的房間，他並不到辦公桌後坐下，反而坐在一張扶手椅，示意我坐在他對面。

「有什麼我能效勞的地方嗎？妳在電話中好像滿激動的。」

「我需要查出某個跟我變得親近的人是不是表裡如一。我有她的指紋。」我把塑膠袋交給他。「你能查出是誰的嗎？」

「我可以試一試。我會從犯罪紀錄開始，要是不在那兒，我會看能不能找人駭入私人資料庫，她可能有應徵工作的履歷。」

我把附有她照片的剪報交給他，我把她的臉圈了出來。「我不知道這個有沒有幫助。她自稱是內布拉斯加人，但是我不知道是不是她捏造的。你需要多久才會有結果？」

他聳聳肩。「應該不超過幾天。要是找到了人，我會幫妳弄出一份完整的報告。為了保險起見，就訂下週三吧。」

我站了起來。「太感謝你了。有延遲的話就傳簡訊給我，否則我就星期三過來。中午好嗎？」

他點頭。「好，可以。聽著，班尼特太太，妳要小心，知道嗎？」

「放心吧，我會的。」

我走樓梯下去，感覺不動一動宣洩一下的話，我可能會嚇破膽。我想著那些親密的交談，我和她分享的自我。我親愛的茱麗。要是她做了玷污我妹妹的回憶的事，我不知道我會怎麼做。也許一切全是誤會。

我坐進計程車裡，啟程回家。現在我只能耐心等待。

59

「結果不太好，班尼特太太，」傑瑞．漢生說，一面將牛皮紙袋滑過桌面。「要看的資料很多。我去散個步喝杯咖啡。我大概半小時後回來，我們再討論。」

我點頭，已經埋頭看起資料來了。我看到的第一份資料是一份剪報附上安珀的照片。她描著濃濃的黑眼線，頭髮漂白成白金黃，模樣性感，卻冷酷。不過她的名字並不是安珀，而是雷娜。雷娜．柯朗普。我讀了剪報，再翻閱其他的資料，放下最後一張紙時我兩手發抖。我冒了一身冷汗，因為被出賣而頭昏眼花。結果比我想像的還要糟。她的一切都是捏造的。根本沒有生病的妹妹，沒有暴虐的父親。我允許她進入我的生活，我孩子的生活，允許她接近我，把我從沒告訴過別人的心事告訴她。她玩弄了我，而且手段極高明。我真蠢。我被自己對茱麗的傷痛蒙蔽了，居然把豺狼迎進了門。

我的心真的痛。她是罪犯，是逃犯，而她犯的罪——徹徹底底表示她沒有良知，不知悔改。我怎麼會這麼盲目？

她全部的人生都在這幾張紙上。一幅新的圖像漸漸浮現。一個貧窮的小鎮女孩被嫉妒和貪心啃噬：覬覦一切，劫奪一切。她擬定了計畫，計畫失敗後，就報復。她也愚弄了每一個人，把另一個家庭的生活弄得天翻地覆，毀壞得無法修補，然後一走了之，接著換一個身分。我一想到真正的安珀．派特森失蹤，心裡就打冷顫。與雷娜有關嗎？這下子我終於懂了她為什麼老是躲鏡頭。她是怕另一段人生裡的人會看見她的照片。

門開了，偵探回來了。「妳這樣的人怎麼會被像她那種人纏上？」

我吐口氣。「無所謂。告訴我，這些資料上說她被通緝。要是我報警會怎麼樣？」

他向後靠，十指指尖互觸。「他們會逮捕她，通知密蘇里警方，送她回去受審。」

「作偽證和干預陪審團審判會判多少年？」

「各州的刑期都不同，不過這是重罪，通常至少會判一年徒刑，而她棄保潛逃也會加重刑責。」

「那，那個可憐的男孩發生的事呢？也會是量刑考量嗎？」

他聳肩。「刑事控罪並不帶懲罰性的成分，所以理論上是沒有。但是我相信可恨的犯罪意圖會影響主審法官，無論法官自己承不承認。」

「這些是絕對機密的吧？」

他揚起眉毛。「妳是在問我是否有義務要舉發她嗎？」

我點頭。

「我並不是司法人員。這是給妳的報告，妳可以隨意處置。」

「謝謝你。我需要你再幫我調查一些事情，不過和安珀一點關係也沒有。」我告訴了他詳情，交給他一份檔案就離開了。

我叫了計程車，它送我到銀行——距離我家二十哩路，傑克森不知道我有帳戶或是保險箱。我把檔案收起來之前又看了一遍，有張照片吸引了我的目光：這個女人一定是安珀的母親。這時我才明白了她做的另一件事——而就是這件事讓我再無疑問，安珀，又名雷娜，就如傑克森一樣喪盡天良。明白了這一點讓我獲得了解放。我可以繼續執行在我的心中逐漸成形的計畫了。

我不會舉報她。不，她不會回密蘇里去坐個兩年牢。她會在康乃狄克這裡終身監禁。

60

若說和一個虐待成性的反社會變態共同生活教會了我什麼的話，那就是如何在逆境中求生。一旦我克服了被出賣的傷心，我就發覺安珀會是一切的答案。如今事態已經很明朗了，她是利用我來接近傑克森。她操縱我讓我為她找工作，好讓她能每天都在他眼前。但問題是，傑克森不像我這麼容易受騙上當。而且安珀固然狡猾，她其實只是一知半解，不知道什麼才能讓他心動，什麼才能使他亢奮。我就要從這裡著手。我會提供她她需要的資訊，讓她把傑克森對我走火入魔的注意轉移到她身上。我會一點一點的玩弄她，就跟她玩弄我一樣。

我必須讓他更想要她。他的金錢、權力以及縝密嚴謹的計畫手法讓我知道能擺脫他的唯一方法是他讓我走。到目前為止，他都沒有理由要這麼做。但是一切就要改觀了。我決定我需要假裝他曾背著我偷情，我要她相信我的婚姻有裂痕，相信傑克森是能夠被引誘的。

我們那個週六在邦諾書店見面，她接近時我幾乎認不出她來。

「哇，妳好漂亮。」她的頭髮不再是洗碗水似的褐色，而是美麗的灰金色，眉毛也變成了兩彎完美的弧形，睫毛濃密，眼線描畫得十全十美。顴骨輪廓分明，腮紅增一分則太多減一分則太少，而閃爍著亮光的嘴唇更是畫龍點睛。她像是破繭而出的蝴蝶，在改造自己上一點也不浪費時間。

「謝謝。我去薩克斯的化妝品專櫃，他們幫我弄的。我不能到時髦的紐約公司去上班卻像一隻鄉下老鼠。」

拜託，這根本就是醜小鴨變天鵝的戲碼活生生在我的眼前上演了。我很好奇她是哪裡來的錢。「嗯，妳的樣子真棒。」

我們隨意逛了逛就到對街的咖啡店吃午餐。

「那情況如何？工作還喜歡嗎？」我問。

「喔，我學了好多，而且我真的很感激傑克森給我機會接替貝特利。我知道他也不容易，畢竟他跟她一起工作了那麼多年。」

我不得不佩服她，守得滴水不漏。我不知道她是如何辦到的，但是安珀開始上班之後短短幾個月，傑克森回家來，跟我說貝特利辭職了。我那時就懷疑安珀怕是脫不了干係。「她實在是難能可貴。非常忠心。傑克森沒跟我說她為什麼決定提早退休。妳知道是什麼原因嗎？」

她挑高了眉毛。「喔，她也到年紀了，黛。我覺得她其實很累也很吃力，只是表面上不肯顯露出來。我不止一次需要幫她遮掩呢。」她朝我傾身，像是要說悄悄話。「我大概解救了她好幾次，因為她刪除了傑克森的行程上的重要會議，幸好我及時發現，彌補過來了，不然她早就被開除了。」

「她真是幸運。」

「我覺得，她知道自己是時候該退休了。我覺得她也想要多花點時間陪孫子。」

「我想也是——好了，不說工作了。妳的個人生活怎麼樣啊？辦公室裡有什麼可愛的男人嗎？」

她搖頭。「哪有。我都開始懷疑我到底會不會遇見心上人呢。」

「妳有沒有考慮過交友服務？」

「沒有。我不是真的喜歡那種事情。我是個相信命運的人。」

想也知道。「我懂了。妳想要那種傳統的男孩遇見女孩的事。」

她微笑。「對，就像妳跟傑克森。完美夫妻。」

我小小地笑了一聲。「沒有什麼是完美的。」

「你們兩個讓別人覺得婚姻好容易喔。他看妳的樣子好像你們還在度蜜月。」

我準備好了開場白，讓她相信天堂也會有問題。「最近不一樣了。我們有兩個星期沒上床了。」我把眼睛往下瞥。「不好意思──我希望妳不介意我談這種事情。」

「怎麼會，朋友不就是聽妳說心裡話的嘛。」她轉動著冰茶裡的吸管。「我相信他只是累了，黛。最近公司忙翻天了。」

我嘆氣。「要是我跟妳說一件事，妳發誓不會說出去嗎？」

她更靠近了。「當然啊。」

「他以前外遇過。」

「真的假的？什麼時候？」

「就在貝拉出生之後不久。我的身材還沒恢復，一天到晚都覺得累。他有一個客戶──年輕又漂亮，而且崇拜他說的每一句話。我在社交場合見過她，從她看他的樣子，我就知道她沒安好心。」

她舔嘴唇。「妳是怎麼發現的？」

我隨口編造。「我在公寓裡發現了她的內褲。」

「開玩笑的吧？他把她帶到你們在紐約的公寓？」

「對。我覺得她是故意留下的。我找他對質，他崩潰了，懇求我原諒，說他只是因為我一整天都在陪新生兒，冷落了他，而她又把他奉承得飄飄然。他承認她的崇拜實在是太難拒絕了。」

「哇。妳一定很難過，可是至少你們恢復過來了。現在看來，你們兩個非常快樂，而且妳也得承認，他沒有說謊掩飾，這一點是很可取的。」

我看得出她的腦袋飛快地動了起來。「我想他是覺得虧欠，他發誓不會再有下一次。可是現在我看見同樣的跡象又回來了。他每天都加班，不向我求歡，有點心不在焉。我覺得他一定有人了。」

「我在辦公室沒看到什麼可疑的地方啊。」

「難道沒有人比平常更常跟在他身邊？」

她搖頭。「我沒發現。不過我會幫妳留意他，讓妳知道是不是有該讓妳煩惱的地方。」

我知道她會留意他——而且還不僅如此。「謝謝，安珀，有妳在幫我留意，我真的放心多了。」

她一手按著我的手，穩穩地看著我。「我什麼都願意幫妳做。我們得團結。我們情同姊妹，對吧？」

我捏她的手，笑咪咪地說：「對。」

61

做安排很容易。他一直期望要去看《哈姆雷特》，而我知道他不會想浪費掉珍貴的第二張票。貝拉並沒有真的生病，但是我故意找藉口，希望他會邀請安珀。他氣極了我不能去。我的手機在那晚午夜響了。

「不准妳再有下一次，聽見了沒有？」

「傑克森，怎麼了？」

「我要妳今晚陪我。看戲之後我對妳還有計畫。」

「貝拉需要我。」

「我需要妳。下次妳再壞了我的計畫，就會有嚴重後果。聽懂了嗎？」

安珀顯然不了解他的心情壞透了。隔天早晨她打電話給我，說了該說的話。

「喂？」

「嗨，黛，是我。」

「嘿，戲好看嗎？」

她那端有紙張窸窣聲。「棒極了。我的第一齣百老匯戲劇。我看得目瞪口呆。」

這種沒心沒肺的表演已經過時了。

「我真高興。那有什麼事嗎？」

「喔，我只是想讓妳知道看完戲時間很晚了，所以我們就到公寓去過夜。」

「喔？」我讓自己的聲音適度警戒。

「傑克森堅持說我一大早還得要回來上班，不必那麼晚了還回家去。我把客房的床單拿掉了，放到洗衣室去讓管家知道需要換床單。」

聰明。她不能直接說她住在客房裡，否則的話就是在暗示她有機會跟我先生上床，但是她讓我知道什麼事也沒發生。

「妳真周到。謝謝。」

「我還借了妳的亞曼尼紅色套裝，就是有金色鈕釦的。希望妳別介意。我沒帶換洗的衣服。」

我努力設想如果我還當她是好朋友，我會作何感想。我會在意嗎？

「怎麼會。我敢說穿在妳身上一定好看。妳應該留著。」讓她覺得我沒放在心上，傑克森的老婆擁有的太多，不想要的東西都可以送給她，好像它的價值不過像一雙手套。電話那端傳來尖銳的抽氣聲。

「那怎麼行。那件套裝要兩千塊欸。」

我是否聽見了她的語調中帶著一絲的譴責？我擠出笑聲。「妳是上網查的嗎？」

漫長的一陣沉默。「嗯，不是。黛芙妮，妳生氣了嗎？我大概是惹火妳了。我知道我不應該去，我只是——」

「唉呀，我只是在逗著妳玩。我很高興妳去了。幫了我一個忙。別告訴傑克森，可是我覺得莎士比亞很無聊。」我說的不是真話，但是我知道她會利用這個錯誤的訊息，趁機取利。「衣服的事我說的是真的。拜託，我要妳收下。我的衣服多得穿不完呢。朋友是幹什麼的嘛？」

「既然妳這麼說的話。嘿，我得走了，傑克森需要我。」

「好。對了，妳這個星期六有空嗎？我們要請一些朋友過來吃晚餐，我很想要妳來。有個人我想介紹妳認識。」

「喔，誰啊？」

「一個俱樂部的人，最近剛好恢復單身，我覺得跟妳很登對。」我邀請了葛瑞格．希金斯，是個靠信託基金生活的富二代，快三十了，長相極為英俊，幸虧如此，因為他的腦袋瓜實在不靈光。他的父親已經不再寄望他能夠接手家族企業了，就給了他一間大辦公室和好聽的頭銜，讓他把時間都花在陪客戶吃午餐應酬上。他會黏在安珀的手上甩不掉，而且還會對她上下其手，正是我要傑克森親眼看看的。他再投胎轉世也不是傑克森的對手，所以我不擔心他真的會讓她分心，但是目前他對安珀是極有價值的——是她進入俱樂部、盛大活動的門票，也是某個會嬌寵她直到她獲得終極目標的人。我猜她也夠聰明，知道一點點競爭更能挑起傑克森的興趣。

她的聲音變得溫暖。「好像很好玩。我該幾點到？」

「六點吃飯，不過歡迎妳早點來。妳何不中午就過來，我們可以游個泳，兩點左右再準備？帶衣服來，妳可以在這裡洗澡打扮。這樣吧，妳乾脆也在這裡過夜好了？」

「太好了，謝謝。」

我要傑克森看見安珀穿比基尼，而有鑑於她最近把遊戲升級了，我知道她會像是從「維多利亞的秘密」型錄裡走出來的模特兒。

我掛掉了電話，抓起網球拍就出門了。我要跟梅若笛絲雙打。自從她當面揭穿安珀之後，我們兩人之間仍有些彆扭。我知道梅若笛絲很氣我聽信了安珀逃離暴虐父親的說法，但一旦她發現我什麼也聽不進去時，她終於放棄了。我很不願意我的計畫連帶傷害了我們的友誼，但是十年來頭一次，我感覺到有一絲希望。我不會讓任何人事物變成絆腳石。

*

下一個星期我吃了一頓的碳水化合物。甜餅乾、蘇打餅、洋芋片。傑克森出門去談生意了，所以不能阻止我。兩個女兒很興奮能在家裡吃到垃圾食物。通常，他會每天檢查冰箱和櫥櫃，只要是疑似點心的東西都會被他丟掉。我得叫女兒發誓不能說出去，甚至還瞞著莎賓娜，有天晚上我讓塔蘆拉看電影，晚睡了一點，她就跑去跟傑克森告狀了。但是昨天我堅持要她休兩天假，而她的開心戰勝了她的責任感。

我想讓自己在週六之前胖個幾磅，如此一來傑克森就會注意到安珀穿泳衣比我要好看多了。說來也真妙，一天的熱量如果低於一千二百大卡，那要增重還真是輕而易舉。我的飲食日誌是第十四本——傑克森回家來每天都會檢查，舊的日誌全都排列在他的櫃子上，是他用來證明他對我的控制的小紀念品。偶爾我會寫下一種不在核可名單上的食物——他太精明了，不會相信我不偷吃。在那種時候，他會坐在家裡的健身房裡，盯著我用跑步機跑上五哩路來彌補。我尚未決定這一週是要在日誌上寫下一些額外的食物，抑或是假裝更年期害我的體重增加。若是他以為我的生育力衰退了，那安珀就會變得更理想了。

我都忘了糖的滋味有多美妙了。到了週五我的小腹就微微突出，整個身體都有點腫。我把包裝紙和紙盒都塞進了垃圾袋裡，開車出去丟。週五晚上他回家來，廚房又恢復了光潔。剛過九點我就聽見他的汽車駛入車庫，我抓起遙控器關掉電視，把烤鴨拉出烤箱，為他在中島擺了只盤子。

他走進廚房，我正幫自己倒杯黑皮諾。

「哈囉，黛芙妮。」他朝盤子點頭。「我在飛機上吃過了。妳可以收起來了。」

「旅途還順利嗎？」

他端起酒杯，喝了一大口。「一路順風。」他微微皺眉。「趁我還記得，我看了Netflix片單，發現妳看了一些低級的節目。我們不是討論過了。」

我忘了把片單刪除了。可惡。「大概是我和孩子們一起看完林肯傳後自動播放的，我一定是忘了關掉了。」

他瞪著我，清清喉嚨。「下次別這麼疏忽。別逼我取消訂閱。」

「好。」

他審視我的臉，一手摸我的臉頰，按了按。「妳又過敏了嗎？」

我搖頭。「應該沒有。怎麼了？」

「妳有點水腫。妳沒吃糖吧？」他打開放垃圾桶的櫥櫃檢查。

「當然沒有啊。」

「把妳的日記拿來。」

我跑上樓去拿。等我回廚房，他正在搜所有的櫃子。

「給你。」

他一把搶過去，坐下來，一頁頁翻閱，食指劃過每一條。「啊！這是什麼？」他指著昨天的一欄。

「烤馬鈴薯。」

「那個就會轉化為糖。妳明明知道。如果妳非得像隻豬一樣吃馬鈴薯，那就吃地瓜，起碼那還有點營養價值。」他上上下下打量我。「妳讓我噁心，肥豬。」

「爹地？」

塔蘆拉站在門口，看著我，滿眼擔憂。

「來給爹地抱一個。我正在跟妳媽說她不能再把臉吃得那麼胖了。妳不想要一個胖媽咪，對不對？」

「媽咪不胖。」她說，聲音帶哭音。

他看著我，大皺眉頭。「妳這隻笨母豬。告訴妳女兒妳需要注意自己的飲食。」

「爹地，不要！」塔蘆拉哭了起來。

他兩手往上一拋。「妳們兩個！我要去書房。把這個愛哭鬼送上床，然後我要妳到書房來見我。」說完他俯身跟我耳語：「既然妳老是這麼餓，我會給妳東西吸。」

62

安珀伸手拿那瓶助曬乳，擠一點到手裡，搽完手臉之後，就遞給我。「幫我搽背好嗎？」

我接過來，兩手揉搓，聞到一縷椰子味。

「要去坐在池邊的長椅上嗎？」天氣悶熱，我想涼快涼快。

「好啊。」

安珀的比基尼簡直就是有傷風化——她只要一個姿勢不對就會春光外洩。我很慶幸塔蘆拉和貝拉跟雪莉出去了。雖然為傑克森工作花了她不少時間，但顯然她是照常去健身房，我真不知道她是怎麼安排時間的。我刻意穿了一件式的泳裝，緊緊包住身體，露出了微凸的小腹。傑克森只要看我一眼就會注意到。

我們並肩坐在淺水池那端的嵌入式長椅上。池水是完美的攝氏二十九度，很是舒服。我看著前方一望無際的藍色大海和沙灘，深吸了一口鹹鹹的海風，放鬆身心。

傑克森出來了，他每天都要游泳。

「嗨，女孩們。希望妳們搽了防曬油。現在是一天最熱的時候。」

我微笑。「我搽了，可是安珀搽的卻是助曬油。」

她坐得挺直一些，刻意挺出胸脯。「我喜歡曬黑。」

「那是因為妳太年輕，不知道陽光會害妳有皺紋。」我說。

傑克森走向跳板，向後轉，來了個完美後空翻，倒是出乎我的意料之外。他是在炫耀嗎？他破水而出時，安珀鼓掌。

「好厲害唷！」

他游向池邊，雙手一撐翻出泳池，行了個小小的鞠躬禮。

「沒什麼。」

「來跟我們坐一坐吧。」我說。

他從吧檯後方的戶外大衣櫃裡拿出毛巾，坐在我們對面的軟墊椅上。

「派對開始之前我還有點工作要做。」

「我可以幫得上忙嗎？」安珀問。

傑克森微笑。「不用，不用。今天是妳休假。別傻了。再說了，我要是讓妳去工作，黛芙妮會宰了我。」

「沒錯。妳今天是客人。」

「我真的好熱，我要去把全身都弄濕了。」她起身，溜進了水裡。我盯著傑克森，他緊盯安珀看著她游向台階，走出水池，讓他清清楚楚看見她濕漉漉的胴體和透明的泳衣。

「感覺真棒。」她說，直勾勾看著他。她越來越厚顏無恥了。

「那，我得去工作了。」傑克森說，走回屋子裡。

安珀走回我這邊，又坐了下來。「再次謝謝妳邀我過來。實在是太愉快了。」她真覺得我是傻子嗎？「大家是幾點來啊？」

「六點左右。我們可以輕鬆個兩小時，然後再去洗澡換衣服。我要安潔拉三點過來幫我們做頭髮。」我對今天下午還有更多安排，我打算要讓她嚐嚐傑克森的財富能夠提供的每一種甜頭。

「好棒喔。都是她幫妳做頭髮嗎？」

「只有在我們請客或是我想去特別的地方的時候。她是我們聘用的造型師，所以她幾乎是隨叫隨到。」這時我看出了她的眼中閃過一抹憤恨，但她立刻就恢復了。

「哇。」

「當然啦，我會盡量事先預約。不想故意攪亂了別人的計畫。」

「今晚會很隆重嗎？」

我伸長腿。「也不至於。俱樂部的三對夫妻，還有葛瑞格，我想讓妳認識的那個男的。」

「跟我說說他。」

「他快三十了，紅金色的頭髮，藍眼睛。那種典型的富家子。」我笑著說。

「他是做什麼的？」

「他父親是卡爾文頓會計公司的老闆，他也在公司裡上班。他們家相當有錢。」

這下子我勾起她的興趣了。「我想他對我不會有興趣。他八成習慣的是名門望族的千金小姐。」

這套裝可憐的表演我是越來越覺得厭倦了。我抬頭看見兩名按摩師走到鋪地磚的露台上。

「我幫妳準備了驚喜。」

「什麼？」

「我們兩個都要好好按摩一下。」

「可別說他們也是你們聘請的吧？」安珀問。

「不是。他們是兼差的。傑克森跟我如果一個星期沒按摩兩次就活不下去了。」這不是真的，不過我要她嫉妒得眼紅。

那天下午在愉快的朦朧中度過。在一個小時的按摩之後，我沉浸在浴缸裡，而安珀在做頭髮；然後她坐下來跟我聊天，換安潔拉幫我做頭髮。三點半時，我們一手端杯飲料，坐在日光室裡，眺望海灣。幾小時之後，我的第二階段計畫就要展開了。

*

六點時我們在迴廊上喝酒，葛瑞格不負我的期望，黏上了安珀。我忍不住把那個初次來參加委員會會議的女孩和這個泰然自若，沉穩自信的年輕女郎做比較。第一次遇見她的人絕對猜不出她不是這個圈子裡的人。她的渾身上下都散發出貴氣和教養。就連她的衣著，一件Marc Jacobs直筒洋裝，也和她以前穿的郵購服裝有天壤之別。

我走向她和葛瑞格。「看來你跟我們的安珀認識了。」

他露出大大的笑容。「妳都把她藏在哪裡啊？我沒在俱樂部看過她。」他給了她會心的一眼。「不然我一定會記得。」

「我不屬於那裡。」她說。

「那妳一定得來當我的客人。」他看著她的空杯。「要我幫妳再倒一杯嗎？」

她一手按著他的胳臂。「謝謝你，葛瑞格。你真是個紳士，我跟你一起去。」

葛瑞格的手落在她的後腰上，兩人相偕走向吧檯，而我抬頭就看到傑克森盯著他們。他的眼神帶著霸道，像在說：你在我的草坪上小便。成功了。

我走向他。

「看來安珀和葛瑞格一拍即合。」我看得出她是在玩弄他，可是傑克森只看見從葛瑞格身上湧出的費洛蒙。

「她找得到比那個白痴更好的人。」

「他不是白痴。他是個很不錯的青年。他一整晚都沒辦法把目光從她身上移開。」

傑克森一口乾掉了剩下的波本。「他就跟塊石頭一樣呆。」

等大家就座用餐時，葛瑞格已經徹頭徹尾地被迷住了。安珀已經像捏黏土一樣的揉捏他了。她只需要做出口渴的表情，他就會揮手叫服務生送上一杯酒。其他的女人也沒有漏掉這一幕。

珍嘉靠過來和我咬耳朵：「妳不會緊張嗎？像這樣的女孩子每天都坐在他的辦公室外面？我知道他愛妳，可他畢竟是個男人。」珍嘉是位褐髮美女，嫁給了傑克森的高爾夫球友。

我笑了。「我絕對信任傑克森，而且安珀是好朋友。」

她一臉懷疑。「這樣啊。我是絕不可能會讓華倫雇用一個像這樣的人當助理的。」

「妳太多疑了，親愛的。我一點也不擔心。」

葛瑞格是最後一個離開的人。他在安珀的臉上印上了無邪的一個吻。「星期日見。中午來接妳。」

他走了之後，我轉向她。「星期日？」

「他邀請我跟他去俱樂部午餐，然後到劇院去看《朱門巧婦》。」

「真好。我累死了。我們休息吧？」

她點頭。

我讓她睡在我們對面的客房，我要傑克森知道她就在附近。

我進臥室時他已經上床了。

「今晚真愉快，對不對？」我說。

「就那個白痴葛瑞格掃興。我真不知道妳怎麼會請他來。」傑克森不悅地嘟囔。

「總不好讓安珀孤伶伶的一個。他人滿好的，就是酒喝得多了一點。」

「多了一點？那傢伙是個酒鬼。我最瞧不起不能控制自己的人。」

我溜進被子底下。「安珀星期日要跟他約會。」

「對他來說，安珀太聰明了。」

「嗯，她好像喜歡他。」很好，他在吃醋。

「要不是他有富爸爸，他現在就會住在別人家的車庫上面。」

「傑克森，我想問你一件事。」

他坐起來，打開了燈。「什麼事？」

「你知道我有多想念茱麗。從沒有人像安珀一樣這麼像我的妹妹。你對她的興趣好像不只是在工作上面。」

他拉高了嗓門。「妳給我等一下。我幾時給過妳理由吃醋了？」

我溫柔地按住他的胳臂。「別生氣嘛。我不是在指責你。可是我看到她看你的眼神。她崇拜你。誰又能怪她呢？」我的語氣夠有說服力嗎？「我只是不想要你們之間有什麼。誰都可能會有失足的時候。安珀是我唯一一個真心的朋友。要是你發現你被她吸引，拜託不要屈服。我只要求這麼多。」

「少胡說八道了。我對別的女人都沒興趣。」

但是我知道那種表情。他眼裡的決斷。誰也不能告訴傑克森．派瑞許什麼可以要、什麼不能要。

63

兩面手法很適合我。這麼多年來和傑克森同住在一個屋簷下我或多或少還是學到了一點東西。想到安珀覺得自己聰明絕頂，我卻愚蠢不堪，有時候心裡也很難受，但是最後一切都會是值得的。她和我跟孩子們在湖邊小屋的那個週末讓我如坐針氈。我恨透了到那棟房子去。我母親真的住在只要一個小時車程之內的地方，可是他不准我邀請她。他就是為了這個目的才選擇這個地方的——讓我母親相信我太自私自利，把她丟在一邊。她太有骨氣了，不會主動開口。可是邀請安珀到湖邊卻是推動我的計畫的必要一環。就是在這個週末我給了她重大的小八卦，我希望她一下子撲上去咬住——也就是傑克森迫切想要個兒子，而我沒辦法幫他生。我也給了她紐約公寓的鑰匙，知道不需多久她就會找到藉口使用。

週五早晨我收到她的簡訊，詢問週末是否能使用公寓，我又急中生智。傑克森整個星期都在湖邊小屋工作，讓孩子們和我的日子水深火熱。他是不肯讓行事曆鬆動的人，即使是度假。他不在時，我們整天在湖邊玩耍，想吃什麼就吃什麼，熬夜看電影；可他如果在，一定是十二點吃午餐，七點晚餐，孩子們八點上床。沒有垃圾食物，只有有機的健康食品。我得把書藏進床頭櫃，擺出他挑選的每週讀物。

不過那一週我故意在小地方惹惱他。我游泳後進屋，眼睛下的妝糊了，頭髮亂七八糟，麵包屑掉在流理台上。到了週五，我看得出他已瀕臨崩潰。我們剛吃完午餐，我刻意讓一片菠菜嵌在門牙牙縫裡。

他嫌惡地看著我。「妳是隻豬。妳的牙齒上有一大片綠色的東西。」

我咧開嘴，靠近他。「哪裡？」

「噁。去照鏡子。」他搖頭。

我站起來，大腿故意撞上桌子，我的盤子就跌到了地上。

「眼睛不看路啊！」他的眼睛在我的身體上來回梭巡。「妳是不是胖了？」

我真的胖了──胖了四、五公斤。我聳聳肩。「不知道，這裡又沒有磅秤。」

「我下星期會帶一個來。看在……我不在的時候妳都做了什麼？猛吃垃圾嗎？」

我撿起盤子，走向水槽，故意在地上掉了一片小黃瓜。

「黛芙妮！」他指著。

「唉呀，對不起。」

我用水沖盤子，再放進洗碗機裡──放反了方向。

「喔，傑克森。今晚連恩夫婦要過來吃飯。」我知道這會是最後一根稻草。我們在湖邊的鄰居一年的其他時間都住在伍德斯塔克，而他們的政治傾向是馬克思左派，傑克森連和他們待在同一個房間裡都受不了。

「妳在開玩笑？」他走到我後面，抓住我的肩膀，把我轉過去。臉孔只距離我幾吋。「我這個星期對妳已經非常有耐性了，忍受妳邋遢的外表，妳的笨拙無能。這樣太過分了。」

我看著地板。「我真笨！我以為這星期你不在，我把日期搞混了。實在對不起。」

他大聲嘆氣。「既然如此，我就走。我今天就回家。」

「我安排好了要在週末清洗地毯，你真的不應該回家，那麼多的化學藥劑。」

「混蛋。那我就到公寓。反正我也該進公司了。謝謝妳又一次把什麼都搞砸了。」

他氣沖沖去臥室整理行李。

我會在早晨把我「原想」要在今天傳的簡訊發給安珀——通知她傑克森要到公寓去，她不能使用公寓了。我會告訴她我忘了按傳送，希望傑克森出現時沒嚇到她。

我走進臥室，把《尤里西斯》拋到地板上，拿出了最新一冊的傑克．李奇。放鬆地躺在床上，做個深呼吸。我們晚餐要吃披薩。連恩夫婦正在音樂會上聆聽悠揚的樂章，他們在上週來晚餐時告訴我的。

＊

幾小時後，我的手機響了。

「妳在玩什麼把戲？」傑克森說。

「你說什麼？」

「安珀在這裡。妳是在搞什麼名堂，黛芙妮？」

我假裝驚訝。「我發簡訊給她了，說你要用公寓。等等。我查一下手機。」我等了幾秒鐘。

「我真是白痴。我忘了按傳送了。真是對不起。」

他罵髒話。「妳是故意要毀了我的週末的。我只想要一點安寧。我沒心情跟員工閒聊。」

「那就叫她走啊。你要我打給她嗎？」

他嘆氣。「不用，我會處理。謝謝妳幫倒忙！」

我按了傳送，又敲了一則簡訊給安珀。抱歉。本想告訴妳傑克森到公寓去了。最好躲著他。他的心情不好，都怪我。

這樣應該就夠讓她同情地聽他訴苦了。然後就只差一步、一蹦、一躍，他們兩人就會一起上床了。

64

他食髓知味。安珀一定很行。大多數的晚上他都宣稱要加班，不想太晚回來，所以決定要到公寓去過夜。一連三個晚上之後，我為了要測試我的推論是否正確，主動提議去陪他，他卻反對，說他會在辦公室忙得分不開身。另外安珀的舉止也很明顯。她覺得她太聰明，我絕對看不出來，但是我注意到她來我家時他們兩人互換的表情，而且她也常常幫他說完一句話。

我們到倫敦旅行時，每次他去開會回來，衣服和頭髮上都會殘留她的香水味。顯然出軌讓他性慾高漲，因為他比平常還想要性交。我完全不知道他幾時會抓住我。而且性交也不同了——更快、更粗魯，像隻狗在宣示領域。我向安珀謊稱他幾個星期沒碰我了，我需要她相信他的眼裡只有她——只不過有一次我讓驕傲沖昏了頭，跟她說我們才剛睡過。她臉上的震驚和憤怒實在是令人回味無窮。不過我倒擔心他遲早會厭倦她，又回到我身邊，比以前更多的走火入魔。我唯一的希望就是安珀也能夠勾引出他在初遇我時的那種感情。她已經在努力了——試圖把自己轉化為一個年輕版的我。我發覺她學我用同樣的香水，髮型也學我，甚至連口紅顏色也學我。而我繼續提供她彈藥。可是這樣夠嗎？她為什麼這麼久還沒懷孕？當然了，除非是男孩，否則也沒用。我們走過那條路，他一點也不想再來一個女兒。

我讓自己在他面前變得更加不修邊幅。我要他把安珀看作是我的完美替代品。我在衣服底下穿長內衣，才能出汗，抱怨是熱潮紅。我開始暗示我正經歷更年期的早期階段，好讓他知道要是跟我在一起，他的兒子夢是沒辦法實現的。我把全部的希望都放在她懷個男孩上。可萬一不成，我是希望她夠聰明，能找到別的方法釣住他。

他從巴黎回來的那晚，心情很好。安珀跟我說她要休幾天假去看朋友，以免我起疑。但是我知道她是跟他在一起，我看見他在臨行前把女用內衣塞進行李箱裡。

他走進臥室打開床頭燈時我都快睡著了。

「妳沒睡吧？」他繞到我這邊來，俯視著我。

「睡了。」

「我很傷心。我還以為妳會等我。妳明知道我不在家時有多想妳。」

我的眼皮開始跳。我給了他緊繃的一笑。「我當然想你。可是我以為你會很累。」

他臉上緩緩咧開一抹笑。「對妳絕不會太累。我帶了禮物給妳。」

我坐起來等待。

是我在他的行李箱中看見的紅黑雙色馬甲。我接過來，「獨領風騷」的味道飄過來。這個變態的雜種居然要我穿她穿過的衣服。

「這是搭配的絲襪。起來穿上。」

「你何不讓我自己挑選衣服來給你一個驚喜？」我不想要這些東西在她穿過之後再接觸我的皮膚。

他把馬甲丟給我。「快點！」他抓住我的手，把我拖下床。「胳臂。」

我舉起胳臂，他把我的睡衣脫掉，讓我只穿著內褲站在他面前。

「妳越來越胖了。」他捏我腰上的肉，做個鬼臉。「我很快就得幫妳買緊身褡了。這星期都別做什麼計畫。妳每天都要和教練一起過。我們星期四要在俱樂部晚餐，我幫妳買了新衣服。最好能穿下。」他抬頭。「懶母狗。穿上妳的好老公不怕麻煩幫妳買的衣服。」

我把僵硬的布料拉上大腿和腹部。很緊，但我還是穿上了。我的臉因羞恥而滾燙，我不得不看著天花板，以免哭出來。等我把絲襪繫好，他要我轉一圈給他看。

他搖頭。「穿妳身上真是糟蹋了。」他把我推倒。「趴著。」

我跌在地上，硬木頭撞得我的膝蓋一陣陣疼痛。我還沒做好心理準備，就聽見他拉開了長褲拉鍊，感覺到他在我後面。他很粗暴，我覺得像被撕成了兩半。等他終於完事，他站起來，俯視我。「還是妳最好，黛。」

我痛苦得倒在地上，覺得身體虛弱。我的辛苦籌謀難道都付諸流水了嗎？他已經厭倦安珀了？我既然已經允許自己想像一個擺脫他的生活，我是絕不會放棄的。無論如何，我終將獲得自由。

65

她一定是給他下了最後通牒。我昨晚聽見他在浴室裡壓低聲音講電話，告訴她他需要更多時間。她最好是選對策略，我暗想，否則就功虧一簣了。傑克森不是個可以威脅的人。昨天我到公司去見到了她，我看得出來，她絕對是懷孕了，而且至少三個月了。不知是男孩還是女孩。自從茱麗死後，我可能不曾禱告得這麼虔誠過。

晚餐時我們全都提心吊膽。我在餐廳就能聽見他的手機收到簡訊。他在某一刻站了起來，餐巾丟在椅子上，氣呼呼地走出去。幾分鐘後，他回來了，我也不再聽見有手機鈴聲。

我把孩子送上床後，我們看了一部企鵝的紀錄片。最後，快十點時，他看著我。

「我們睡覺吧。」

謝天謝地，他盥洗過後就上床睡著了。我躺在黑暗中，猜測他們兩人是怎麼了。我昨晚月事來了，剛下床來吃過頭痛藥，再接著上床睡著了。

我以為我在作夢。什麼明亮的東西刺痛了我的眼睛，我想翻身，卻發現自己動彈不得。我的眼睛倏地睜開。他跨坐在我身上，拿手電筒照著我的臉。

「傑克森，你這是幹嘛？」

「妳難過嗎，黛芙妮？」

我用手遮住眼睛，再偏過頭去。「什麼？」

他推我的臉頰，讓我又直視著光。「妳月事來了，妳難過嗎？又一個月沒孩子。」

他在說什麼啊？難道他發現了避孕器？「傑克森，拜託，我的眼睛很痛。」

他關掉了手電筒，我感覺到冰冷的手槍抵著我的脖子。

他又打開了手電筒，然後關上，再打開，就這麼關關開開，而手槍始終抵著我的脖子。「妳是不是每個月背著我偷笑？明知道我有多想要個兒子？」

「當然沒有。我絕對不會笑你。」我的聲音像蚊子叫。

他把槍從我的脖子上滑向我的臉，對準一隻眼睛。「少了一隻眼就沒辦法哭了。」

他這次會殺了我。

接著他把槍移向我的嘴，劃著我的唇。「少了嘴巴就不能說我的閒話了。」

「傑克森，拜託。想想孩子們。」

「我是在想著孩子們。我沒有的孩子。我沒有的兒子，都因為妳是個乾枯的老太婆。不過放心好了，我有解決的辦法。」

他把槍移向我的胃，劃了一個8。「沒關係，黛芙妮，要是妳這裡太老舊了懷不上孩子，我決定我們可以領養。」

「你在說什麼啊？」我太害怕了，動也不敢動，擔心手槍會走火。

「我知道有個人要生孩子了，而且她不想要他。我們可以接納他。」

我的全身繃得像根弦。「我們為什麼要領養別人的孩子？」

我聽見他扳起了扳機，俯身把床頭燈打開，好讓我看見。

他對我微笑。「只有一顆子彈。我們來看看會怎麼樣。要是我扣了扳機而妳沒死，我們就領養。要是妳死了，我們就不領養。公平吧？」

「拜託……」

我驚恐地看著他的手指向後彎，我大氣都不敢喘，直到聽見喀的一聲。我大聲喘氣，哭聲溜出了口。

「好消息。我們要有兒子了。」

第三部

66

安珀離開了東六十二街上的公寓，拎著一個小行李箱、她的信用卡和一疊鈔票。傑克森稍早打電話來讓她知道他晚上九點會到，而她要確保他會走進一間空洞的公寓。她厭倦了這種等待的遊戲了。今天他說會告訴黛芙妮，明天又有藉口。她可不要再忍下去了。攤牌的時刻到了。

她以假名在一家小飯店訂了房間。她留下的信上只簡短寫著：

我怕你並不愛我和我們的兒子。我不認為你有心離開黛芙妮來娶我。既然你不想要這個孩子，我會確定不讓他來到這個世間。

傷心欲絕的安珀

九點十分，她的手機響了。她不理。幾分鐘後又響了，她再次拒接。就這樣持續了二十分鐘，然後他留了言。安珀，拜託。別做傻事。我愛妳，拜託打給我。

安珀聽見他聲音中的懇求和驚慌。讓他打一整夜，胡猜亂想她去了哪裡做了什麼吧。她打開電視，躺下來，今晚會既漫長又無聊，但是該是她下險棋的時候了。我不會又是那隻代罪羔羊，她心裡想，隨即睡著了，卻睡得不安穩。

她晚上起來上了好幾次廁所，每次都會查看手機。一通接一通傑克森的電話，還有留言和簡訊，一會兒懇求，一會兒暴怒。她最後一次起來是半夜四點，終於沉沉睡去，直到八點才醒來。她起床叫了客房服務。無咖啡因熱茶和優格二十分鐘後才送來，另附上一份早報。她興趣缺缺地翻著報紙，然後等待。等待。再等待。

下午兩點，她撥了傑克森的手機。他連第一聲都沒響完就接了。「安珀！妳在哪裡？我從昨晚起就一直在找妳。」

她以顫抖的聲音對著手機低喃。「對不起，傑克森。我愛你，可是是你逼我的。」她發出小小的啜泣聲來強調她的楚楚可憐。

「妳胡說什麼啊？妳做了什麼？」

「我一個小時後就會去醫院，傑克森。對不起。我愛你。」她掛斷了。

讓他慌個一會兒，她心想。她的手機又響了，這次她在第五響接了起來。

「幹嘛？」她說。

「安珀，聽我說。別這麼做。我愛妳。我愛我們的兒子。我想娶妳。我會娶妳。我今晚就跟黛芙妮說。拜託。相信我。」

「我不知道能相信什麼了，傑克森。」她讓聲音更衰弱疲倦。

「安珀，妳不能這麼做。妳懷的是我的兒子。我不要失去我的兒子。」他的聲音憤怒。

「是你逼我這麼做的，傑克森。都是你的錯。」她聽見他嘆氣，接著他的語氣變了。

「不，不。我知道我一直拖拖拉拉，可這全是為我們好。我在等適當的時機。」

「問題就在這裡。適當的時機好像老是等不到。我等不下去了，傑克森。去醫院也不能等。」

「妳真的要殺了我們的孩子？我不敢相信。我們美麗的小兒子？」

「我不能未婚生子。你或許覺得沒什麼，可我的家教不允許。」

「我保證在他出生之前我們會結婚。我發誓。回到我身邊來，安珀。妳在哪裡？我現在就去接妳。」

「我看算了——」

傑克森打斷了她。「我們會回我的公寓去。妳可以住在那裡。住一輩子。拜託。」

她露出貓一般的笑。

*

傑克森不到一個小時就趕到了。她坐上了禮車的後座，給了他一個她希望是淒楚幽怨的表情。他的嘴唇發白，緊緊皺著眉頭。

「不准妳再這樣對我。」

「傑克森，我——」

他攫住她的手，用力捏。「妳怎麼敢威脅要殺了我們的孩子？把他當人質。」

「你捏痛我了。」

他放掉她的手。「我不知道要是我的兒子，或是妳，出了什麼事，我會做出什麼事來。」

他的態度和語氣害她緊張，但是她不以為意。他當然生氣啦。還有擔憂。所以不像平常的他。

「我不會的，傑克森，我發誓。」

「好。」

他們回到公寓，她哄他上床。兩人在床上待到天黑，安珀懇求他原諒，同時設法確認他們的計畫沒有偏離軌道。

「你餓了嗎？」她問他。

「餓死了。吃煎蛋捲如何？」傑克森說，掀開被子，一躍下床。安珀跟著他進廚房，他開始打蛋。打鐵趁熱就是現在，她心想。以免他又改變主意。

「我一直在想，傑克森。你不會搬出房子，對吧？你在娶她之前房子就是你的了。」

安珀從看見那棟房子的第一眼就一直想要。她想要成為那棟房子的女主人，讓貝拉和塔蘆拉都得聽她的。她們會是她的房子裡的客人，而貝拉如果繼續搞任性，就等著挨打吧。她頭一件要做的事就是找人來畫一張她的肖像——一張她懷孕的全裸像。她要掛在她們每次來訪都會看見的地方。她會讓她們的日子過得悲慘至極，嚇得她們不敢再在週末過來，而且她會保證讓傑克森不喜歡她們兩個。不用多久她就會讓他看出她們兩個是吸血鬼，就跟她們的母親一樣。

「我是要離婚的那一方，總不好把她就這麼掃地出門。」他說，然後把蛋翻面。

「你說得也對。可是……她討厭那棟房子。她跟我說她覺得太浮華了。我真的不覺得她值得那裡，她說不定會讓她母親搬進去。你真的想要那棟美麗的屋子屬於她嗎？她難道不會賣掉？」

她能看出他的腦筋在轉。

「嗯，我是在認識她之前就擁有屋子了。我看看能有什麼辦法。說不定我能說服她把屋子留給我。」

「喔，傑克森！那就太棒了。我愛那棟房子。我們一定會住得很快樂的。」

唯一能比她搬進去宣示領土讓她更開心的事，就是讓黛芙妮別無選擇搬進安珀的簡陋小窩。她知道她很賤，不過她不在乎。黛芙妮被寵溺得太久了，讓她看看名牌鞋穿在別人的腳上，對她只有好處。她可能會假裝是安珀的朋友，但是安珀知道內心深處黛芙妮仍把她當作屬下。像富家少奶奶一樣紆尊降貴來幫助可憐可悲的安珀。一想到黛芙妮從不當她是個威脅，她就怒火中燒。黛芙妮自認為比安珀美麗太多了，對傑克森的愛自信滿滿。哼，妳猜怎麼著，黛芙妮。他現在愛的是我了。他現在屬於我了。而我就要給他一個嶄新的家。妳跟妳的小王八蛋被淘汰了。

67

終於來了！傑克森早上打電話要她去紐約公寓討論「嚴重」的事情。黛芙妮不需要猜測是什麼事，多虧了私家偵探傑瑞．漢生的教導，她學會了複製手機。她一直在窺視傑克森和安珀這個月的簡訊。她不得不佩服安珀，那套搞失蹤的戲碼是神來一筆。傑克森為了保住他渴盼了這麼久的兒子，差不多什麼事都肯做。

她在五點抵達，才走入公寓就聞到安珀的香水。他們兩個坐在沙發上。

她假裝震驚。「這是怎麼回事？」

「坐下，黛芙妮，」傑克森說。安珀不吭聲，只是坐在那兒，笑容緊繃，眼中閃著惡毒。

「我們需要跟妳談一談。」

黛芙妮仍站著，看著安珀。「我們？」

安珀低頭看手，但是嘴唇卻彎出笑容。

「無論是什麼事，就直說吧。」

傑克森向後靠，瞪著她好半天。「我覺得情況很明顯，我們最近並不快樂。」

最近不快樂？黛芙妮真想說。*我們幾時快樂過？*「你在胡說什麼啊？」

他站起來，開始來回踱步，然後轉頭看著她。「我要跟妳離婚，黛芙妮。安珀懷了我的兒子。」

為了作戲，黛芙妮假裝震驚，跌坐在椅子上。「懷孕？你跟她上床？」

「不然呢？」他的眼睛在她的身體上游移。「妳放縱自己，又胖，又邋遢，又懶惰。難怪妳沒法幫我生出兒子來。妳把自己的身體當狗屎。」

她使盡了吃奶的力氣才忍耐住，沒有說他們兩個有多笨。她只是掛上了傷心的表情，看著安珀。「妳跟我先生睡多久了？」

「我不是有意讓它發生的。可是我們愛上了彼此。」說到這裡，她看著傑克森，而他握住了她的手。

「真的？」黛芙妮拉高了嗓門。「那麼你們是相愛多久了？」

「對不起，黛芙妮，我從來就沒想過要傷害妳。」她的眼睛說的卻正相反。她很顯然對每一刻都覺得津津有味。

「我信任妳，待妳像妹妹，而妳就是這樣子回報我的！」

她嘆氣。「我們實在是情難自禁。我們是靈魂伴侶。」

黛芙妮險些就大笑，她希望他們會誤以為她發出的聲音是哭聲。

「我真的很對不起，黛芙妮，」她重複說。「有時候就是會發生這種事。」她一手摸著肚皮，來回摩挲。「我們的孩子也會是親人，所以我希望假以時日妳會原諒我。」

黛芙妮的嘴巴合不攏。「真的假的？妳真以為——」

「夠了，」傑克森打斷了她的話。「我們要結婚，而我要在我的兒子出生之前結婚。只要妳能乾乾脆脆的離婚，我不會虧待妳的。」

黛芙妮站在那兒。「我還有很多事要考慮。等我想討論了，我會通知你們。而且我不要她在場。」

黛芙妮走出了公寓，走出他們的視線範圍，臉上立刻就綻開了笑容。她已經如願以償了，不過她不會讓他知道。自由可以標價嗎？但是為了孩子她會收下錢。憑什麼全都留給安珀呢？不，她會確定離婚協議的條件優厚，然後她也會跟他乾淨俐落地離婚。

68

安珀閉上眼睛，美甲師以乳液為她按摩雙手。她跟這個女孩說她要結婚了，而她立刻就積極地推薦一套法式美甲。真是俗氣。她睜開眼看著左手。這是她頭一次把格拉夫（Graff）鑽戒摘下來——比黛芙妮的大一克拉。她微笑，看著女孩繼續為她搽指甲油，忽然把手抽開。

「我不喜歡這個顏色。洗掉，讓我看看妳還有什麼。」她命令道。

女孩乖乖收拾更多瓶子，陳列在安珀的面前。她慢條斯理地檢視，終於選了香檳肉色。「這一個。」她指著瓶子，又坐回皮椅裡。她今天會做全套的美容——按摩、臉部保養、美甲。明天她會豔光四射，站在牧師面前，成為傑克森．派瑞許太太，她所有的美夢都會成真。傑克森的離婚終於及時辦完，寶寶隨時都會出生，而她想要在他出生時成為傑克森的妻子。傑克森對於兒子即將呱呱墜地一直情緒高昂，他想辦個盛大的婚禮來向所有的朋友介紹他懷孕的新婚夫人。

「我們在房子裡舉辦婚禮，邀請每一個人。會很盛大，至少三百個人。我要他們全都見見我美豔動人的妻子。我們會宣布我的兒子即將出生。」他說。

「傑克森，別這樣。大家都知道有寶寶。離婚，懷孕，我們訂婚——這半年來都是別人茶餘飯後的話題。再說了，我要個小小的溫馨的儀式，只有我們兩個。」她絕不要讓畢夏普斯港的那些勢利眼看見她又胖又腫，在婚禮上背著她指指點點，再去向黛芙妮報告。「我們可以以後再辦個大派對，在孩子出生之後。」她笑了，輕啄了他的臉頰。「那時我就不會有這麼大的肚子，就穿得下美麗的衣服了。好不好嘛？」她想要頭一次上報就是以傑克森太太的身分，體體面面的。她再也不擔心會被認出來了。她那個鳥不生蛋的家鄉裡不會有人把這兩人聯想在一起。就算花上一百萬年的時間他們也想像不到雷娜．柯朗普會變成雍容華貴的安珀．派瑞許。更何況，就算有人來打聽，她也有的是錢能讓那些芝蔴綠豆大的事消失不見。

那時他抿著唇，點了頭。「好吧。我們以後再辦。可是塔蘆拉和貝拉呢？她們應該要在場。」她可不打算讓生氣又悶悶不樂的塔蘆拉和被慣壞了的貝拉佔據了她的婚禮的中央舞台。她們會毀了一切。最好是等生米煮成熟飯了再讓她們知道，那時可能會使她們的父親心軟的哭鬧也都沒用了。

「對，你說得對。不過，我在想，你覺得看到我懷孕她們會不會不開心？我不要她們因為不是她們的母親懷孕而難過。要是她們傷心，或是覺得被取代了，我會很捨不得。也許等孩子出生會比較好。他會是她們的弟弟，是誰生的就沒那麼重要了。讓她們等到之後的盛大慶祝再出席吧。我覺得這樣子她們會比較容易接受。」

「這樣行嗎，她們不在場的話會很奇怪。」他說。

「她們在我們之後舉辦的派對上會更開心。」

「妳說得對。」

「我只是想讓她們喜歡我。接受我當她們的後母。我甚至還跟小兒科醫生討論過，她覺得她們可能一下子承受不了，不過也說由你決定。」小兒科醫生的事純屬安珀的捏造，但是她瞪大眼睛故作無辜。

「妳說得有理。我看大概也沒必要。畢竟，我們別的家人都不參加。」

安珀對他微笑，握住他的手。「我們會是一個快樂的大家庭，等著瞧。我相信她們一定會愛她們的小弟弟的。」

「我等不及要見這個小傢伙了。」

「快了，」她說，「不過在此同時，我英俊的準老公想不想要一點感激啊？」安珀伸手解開了他的皮帶。

「誰也沒法像妳一樣讓我亢奮。」他說，往後倒在椅子上。她跪下來，提醒自己等她成了派瑞許太太，就不必再假裝享受這種苦差事了。

*

翌晨安珀起了個一大早，她跟傑克森說新郎新娘在婚禮前夕見面不吉利，所以他住到廣場飯店了，而她則留在公寓裡。她才不甩那些傻裡傻氣的迷信呢，但是她想要這個早晨不受打擾。她想打幾通電話，而她不想讓傑克森在附近聽到。她早餐只吃了優格和水果，查看她的電郵。有三通來自傑克森的新行政助理。安珀在篩選應徵者時不疾不徐，精挑細選。她覺得她選中的人再理想不過——年輕，有魅力，聰明，擅用現代科技，想法不拘泥，而且最好的一點，男性。當然支票簿得送到家裡來。只有安珀會看見他們的家庭開支，她才不會犯下黛芙妮犯的愚蠢錯誤。

享受過奢華的熱水浴之後，她擦乾身體，全身都抹上價格離譜的乳液，側轉過來對鏡看她的肚子。這麼大的一個球讓她噁心。她巴不得這個孩子快點出生，好讓她恢復身材。她搖頭，別開臉，抓起一條毛圈浴袍。這是一件壓花的長毛絨浴袍，價格非常昂貴，她給自己和傑克森一人買了一件。她自顧自地笑著。無論她買什麼她都會上網鍵入「最貴的」，她學得很快。

安珀和傑克森約定要在一點鐘在市政廳會合，所以她仍然有許多時間打扮，再打電話叫禮車來接她。她躺在臥室的天鵝絨貴妃椅上休息，滑著手機上的電話號碼。

「喂？」是黛芙妮。

「我要跟孩子們說話。」

「她們可不願意跟妳說話。」黛芙妮的話說得冰冷簡短。

「聽著，妳可以盡量礙我的事，不過妳最好是跟我合作，否則的話妳的小王八蛋就會在妳說完『離婚協議』四個字之前就消失得無影無蹤。」

安珀有一會兒什麼也沒聽見，接著是塔蘆拉的聲音。「喂？」

「塔蘆拉，小甜心，妳妹妹呢？妳能讓她聽分機嗎？」

「等一下，安珀。」

塔蘆拉大喊貝拉，過了一會兒。「貝拉，妳在線上嗎？」

「對。」

「塔蘆拉，妳也在嗎？」安珀問。

「對，安珀。」

「我想告訴妳們兩個，真可惜，妳們今天不會來參加婚禮。我跟妳們的父親說我只想要家人參加，而不是盛大的派對。我只想要妳們兩個，不要別人，可是妳們的父親覺得妳們年紀太小了。」安珀發出吸鼻聲，彷彿在哭。「妳們得了解妳們的父親非常興奮就要有兒子了，所以有時候他會忘了妳們兩個。我要我們都是非常好的朋友，我會確定妳們是我們這個新家庭的一分子。聽懂了嗎？」

「懂。」塔蘆拉淡淡地說。

「那妳呢，貝拉？」安珀追問。

「我把拔愛我。他不會忘記我。」

安珀可以想像貝拉暴躁地跺著小腳。

「妳當然說得對，貝拉。我若是妳的話就不會擔心。對了，我有沒有告訴妳們這個新寶寶會跟妳們的父親同一個名字？傑克森・馬爾可・派瑞許二世？」

「我恨妳。」貝拉說，掛斷了電話。

「對不起，安珀。妳也知道貝拉愛生氣。」塔蘆拉說。

「我知道，塔蘆拉。可是我相信妳可以跟她講點道理，對吧？」

「我會試試看，」她說，「以後再聊。」

「拜，甜心。下次我們再聊，我就是妳的後母了。」

安珀掛上電話，很滿意她把信息傳遞清楚了。塔蘆拉生性平和，不會找麻煩。而一點亮晶晶的珠寶和新玩具就足以讓貝拉回心轉意了。不過安珀是不打算讓她們常常到家裡來叨擾的。

她把筆電拉過來，回覆需要留意的電郵，隨後起來著裝。她現在沒辦法讓傑克森覺得性感誘人，但顯然肚子裡的孩子就可以誘發他的幸福感了。她硬擠進了一件奶油色的洋裝裡，戴上傑克森剛為她在艾拉珠寶（Ella Gafter）買的珍珠項鍊，是她的結婚禮物。此外她就只戴著她的梯方形鑽戒。

*

她抵達時，傑克森和他的新助理道格拉斯在大樓前等待。「妳真是美極了。」他說，牽起她的手。

「我就像一隻浮腫的鯨魚。」

「妳是秀色可餐的化身。我不想再聽妳自貶了。」

安珀搖頭，轉向道格拉斯。「謝謝你同意來當我們的證婚人。」

「我的榮幸。」

傑克森摟住了她，三人登上大門台階。

他們在排隊等候。輪到他們的時候，他們站在一名主祭前，才一眨眼的工夫他就已經告訴傑克森可以吻他的新娘了。*他的新娘*。安珀在口中回味著這幾個字，滋味真是曼妙。

「那，我就回公司了。恭喜。」道格拉斯說，伸手和傑克森握手道賀。

道格拉斯走開後，安珀依偎著新婚丈夫，感到全身有道電流竄過。她的無名指上多了一只細白金戒，映襯著她的鑽戒。他們終於結婚了。*隨時可以了*，她默默向腹中的兒子傳送訊息。兩人坐進禮車，她靠著上等皮椅，想像著未來——世界各地的豪宅，奢華旅行，保姆和佣人隨她差遣，名牌服飾和珠寶。

用不著多久，畢夏普斯港那些自命不凡的女人就會向她低頭了——這一點她是有把握的。只需要很多很多錢和一個有權勢的老公，她們就會爭先恐後想和她做朋友。哈，她爽斃了。俱樂部的每一個人都會吵著要在年度賽船大會晚宴上與她同桌。她必須做點損害控制，以免葛瑞格的家人找她的碴。她和傑克森跟黛芙妮攤牌之後，她就邀葛瑞格出去喝一杯。她是想公開場合他比較會保持風度。兩人在畢夏普斯港的「白鯨」見面，是海邊一家小酒吧。他到時她已入座了。他走過來彎腰吻她，她別開臉，只讓他吻到了臉頰。他撲了個空，就在她的對面坐下。

「沒事吧？」

她眨回眼淚，指著他面前的威士忌。「喝一口。我幫你點的。」

他臉上掠過一抹疑惑，喝了好大一口。「妳嚇到我了。」

「我不知道該怎麼說才好，所以我索性就直說了吧。我愛上別人了。」

他驚得合不攏嘴。「什麼？誰？」

她覆住他的手。「我不是有心的，就只是——」她頓住，拂去一滴淚。「只是我們每天都在一起，日復一日一起工作，結果我們發現了彼此是靈魂伴侶。」

他皺眉，表情更加疑惑。

他真的這麼笨？她壓下一聲嘆氣。「是傑克森。」

「傑克森？傑克森．派瑞許？可他已經有老婆了，而且比妳老那麼多。我還以為妳是在跟我戀愛呢？」他的下唇顫抖。

「我知道他有太太，可是他並不快樂。有時候就是會這樣，你也知道兩個人在工作上走得很近，就會日久生情。我就看過你的助理在辦公室看你的樣子。」

他瞇起了眼睛。「貝琪？」

她點頭。「對，而且她也滿可愛的。你一定也注意到她有多愛慕你。」

她還得再說上兩杯酒的時間才能脫身。葛瑞格說他能理解。她請求他不要因此而割捨這段友情，使他相信在這段餘波尚未平息，眾人指指點點的時間裡，她需要他的支持。而這個白痴全信了。他在俱樂部不會惹麻煩，而貝琪也應該感謝安珀，她指日就要高陞了，從助理進身為未婚妻。

傑克森與安珀．派瑞許會是畢夏普斯港的新佳偶，而一等這個孩子落地，她就會確保不會再有下一個。她要拿回從前的身材。這一刻，環繞著她的快樂和滿足可以讓整個曼哈頓燈火通明。

69

黛芙妮知道只需要去那曾是家的房子一次，兩個女兒就不會想再回去了。迄今為止，探視總在不會觸景生情的地方，但是安珀和傑克森想要她們去過週末，而她最後也不再拒絕了。

安珀已經完全融入了他的社交圈。要不是黛芙妮對十年來交往的女人並不放在心上，她很可能會為了她們如此輕鬆就接納了她先生的新老婆而傷心難過。不過，話說回來，城裡沒有人敢冷落新任的傑克森．派瑞許太太。唯一沒有背棄黛芙妮的朋友就是梅若笛絲，她始終如一。黛芙妮真希望能將真相全盤托出，可她不能冒險，所以她就讓朋友覺得她又傻又天真。

汽車行駛到屋前，她們下了車。

「我要按門鈴。」貝拉大喊。兩個女孩奔向大門。

「隨妳吧。」塔蘆拉說。

一個穿制服的男人出現了。喔，他們有男管家了啊。她不知道自己幹嘛還驚訝。

他打開門。「妳們一定是貝拉和塔蘆拉了。派瑞許太太在等妳們。」

聽見安珀被稱為派瑞許太太很刺耳，但是黛芙妮跟著女兒走進去，向他點頭。

「就在這裡等，我去請夫人。」

幾分鐘後，安珀翩然進入，抱著她剛出生的兒子。

貝拉抬頭看她，問：「我把拔呢？」

「貝拉，妳不想見見妳弟弟傑克森二世嗎？」安珀說，同時把孩子抱近一點。

貝拉瞪著嬰兒，小嘴一噘。「他好醜，皺巴巴的。」

安珀的臉上閃過一抹恨意，轉頭看黛芙妮。「妳怎麼不把孩子教好？」

這一次，黛芙妮很欣賞貝拉的直率。她冷冷看了安珀一眼，一手按住貝拉的肩膀。「寶貝，要有禮貌。」

「說不定妳們的父親忘記妳們要來了，」安珀說，「他去給小傑克森買玩具了。他好愛他喔。妳們要我打電話提醒他嗎？」

塔蘆拉驚恐地抬頭看黛芙妮，黛芙妮真想當場宰了安珀。

「也許我們應該重新安排時間——」黛芙妮才開口，貝拉就又跺腳，打斷了她的話。

「不要！我們幾個星期沒看到爹地了。」

「妳們當然應該留下來，」安珀說，轉頭看著管家。「艾德格，你帶貝拉和塔蘆拉到會客室去等派瑞許先生好嗎？我還有事要做。」

「拜託留下來等爹地回來。」塔蘆拉低聲跟母親說。

黛芙妮捏捏塔蘆拉的手，低聲說：「當然好。」

「安珀。」

「嗯？」

「我會陪孩子們等。妳覺得他要多久才會回來？」

她翻個白眼。「妳對孩子真是保護過頭了。隨便妳。我相信他很快就會回來了。」

黛芙妮牽住了兩個女兒的手，跟著艾德格到「會客室」。只見大理石壁爐上方高掛著一幀巨幅肖像畫，畫的是一絲不掛、大著肚子的安珀，一手覆住乳房，另一手按著孕肚。整個房間都展示著他們的婚照，黛芙妮這才明白安珀是故意要她們看的。她蓄意支開了傑克森，知道黛芙妮是不會讓女兒獨自等他回來的。

「我討厭她。」塔蘆拉說。

「過來這裡。」她將塔蘆拉擁入懷裡，低聲說：「我知道她很恐怖。盡量別管她，跟妳父親開開心心地玩就好。」

「女兒們！」她們抬頭看見傑克森進來，都奔向他的懷抱。

「那，我該退場了。」黛芙妮起身。「我星期日再來接她們。」

傑克森根本不往她這邊看。她看著父女三人離開房間。

她折回門廳，手剛伸向門把，安珀的聲音就響起了。

「拜，黛。放心好了，我會好好照顧妳的小賤孩的。」

黛芙妮霍地轉身，惡狠狠瞪著她。「妳敢動她們一根頭髮，我就殺了妳。」

她哈哈笑。「妳真愛演。她們沒事，不過來接的時候別遲到了。我為我先生準備了重口味的計畫。他對我的胃口總是滿足不了。」

「趁還能享受的時候趕緊享受吧。」

她神色一暗。「這話是什麼意思？」

黛芙妮微笑。「妳很快就會知道了。」

70

黛芙妮就要使出殺手鐧了。離婚兩個月，黛芙妮已經把幾百萬的分手費善加運用了。她取得了孩子的監護權，傑克森則有權週末探視。她就是來改變這一點的。

她走向了新助理的辦公桌。

「早安，道格拉斯。他一個人嗎？」

「對，可是他在等妳嗎？」

「沒有，不過我只要一分鐘，我保證。」

「好吧。」

她走進了傑克森的辦公室。

他抬頭，一臉意外。「妳來做什麼？」

「你也早啊。我有個你會覺得非常耐人尋味的消息。」她說，關上了門，交給他一份檔案。

「這是什麼鬼東西？」他掃視內容，臉色發白。「不可能。我看過她的護照。」

「安珀是失蹤人口，你太太雷娜盜用了她的身分。受騙上當的滋味不錯吧？她只是一個普普通通的騙子。」她哈哈笑。「不由得讓人納悶她要的是你的人呢，還是你的錢？」

他的太陽穴青筋暴凸，她還真怕血管會迸裂。

「我不明白。」他結結巴巴地說，仍盯著檔案。

「很簡單。安珀——我是說雷娜——鎖定了你。她想方設法介入我的生活，只有一個明確的目的，就是想釣金龜婿。所以了，等她跟我混熟了，我就成了她谷底翻身的黃金門票。」

「妳胡說什麼？妳知道我跟她在一起？」

「是我一手策劃的。我等於是雙手把她奉上給你的。在湖邊的那個週末，我直接把你趕進她的懷裡。還有我不能懷孕的原因？這麼說吧，裝了子宮內避孕器想懷孕也難。」

他詫異地瞪大眼睛。「妳要我？」

「我這是跟你學的。」

「妳他媽——」

「唉呀呀，傑克森，發脾氣可無濟於事啊。」

他的呼吸急促。「妳是想揭穿她？」

「那就要看你了。」

「妳想怎麼樣？」

「你要放棄你的親權。」

「妳瘋了？我是不會簽字放棄我對孩子的權利的。」

「既然如此，我就去報警，拆了她的台。他們會逮捕她。你想留下這種傳統給你的兒子？有個罪犯母親？有這種背景，他哪可能進得了查特豪斯。」

他一拳擊在桌上。「賤女人！」

黛芙妮挑高一道眉，多年來頭一次在他面前感覺鎮定自若。「如果你要開始污言穢語，那我就直接打電話報警了。說不定也打給報社，他們就能拍到你的新婚夫人戴著手銬離開的相片了。」

他大口深呼吸，雙手握拳又放開。「我怎麼知道我簽字放棄了親權，妳不會又舉報她？」

「你顧慮的是。不過你也知道我不像你，我只想要徹徹底底擺脫你。只要你有了安珀，我知道你就不會再纏著我。我只想要這樣。你簽是不簽？」

「別人會怎麼想？我不能讓大家以為我不要孩子。」他說。

她搖頭。「你就說我威脅你除非讓我搬到加州，否則就休想離婚；說我外遇，隨便你。反正你很擅長捏造。把我誣衊成恐怖的母親，假裝你費盡心機抓住每一個機會來看孩子們。別人不必知道。」

「妳不在乎別人怎麼看妳？」

「對。那是你的把戲。」她只在乎讓孩子以及她自己離他越遠越好。「你想要的一切都會得到，而在你動歪腦筋想阻止我之前，請先聽我說，萬一我出了什麼事，一切的證據就會交給梅若笛絲。同時我也做了別的應急計畫。」

他不知道她雇用了哪一家偵探社，或是設計了多少安全保障。比方說，偵探那邊有全部的資料，萬一黛芙妮真的有個好歹，他就會去報警。她也把一切都告訴了母親，給了她一份安珀的檔案影本。

「文件妳帶來了嗎？」

她打開皮包，拿出信封。「叫你的律師看一看。底下有讓他簽名的地方。他們需要公證。同時還有一份你這方的聲明，說你向兒童家庭局的指控全都是假的。」

「我為什麼要簽這個？」

「因為如果你不簽，我就報警。我不會讓你再用什麼把柄來控制我的人生。簽了，誰也不會看見，除非你想來奪走孩子。」

他嘆氣。「好。妳可以拿回妳的人生，黛芙妮。我反正厭倦妳了。妳又老又舊。」他的眼睛在她身上游移。「起碼我有過妳的青春。」

她搖頭，不為所動。「我差一點要替你難過了。我不知道你是天生就這樣，還是你父母親把你教壞了，不過你真的是一個可悲的下三濫。你這輩子也不會快樂的。不過憑良心說，我也不能後悔跟過你，因為沒嫁給你我就不會有兩個我這一生中最神奇的禮物。所以我用那些悲慘的歲月跟你交換我的孩子，而且我還留著許多的愛和生命力。」

他打呵欠。「說完了嗎？」

「早幾年前就說完了。」她起身。「喔，對了，你是個很糟糕的情人。」

他暴怒，從椅子上迅速起身，朝她衝了過去。

她打開門退了出去。

「我明天要收到文件。」她說完就離開了。

71

安珀的幸福很短命。孩子出生後，安珀和傑克森到波拉波拉去補度蜜月。他簡直就是她心目中的理想丈夫，無可挑剔。她想要什麼，只管開口，東西就是她的了。全天候的保姆在照顧他們的兒子，無限制的購物金，以及她渴望的一切憐寵。她愛死了商店和水療部的每一個人巴結她，她愛死了想無禮就無禮，不會有人敢吱聲。誰也不敢侮辱傑克森・派瑞許太太，尤其是她還揮金如土。

安珀也不用擔心那兩個小怪獸成天在他們的跟前晃，因為黛芙妮帶著她們搬到加州去了。傑克森說他會去那兒看望她們。

所以，那天早晨她醒來，看見傑克森站在床前，瞪著她，她壓根就不知道是怎麼了。她揉眼睛，坐了起來。

「你在幹嘛？」

他一臉不悅。「在想妳幾時才要把妳的懶屁股挪下床。」

她起初以為他在開玩笑。

她笑著回答：「你愛人家的屁股啊。」

「我覺得有點胖了。妳上一次去健身房是哪一天？」

她這下可火了。掀開被子，跳了起來。「你或許可以跟黛芙妮這樣子說話，對我可不行。」

他推她，而她跌回床上。

「搞什麼鬼——」

「閉嘴。妳的底細我全摸清了。」

她瞪大眼睛。「你在胡說什麼？」

他把一個檔案夾拋到床上。「我說的就是這個。」

她最先看見的是一張剪報，附有她的老照片。她拿起來，迅速掃瞄。「你是從哪兒弄來的？」

「不重要。」

「傑克森，我能解釋。拜託，你不懂。」

「省省吧。誰也不能騙我。我應該揭發妳的，讓妳去坐牢。」

「我是你孩子的母親。而且我愛你。」

「是嗎？就跟妳愛他一樣？」

「我……不是那樣的……」

「放心吧。我不會說出去的。我的兒子有個母親坐牢可不好看。」他欺近，臉孔只距離幾吋。「不過我現在是妳的主子了。所以我想怎麼跟妳說話就怎麼跟妳說話。而且妳全都得接受，聽懂了嗎？」

她點頭，慌亂地盤算下一步。她覺得他只是生氣——一旦她想出了一個可信的說法，他就會冷靜下來，兩人就會回到以前。

豈料，卻是越演越烈。他嚴格限定她的零用金，要她記下花的每一毛錢。她仍在設法解決這一點。後來，他想幫她挑衣服，選書，規定她的休閒活動。她必須每天都到健身房報到。他要她自願參加黛芙妮頻繁參與的那個高高在上的園藝社。她看得出那些女人不想要她去，她卻一句怨言也不能有。她幹嘛要學園藝？交給園丁不就得了？還有日誌——他堅持要她記錄的飲食日記，還得每天記體重。簡直是侮辱人。也就是這一點讓她忍不下去，讓她跟他開嗆。

「你瘋了嗎？我才不會跟你報告我每天吃了什麼。你可以拿那本日記去塞進你的屁眼裡。」她把日記摔在地上。

他滿臉通紅，看他的樣子活像要殺了她。「撿起來。」他咬牙切齒說。

「我才不撿。」

「我警告妳，安珀。」

「不然咧？你已經說過不會舉報我了，少威脅了。我又不是跟你前妻一樣懦弱又好欺負。」這句話讓他爆發了。「妳連幫黛芙妮提鞋都不配，妳這個低級的婊子。妳不管讀再多的書，研究再多的東西，妳到頭來都還是可憐的白人垃圾。」

她還沒來得及思考，手已經握住了身旁的水晶鐘，丟了出去。時鐘砸在地上，一點準頭都沒有。她看著他逼近，眼中兇光畢露。

「妳這條瘋狗。不准妳再想傷害我。」他一把箍住她的兩隻手腕，用力擠，痛得她慘嚎。「少威脅我，傑克森。我會讓你好看。」心裡面她卻在發抖，但是她知道她必須要擺出勇敢的面孔，才有希望佔上風。

他猝然放開她，轉身就走，而她以為她贏了。

＊

當晚他回家來，兩人都不提吵架的事。安珀要瑪格麗塔做了法國菜紅酒燉雞。她上網查過，還搭配了正確的酒和甜點。她要讓他看看誰有品味。他七點到家，直接就進了書房，一直待到八點她叫他吃飯。

「你喜歡嗎？」她在他咬了一口後問。

他給了一個滑稽的表情。「幹嘛問？又不是妳做的。」

她把餐巾拋到桌上。「菜色是我挑的。喂，傑克森，我是想言歸於好。我不想吵架。你難道不想要我們兩個回到以前那樣嗎？」

他喝了一口酒，看著她。「妳設計我離開黛芙妮。妳讓我以為妳是別人。所以，不，安珀。我不認為我們能回到以前那樣。要不是為了我們的兒子，妳已經坐牢了。」

她受夠了再聽什麼聖人黛芙妮了。「黛芙妮受不了你。她老是抱怨你害她起雞皮疙瘩。」黛芙妮從沒向安珀說過這種話，但足以讓他閉嘴了。

「妳憑什麼以為我會相信妳說的話？」

她弄巧成拙了。「是真的。可是我愛你。我會贏回你的信任的。」

兩人默默吃完飯。之後，傑克森回他的書房，而安珀則到育嬰室去看傑克森二世。保姆萊特太太坐在搖椅上看書。安珀說服傑克森雇用全天候的保姆來照顧孩子。莎賓娜走了。安珀不需要那個自以為了不起的法國蕩婦在她跟前。雪莉仍在週末來幫忙。邦妮推薦了萊特太太，而且她的資歷也極優異。同時她的年紀也很妥當，也不是傑克森會多看一眼的長相。

「哄他睡覺有困難嗎？」安珀問。

「沒有，夫人。喝了奶就睡了。他真是乖。」

安珀俯身吻了他的頭。他是個美麗的孩子，而她很期待他變得好玩的那天。等他能說話能玩樂，而不是像塊肉一樣躺著。

安珀上了床，拿出她藏在床頭櫃裡的偵探小說。將近一個小時後，傑克森終於上樓來，她把書藏起來，以免他看見。兩人性交是兩週前的事了，她越來越擔心。等他溜到被子底下，她就伸過手去愛撫他，卻被他推開。

「沒心情。」

她輾轉反側，最後終於睡著了，睡前仍在納悶該如何恢復兩人間的和諧。

突然間，她沒法呼吸。她驚慌地醒來，這才發現他跨坐在她身上，一手摀著她的鼻子。她掰開他的手，大口喘息，叫了起來。

「你這是幹什麼？」

「啊，好。妳醒了。」

他把燈打開。她一看見他握著手槍，眼睛就倏地瞪大；就是她在幾個月前在黛芙妮的衣櫃中發現的那把槍。

「傑克森！你幹什麼？」

他把槍指著她的頭。「妳要是再敢朝我丟東西，下一次妳就不會醒過來了。」

她動手要撥開他的手，很確定他只是在戲弄她。「哈，哈。」

他用另一隻手攫住她的手腕。「我是說真的。」

她的嘴巴合不攏。「你要幹嘛？」

「再見了，安珀。」

他的手指扣下了扳機，她尖聲大叫。喀。什麼事也沒有。

她覺得濕濕的，這才明白她嚇得尿褲子。他的臉上寫滿了厭惡。

「妳真孬。像小孩一樣尿床。」

他躍開，仍拿著槍指著她。

「這一次妳過關了。下一次可能就沒有這麼幸運了。」

「我會報警。」

他大笑。「妳才不會。最後被逮捕的會是妳。妳是逃犯，忘了嗎？」他指著床。「起來換床單。」

「我可以先洗澡嗎？」

「不行。」

她下了床，動手扯開床單，一面哭泣。他站在那兒，從頭至尾冷眼旁觀，一言不發。她做完後，他才開口。

「去洗澡，然後我們要聊一聊。」她邁步要走，又被叫了回來。

「還有一件事。」他把手槍拋給她，她沒能接住，槍掉在地上。「放心吧，沒子彈。看看上頭的縮寫。」

她把槍撿起來，看著幾個月前就看過的字母：YMB。「這代表什麼？」

他微笑。「妳是我的，賤人。」

*

於是現在他說什麼她都乖乖聽話，像個好孩子。他叫她減掉兩公斤，她沒爭辯，即使她已經恢復了產前的身材了。他罵她「笨蛋」和「白人垃圾」，她沒回嘴，卻為每一個被揪出的小錯道歉。他以昂貴的衣服和珠寶淹沒她，但現在她了解了一切只是做給外人看的。公開的場合他們是人人稱羨的一對，她是那個備受珍愛的妻子，而他則是英俊寵妻的好老公。

性交變得更羞辱更草率——他會在她要出門時，或是在她剛剛打扮好之後命令她口交，就能在她的身上進一步留下恥辱的印記。她是做錯了什麼居然要受這種罪？人生真不公平。她那麼辛苦才逃出了那個悲慘的小鎮，人人看她都像看垃圾。而現在她是傑克森．派瑞許太太了，城裡最富有的女人之一，被一切最高等級的東西包圍，然而，她卻仍然被人瞧不起，仍然被當成垃圾。她只不過是想要她值得的生活。她卻從未想到她已經得到了。

72

八個月後

黛芙妮緊緊抓著手機，同時看著計程車外的紐約風光。她太緊張了，在飛機上吃不下東西，現在胃在咕嚕叫個不停。她掏摸皮包，找到了一顆薄荷糖，就丟進嘴裡。車子停在傑克森的公司大樓外，她深吸一口氣，打起精神。今天過後，她就可以把康乃狄克徹底拋在腦後，去過她正為自己打造的新人生了。

離婚辦好之後，黛芙妮就帶著兩個女兒去民宿看她母親。她沒有事先打電話——她真的不知道該從何說起。等到安頓下來，女兒都睡覺之後，她和茹絲就坐在一起，而她把事情從頭到尾一一道來。

她母親好傷心。「我可憐的孩子。妳為什麼從來不跟我說？妳應該要來找我的。」

黛芙妮嘆氣。「我試過。塔蘆拉剛出生不久，我離開了。可就是那時他陷害我，弄出那些對我不利的證據。我沒有別的法子。」黛芙妮伸手握住母親的手。「而且妳一樣什麼辦法也沒有。」

茹絲哭了起來。「我早該知道的，妳是我的女兒，我早該看穿他的。我早該明白妳並沒有真的變成了他逼妳變的那種人。」

「不，媽，妳怎麼可能會知道。拜託別自責。重要的是我現在自由了，我們可以在一起了。」

「妳父親就沒喜歡過他。」茹絲小聲說。

「什麼？」

「我以為他只是太保護妳了。知道吧，就是爸爸不想讓他的小女兒長大。他覺得他太油滑，太矯揉造作。都怪我當時沒聽進去。」

「我也不會聽進去，那反而會把我們推得更遠。」她把頭靠在母親肩上。「我好想他。他是個了不起的父親。」

兩人一夜沒睡，敘舊閒聊。隔天她母親宣布了她的決定，出乎黛芙妮的預料。

「妳覺得我把民宿賣給巴瑞，跟妳們一塊搬到加州如何？」

「我會很高興！妳是說真的嗎？」

她點頭。「我錯過的夠多了。我不想再錯過了。」

兩個女孩聽見外婆要和她們一起住，都雀躍不已。

加州非常適合她們。晴朗的天氣和四周人們的愉快活潑都有極好的影響。兩個女孩仍然想念父親，那是當然的，但是每天都會更放鬆一點。她們責怪安珀害她們父女疏離，黛芙妮很樂於讓她們這麼想。等她們夠大之後，她會把真相告訴她們。與此同時，有了優秀的心理治療師的幫助，兩個女孩的心理創傷在逐漸癒合。加上社區的一堆孩子，和一隻黃色拉布拉多，叫「大盜先生」——牠愛偷她們的玩具因而重新命名。

她們在聖塔克魯茲找到了一棟四房的可愛房子，海邊就在一哩半外。起先她擔心女兒會覺得從海邊豪宅搬到這棟迷人卻小的五十六坪房屋會無法適應。她從離婚協議拿到的錢足夠買大一點的地方，可是她受夠了那種生活。她母親把民宿賣給了巴瑞，堅持也要出一份購屋金。黛芙妮把離婚得到的錢存入了信託基金，留給兩個女兒，利息就足夠她們生活了。道格拉斯會接掌「茱麗的笑容」，而黛芙妮會是一名董事。她當然會回去上班，只是時候未到。現在是療傷的時候。

她帶女兒來看房子，屏住呼吸，等待她們的反應。她們立刻就跑上樓去看哪個房間是她們的。

「喔，這間可以是我的嗎，媽咪？我好愛粉紅色的牆喔！」貝拉在查看過每一個房間後說。

黛芙妮看著塔蘆拉。「我沒關係。我喜歡那間有嵌入式書架的。」塔蘆拉說。

「那就這麼定了。」她微笑。「妳們喜歡嗎？」兩人都點頭。

「媽咪，這一間是妳的嗎？」貝拉握住她的手，把她拉向主臥室。

「對，這間是我的，而外婆會住在三樓。」

「耶！妳離我好近。」

「開心嗎？」她問。

貝拉點頭。「我以前在那棟大屋子裡都會害怕，妳跟爹地離我那麼遠。這裡好好。」

黛芙妮擁抱她。「對，好好。」當時她就默默在心裡說了聲謝天謝地，她再也不必鎖上臥室門了。

冰箱裡裝滿了她們最愛的食物；冷凍庫裡有冰淇淋，食品室裡有糖果。黛芙妮把體重計留在康乃狄克，現在感覺從沒這麼健康美麗過。偶爾她會去拿她的飲食日記，而她得提醒自己再也不需要做紀錄了。她把日記帶來是要讓自己記得不要再讓別人控制她了。她很開心增加了五公斤體重，讓她很有女人味，而且曲線玲瓏。走進家庭娛樂室聽見海綿寶寶驢子似的笑聲，看著女兒開心地看著傻裡傻氣的卡通，她欣喜莫名。她珍惜這種自己選擇而不怕被批判的自由，那就像是把憋了好幾年的悶氣吐出來。

再三週學校就放假了，她們全都很期待過一個懶洋洋的暑假，撿貝殼、學衝浪。她很喜歡這裡簡單的生活。不必再有擠得滿滿的行程，像軍隊一樣的紀律。她第一天開車送孩子們上學，貝拉驚訝地看著她。

「我們不會有保姆開車送我們嗎？」

「不會，寶貝。我很樂意載妳們。」

「可是妳不需要去健身嗎？」

「我為什麼需要健身？我可以騎腳踏車到海邊去散步。一大堆事可以做。這裡太美了，待在室內太可惜了。」

「可是如果妳變胖了呢？」

就像心口上插了一刀。顯然傑克森的餘毒不會如她希望的輕易掃除。

「我們不用再擔心胖瘦了──只要健康就好。上帝把我們的身體造得非常聰明，如果我們放進好東西，做好玩的事情來運動，就沒有關係。」

兩個女孩都略帶懷疑地看著她，但是她不會急於扭轉她們的觀念。

黛芙妮的母親上週抵達，也和黛芙妮一樣對屋子和環境都很滿意。讓母親又回到她的生命中，感覺真美好。

這時計程車靜止下來，黛芙妮付了車資。走進大樓時，熟悉的恐懼感覺包圍了她。她挺起肩膀，做個深呼吸，提醒自己現在她沒什麼好怕的了。她不再屬於他了。她發了簡訊，等待著。五分鐘後，傑克森的助理道格拉斯從電梯出來，向她走來，給了她一個擁抱。

「真高興妳趕來了。我才剛接到電話。他們隨時都會到。」

「他知道嗎？」

道格拉斯搖頭。

「有多糟？」

「很糟。我現在已經給了他們幾個月的試算表了。兩個星期前我總算是弄到了一些帳戶號碼。有九成的把握這就是臨門一腳。」

「我們上去吧？」黛芙妮說。

「好，我來幫妳登記。」他向後轉，看著她後方。「他們來了。」他低聲說。

有四名男子走入大樓，一身閃亮的藍色外套，金色字母「FBI」橫印在左胸上。他們接近了保全桌，亮出證件。

「來吧，我們先上樓去。」道格拉斯說。

電梯上升，她覺得手腕上脈搏不住地跳，一路酥麻到指尖。她的臉很燙，而且突然覺得一陣噁心。

「妳還好嗎？」道格拉斯問。

她嚥了一口唾液，一手按著胃，點點頭。「我沒事。只是暈了一下子。」她擠出笑容。「放心吧，沒事。」

「妳確定嗎？妳不必在場的，妳知道。」

「開玩笑，我才不要錯過好戲呢。」

電梯門打開了，黛芙妮跟著道格拉斯進入辦公室區，跟著他走向他的辦公室，就在傑克森的門外。

她心念一動，趕緊轉向道格拉斯。「我馬上就回來。」

「妳要去哪裡？」

「我有話要在他們進來之前跟他說。」

「妳最好快一點。」

她撞開門，連敲都不敲，傑克森迷惘了一秒之後，詫異地看著她。從椅子上起身，訂做的套裝挑不出一點毛病來，他臉上掛著怒容。

「妳來幹什麼？」

「我是來送你一個臨別禮物的。」黛芙妮甜甜地回答，從皮包裡拿出一個小包裹。

「妳胡說八道什麼？滾出我的大樓，省得我叫人把妳丟出去。」傑克森拿起了桌上的電話。

「你不想看看我帶了什麼來嗎，傑克森？是我為你帶來的禮物欸。」

「我不知道妳在玩什麼把戲，黛芙妮，不過我沒興趣。妳讓我覺得無聊。妳一向就讓我無聊。滾出去。」

「哼，你知道嗎？你的人生就要真的變得很有趣了。不再無聊了。」她把包裹丟向他的辦公桌。「拿去。好好享受你不在的時光吧。」

黛芙妮打開了門，看見大廳的那四人朝辦公室前進，她屏氣凝神。他們板著臉，充滿了不祥之兆。

傑克森和黛芙妮轉頭看著道格拉斯陪著這個四人組走入傑克森的辦公室。

黛芙妮讓到一邊去。一個人拿出證件。「傑克森．派瑞許？」

傑克森點頭。「對。」

「FBI。」年長的探員說，另外三個在傑克森的左右散開。

「這是怎麼回事？」傑克森拉高嗓門，但說話的聲音不穩。辦公室靜得掉一根針也聽得到。椅子紛紛轉過來查看騷動來源，所有人的目光都落在傑克森身上。

「先生，我有你的逮捕令。」

「放狗屁。什麼罪名？」傑克森說，恢復了平時的語調。

「三十六條電信詐欺、洗錢和逃稅。我跟你保證絕不是放狗屁。」

「給我滾出去！我什麼也沒做。你知道我是誰嗎？」

「我當然知道。好了，麻煩你向後轉，兩手放到背後。」

「我會告死你。等我跟你算完帳，你能去開罰單都算你走運。」

「先生，我再說一次，請你向後轉，雙手放到背後。」探員說，牢牢地將傑克森釘在牆上。他的一邊臉頰貼著牆，氣急敗壞地說：「是妳！都是妳做的，是不是？」

黛芙妮微笑。「我一直想看司法執行的實況。你知道，很有教育意義。是你教我要隨時都增長知識的。」

他撲向她，但是被他們制止住，上了銬。「賤女人！不管要多久，我都一定會討回公道的。」他在探員的箝制下扭動。「妳會後悔做了這件事的。」

一名體格相當龐大的探員站在傑克森後面，把連在他手銬上的鍊子輕輕往下拉了拉，傑克森無可奈何，只能跪下來，痛得瑟縮。

黛芙妮搖頭。「我不後悔。而且你再也傷不了我了。你不必怪別人，要怪就怪你自己。要是你沒變得貪婪，開了那些海外帳戶，要是你乖乖繳稅，就不會有今天的事。我只不過是確定你的新助理是一個正直的人，會揭發你的罪行。」

「妳胡說什麼？」

道格拉斯走過來站在黛芙妮旁邊。「我妹妹是囊狀纖維化病人。黛芙妮的基金會救了她一命。」他看著一位FBI的人，點點頭。

「夫人……先生，我需要兩位退後，拜託。」探員悄悄眨眼，露出挖苦的笑容。「我們走吧，派瑞許先生。」他說，把他拎了起來，朝電梯的方向前進。

「等等，」黛芙妮說，「別忘了你的禮物，傑克森。」

她抓起桌上的包裹，塞進他的口袋裡。

「抱歉，夫人，我需要看一看。」最高的那個伸出了手。

她把包裹掏出來，拆開來，舉起一個一元商店買的塑膠烏龜。「拿去，親愛的，」她說，捏著烏龜在他眼前晃。「讓你記得我的一點小東西。跟你一樣，它再也不能左右我了。」

73

黛芙妮還有一個地方要去。她下了計程車，叫司機等她。感覺仍然怪怪的，必須要按門鈴進以前的家。瑪格麗塔打開了門，驚訝地雙手朝天。「太太！看見妳真好。」

她給了她一個擁抱。「我也是，瑪格麗塔。」她壓低聲音。「希望她待妳還不壞。」

瑪格麗塔的臉像罩上了面具，緊張地環顧四周。「妳是來看先生的？」

她搖頭。「不，我是來看安珀的。」

她挑高了眉毛。「我馬上回來。」

「妳跑來幹什麼？」安珀出現了，瘦得像竹竿，而且臉色蒼白。

「我們需要談一談。」

她狐疑地看著黛芙妮。「談什麼？」

「我們進去吧。我不覺得妳會想要妳的僕人聽見。」

「這裡現在是我家了。那裡輪到妳來發號施令。」她抿起了嘴，隨即緊張兮兮地東看西看。「好吧，跟我來。」

黛芙妮跟著她進入了客廳，在壁爐前坐下。一幅巨大的安珀與傑克森大喜之日的肖像畫取代了以前的全家福畫像。即使安珀當時挺著大肚子，她還是叫畫家把她畫得很窈窕，沒有凸起的肚子。

她提防地看著黛芙妮，說：「妳有什麼事？」

「不准妳再騷擾我的孩子。」

她翻了個白眼。「我只不過是邀請她們來參加她們弟弟的受洗禮而已。妳大老遠從加州飛來就為了拿這件事發牢騷？」

黛芙妮不理會安珀的挖苦，向前傾身。「妳給我聽好了，妳這個小賤貨。妳要是敢再寄什麼給她們，就算是張明信片，我也會要妳的腦袋。聽清楚了嗎，雷娜？」

她從椅子上跳起來，靠過去。「妳叫我什麼？」

「妳聽見了……雷娜。雷娜・柯朗普。」黛芙妮皺皺鼻子。「這麼難聽的姓，難怪妳不要了。」

安珀的臉漲紅，呼吸淺促。「妳是怎麼知道的？」

「梅若笛絲揭穿妳之後，我就雇用了私家偵探，查出了一切。」

「可妳還是跟我做朋友。妳相信我。我不懂。」

「妳真以為我有那麼笨？我不知道妳打的是什麼鬼主意？拜託。」她搖頭。「喔，安珀，我好擔心傑克森會偷吃。我沒辦法幫他生兒子。妳一口就吞下去了，做了每一件我希望妳會做的事，甚至還訂了我會『過敏』的香水。」她比出括號。「而等妳懷了他的兒子，我就知道妳釣上他了。我一直沒能懷孕的原因是我裝了子宮內避孕器。」

她的嘴巴大開。「這件事是妳計畫的？」

黛芙妮微笑。「妳以為妳得到了完美的生活，完美的男人。現在還喜不喜歡他啊，雷娜？他在妳面前現出原形了嗎？」

安珀惡狠狠瞪著黛芙妮。「我還以為是因為我，是因為他發現了我的過去。他說我只不過是白人垃圾。」她盯著黛芙妮，滿眼是恨。「是妳把檔案給他的。」

她點頭。「我全看過了，妳設計那個可憐的馬修．拉克伍德，說他強暴妳，因為他不肯娶妳。妳讓他坐了兩年牢，為了他壓根就沒犯的罪。」

「那個王八蛋活該。他把我當地下夫人，趁著他有錢的女朋友不在，睡了我整個夏天。還有他媽媽——別人還以為她會想要孫子呢。可是她說我應該去墮胎，說我生的孩子都是垃圾。他們把她的寶貝兒子抓走，我樂死了。我愛死了看著拉克伍德這個姓氏染上醜聞，在泥巴裡滾。他們以為他們多了不起，多高尚，多有權勢。」

「妳到現在還是一點也不愧疚？即便他在牢裡被打個半死，後半生只能坐輪椅？」

安珀站起來，開始踱步。「那又怎樣？那是他沒種到在牢裡連自己也照顧不了，關我什麼事。他只不過是一個只會哭著喊媽的媽寶。」她聳聳肩。「再說了，他有的是錢；被照顧得好好的。而且他那個只會吃吃笑的女朋友還不是嫁給了他。」

「那妳的兒子呢？」

「又關傑克森二世什麼事？」

「不，妳另一個兒子。妳怎麼能就這麼拋下他？」

「不然我能怎麼樣？我媽發現了我的日記，跑去報警。他們找到了那個被我說動幫我減罪的陪審員，他同意反過來指證我。他們逮捕了我。哪種母親會舉報自己的親生女兒？她說她為馬修難過──好像那個被寵壞的混球值得同情似的。我被保釋之後，我不逃走不行。我也不過是讓馬修吃到他該吃的苦頭，打死我也不要為了這個坐牢。」她深吸一口氣。「可是我想把我的兒子要回來，懲罰馬修跟他的肥豬老婆。她當自己是親媽一樣撫養他。他是我的孩子，不是他的。這不公平。」

「公平？」黛芙妮笑出聲來。「沒有妳他才是走運呢。告訴我，誰是安珀・派特森？她會失蹤是不是妳搞的鬼？」

她又翻白眼。「當然不是。我搭便車出走，那個卡車司機從密蘇里要到內布拉斯加去。我在那兒端盤子，有個常客是在紀錄科做事的。他把證件給我的。」

「妳是怎麼拿到她的護照的？」

她這時微笑。「喔，就，妳也知道小鎮是什麼樣子嘛。過了一陣子，我連哄帶騙見著了她可憐的媽媽。她在鎮上的雜貨店上班。我花了幾個月的工夫，不過我大概是讓她聯想到她失蹤的女兒。當然啦，我跟她女兒留一樣的髮型，跟她的一些朋友聊天，假裝我也有同樣的愛好，這些也有幫助。她媽媽一個星期會請我吃一次晚餐──唉，她煮的菜可真難吃。我發現了安珀原本應該要跟她同學一起去法國的──所以這個蠢丫頭才會有護照。我就偷了過來。」她聳聳肩。「她還有一枚漂亮的藍寶石戒指，我也拿了。反正她也用不著。」

黛芙妮搖頭。「這個世界上真的沒有比妳更低等的生物了。」

「妳懂什麼。生長在窮人家，人人都瞧不起我，我早早就學到了如果你要什麼，就得自己去拿。誰也不會雙手白白奉上。」

「那妳知道妳現在要什麼嗎？」

「剛開始我知道。直到他發現了我的過去。」她之前的虛張聲勢消退了。她挺直肩膀，看著黛芙妮。「要不是妳把檔案給了他，我就能離開他，申請育兒扶助和生活費。可要是我敢走，他就會報警抓我。」她的態度一百八十度大轉變，黛芙妮完全看在眼裡。「黛芙妮，妳知道他是什麼樣的人。我們都是被害人。妳一定得幫我。妳謀劃出了逃脫的辦法。一定有什麼東西是我能用來對付他的。有嗎？」她變回了以前那個安珀，黛芙妮相信是朋友的那個。她自戀到還以為能夠操縱她。

黛芙妮看著她。「告訴我一件事，老實說：妳真當我是朋友過嗎？」

安珀以雙手包住黛芙妮的手。「我當然是妳的朋友啊。我愛妳，黛。只是這一切實在是太誘人了。我一無所有，而妳卻什麼都有。請妳原諒我。我知道我做的事是錯的，我很抱歉。我們的孩子有血緣關係，就像是我們現在是姊妹了。妳是個好人。拜託，幫幫我。」

「那要是我幫了妳，然後呢？妳會離開他，我們就又能回頭去做朋友了？」

「對啊，再做朋友。看在茱麗和夏琳的分上。」話一出口，安珀就知道自己說錯了話。

「是啊，夏琳。一個不存在的人。」黛芙妮起身。「好好享受妳的床吧，安珀。妳會花很多時間在上頭。傑克森是一個胃口很大的男人。」

安珀不悅地對黛芙妮蹙眉。「妳想聽真話嗎？我從來就不是妳的朋友。妳有那麼多錢，那麼多權力，而妳給我的卻只是小碎屑。妳甚至不感激妳擁有的一切。他花在妳跟妳的小賤孩身上那麼多錢。簡直就是荒謬。而我卻在他的辦公室累得像條狗。」她的眼神變冰冷。「我做的一切都是不得已的。聽妳那些讓人喪氣的故事，無聊死了。我好想跟妳尖叫：她死了！沒有人在乎茱麗。她都在土裡爛了二十年了。放手吧。」

黛芙妮抓住她的手腕，握得死緊。「不准妳再提我妹妹的名字——聽見了沒有？妳現在的一切都是妳活該。」她放開了她。「看看四周。盡量好好記住過這種生活有多麼美好，因為現在就結束了。」

「妳胡說什麼？」

「我是從傑克森的辦公室來的。FBI剛把他戴上手銬帶走了。他們好像取得了他的海外帳戶。可惜。那些錢他根本沒繳過稅。我相信等該說的都說了，該做的都做了，你們兩個要是還住得起妳的舊公寓就算走運了。前提還得是他們沒判他刑，不過傑克森那個人啊，一定是會想辦法脫身的。當然，他會用盡他所有的人脈財力。說不定妳可以幫他東山再起。」

「妳騙人。」她的聲音又尖又細。

黛芙妮搖頭。「妳知道那個妳執意要雇用的男性助理，以免辦公室有什麼曖昧的嗎？道格拉斯？咳，他是我的老朋友。知道嗎，他妹妹確實是囊狀纖維化患者，而『茱麗的笑容』對他的家庭幫助極大。他一直在監視傑克森，而最後總算拿到了他需要通報聯邦人員的帳號。好好看一眼四周吧。妳可能沒辦法擁有這些太久了。」她邁步要走，又停步回身。「不過至少妳還有傑克森。」

黛芙妮最後一次走出了屋子。計程車駛離時，她看著房子逐漸倒退，跟她第一次看見時竟是那麼的不同。她靠著椅背，最後看了一遍經過的每一棟華宅，在心裡猜測每一棟裡頭不知隱藏著什麼樣的秘密。每駛過一哩，她就變得越輕鬆，等計程車駛出了畢夏普斯港原來的邊界，她已拋下了當年被拘禁在此的痛苦與恥辱。新生活在等待——不會再有人半夜三更恐嚇她，逼她假裝成不是她的人。在這段新生活中她的孩子會安全長大，飽受疼愛，想當什麼人、想做什麼都可以。

她抬頭看天，想像她摯愛的茱麗正從上面往下看。她拿出筆和皮包裡的小便條簿，寫了起來。

我親愛的茱麗，

我經常懷疑要是妳還在，我是否會做不同的選擇。姊妹可以讓妳不會鑄下大錯。妳不會讓我拯救每一個人的需求蒙蔽了我的眼睛。要是我能救得了妳，或許我會更努力救我自己。

我好想念跟妳說悄悄話，知道無論如何都有個人會支持我，分享我的生活。我真是傻，以為我可以從別人身上找到同樣的慰藉。

我想自從失去妳之後我就到處在找妳。但是現在我知道了，我沒有失去妳。妳仍在這裡。在貝拉閃亮的眼睛裡，在塔蘆拉仁慈的心裡。妳活在她們身上，也活在我身上，而我會緊緊抓住我們在一起的珍貴回憶直到有一天我倆團圓。我感覺妳在照看我：妳是溫暖的陽光，照耀著在海邊玩耍嬉鬧的我和妳的外甥女；妳是清涼的微風，在夜晚撫摸我的臉頰；妳是祥和靜好的感覺，駐守在動蕩之處。儘管我不顧一切想要妳回來，我必須要相信，妳也終於得到了平靜，永遠擺脫了困住妳的疾病。

記得我們第一次看的莎士比亞嗎？妳才十四，我十六，我們兩個都覺得海麗娜是傻瓜，竟然要一個不要她的男人。我忽然想到我變成了海麗娜的反義詞。

好了，我親愛的茱麗，一頁合上了，而新的篇章開始了。

愛妳

黛芙妮把便條簿放回皮包，往後靠著椅背。她含笑抬頭，低聲唸出了她和茱麗在多年之前看過的戲劇中吟遊詩人的名句：

「好戲已經落幕，國王變成了乞丐：

一切都結束了……」

謝辭

早在一本書誕生之前，我們的創作就得益於朋友、家人和專業人士的幫助。對此，我們深表感激。

感謝我們神奇的經紀人Victoria Sanders & Associates的貝娜蒂・貝克－包曼。謝謝妳成為我們最大的支柱及代言人，也謝謝妳用妳的優雅、機智、奉獻讓這一趟旅程這麼的愉快。妳是上帝賜給我們的救星，和妳合作實在是喜樂無窮。

感謝我們的編輯愛蜜莉・葛里芬。妳具傳染力的興奮和專注把這本書帶到更高的層次，少了妳，我們絕對沒辦法寫得這麼好。

感謝哈波公司的傑出團隊，謝謝你們對這本書的喜愛以及讓它出版的努力。強納森・本漢，謝謝你像會通電一樣的熱忱以及最具啟發性的註記，讓我們確定我們找到了正確的出版商。吉米・雅寇貝里設計了出色的封面，創意團隊設計了內頁——我們一看見就愛上了你們的眼光。謝謝妮琪・包道夫在審稿與編輯上的專業。海瑟・杜拉克以及公關團隊，謝謝你們的投入與才華。凱蒂・歐卡拉漢以及行銷團隊，我們知道我們是由高手在照顧。大力感謝維吉妮亞・史丹利以及神奇的Library Sales團隊早早就發布了出書的消息。深深感謝凱若琳・波德金辛辛苦苦地處理海外版權。還有安珀・奧利佛（又名「另一個安珀」）以及哈波柯林斯每一位勤勉工作的人，向你們致上我們最真摯的感謝。

感謝我們的妯娌以及情同姊妹的漢妮・康斯坦丁以及琳恩・康斯坦丁幫我們一讀二讀再讀文稿，並且時時刻刻幫我們加油打氣。

感謝可愛的兒子和外甥克里斯多福・艾克斯傾聽我們無數的情節對話，提供建議，並且注入了你一貫的幽默。

感謝我們的試讀讀者：愛咪・拜克、迪・坎貝爾、卡門・馬肯若－戴維斯、翠霞・枋沃斯、麗雅・戈登和泰瑞莎・洛佛德。妳們的熱心是我們很大的寫作動力。

感謝組成「驚悚小說節」社群的作家與朋友，你們是奇妙的同袍之情、理解支持的源泉，感激不盡。

感謝大衛・莫瑞周密的建議。謝謝你總是有空跟我們聊。

感謝傑米・勒凡的不斷支持與鼓勵，而且從頭到尾一路陪伴。

感謝葛瑞琴・斯岱爾特，我們的第一位編輯。妳帶入了清晰思路和真知灼見，逐漸增加了張力，讓文稿更加吸睛。

感謝卡門・馬肯若－戴維斯的心理學專才，幫助我們塑造傑克森，也感謝克里斯・芒格協助我們把書中的FBI一幕寫得更真實。

感謝「自在寫作」（Write Yourself Free）的派崔克・麥寇爾德和提許・福萊德分享了你們的才華和技巧。你們的工作坊將我們打磨成更好的作者。

琳恩感謝她的先生瑞克以及她的孩子尼克和西奧毫不動搖的支持與容忍，讓她能夠鎖在辦公室裡幾小時跟薇樂莉視訊，或是為了趕上交稿日而寫作到深夜。也感謝塔克，在寫作時隨時陪著她。致上我對你們大家的愛。

薇樂莉感謝她的先生柯林時時刻刻的鼓勵和支持，還有她的孩子，她最熱情的啦啦隊。我愛你們。

Storytella 133

最後一位派瑞許太太
The Last Mrs. Parrish

最後一位派瑞許太太/莉芙・康斯坦丁作;趙丕慧譯. -- 初版. -- 臺北市:春天出版國際文化有限公司, 2022.07
面; 公分. -- (Storytella ; 133)
譯自:The Last Mrs. Parrish
ISBN 978-957-741-560-8(平裝)

874.57

ISBN 978-957-741-560-8
Printed in Taiwan

作　者　莉芙・康斯坦丁
譯　者　趙丕慧
總編輯　莊宜勳
主　編　鍾靈

出版者　春天出版國際文化有限公司
地　址　台北市大安區忠孝東路四段303號4樓之1
電　話　02-7733-4070
傳　眞　02-7733-4069
E－mail　bookspring@bookspring.com.tw
網　址　http://www.bookspring.com.tw
部落格　http://blog.pixnet.net/bookspring
郵政帳號　19705538
戶　名　春天出版國際文化有限公司
法律顧問　蕭顯忠律師事務所
出版日期　二〇二二年七月初版

定　價　420元

總經銷　楨德圖書事業有限公司
地　址　新北市新店區中興路二段196號8樓
電　話　02-8919-3186
傳　眞　02-8914-5524
香港總代理　一代匯集
地　址　九龍旺角塘尾道64號 龍駒企業大廈10 B&D室
電　話　852-2783-8102
傳　眞　852-2396-0050